Pete R. CASPARY

Black Soul

Ein Jahr im Leben von Popp

Roman

Bibliografische Information der Deutschen
Nationalbibliothek:

Die Deutsche Nationalbibliothek verzeichnet diese
Publikation in der Deutschen Nationalbibliografie;
detaillierte bibliografische Daten sind im Internet über
http://dnb.dnb.de abrufbar.

Herstellung und Verlag:

BOD – Books on Demand, Norderstedt

ISBN: 9783750470835

Kapitel 1

Sonderbar wurde es zum ersten Mal vor etwa einem Jahr. Ich ging wie gewöhnlich durch das Treppenhaus nach unten, denn - ich glaube - ich wollte meine Samstagseinkäufe erledigen. Oder nein! Es kann nicht an einem Samstag gewesen sein. Aber Zola war auch nicht da an jenem Tag. Also muss es wohl ein Dienstag oder ein Donnerstag gewesen sein. Denn Zola kommt immer werktags, außer dienstags und donnerstags.

Wie dem auch sei: Ich ging also die Treppe runter und traf im dritten Stock seit langer Zeit mal wieder Herrn Hirmer, beziehungsweise Opa Hirmer, wie ich ihn nenne. Er stand, wie ich ihn schon so oft gesehen hatte, im Zwischengeschoss vor den gelben und weißen Glasbausteinen. Er hielt einen Schrubber mit einem Lappen daran in der Hand und wischte den Boden. Er wirkte dabei ziemlich gelangweilt, denn sein Wischen war kaum als Bewegung wahrnehmbar. Auch waren seine Augen ziemlich glasig und sein Blick ging stur geradeaus. Es schien nicht, als würde er irgendetwas fixieren. Mehr ein verlorener Blick war es. Kalt und ziellos.

„Guten Tag, lieber Herr Hirmer!" begrüßte ich ihn wie immer.

Aber er reagierte nicht. Er starrte weiter geradeaus, als wenn ich nicht da wäre. Ich habe ihn nicht weiter beachtet, schließlich war er auch nicht mehr der Jüngste. Und außerdem hatte ich es eilig. Ich war unterwegs zur Universität. Ja, so war es, ich muss auf dem Weg zu einer Vorlesung gewesen sein.

Es war ein herrlicher Frühlingstag, noch etwas kühl, aber die Sonne kämpfte sich durch die Wolken und überall hatte es zu sprießen begonnen. Die Welt war wieder wie auferstanden nach dem besonders harten Winter mit all dem Schnee und den vereisten Gehwegen. Zum ersten Mal in diesem Jahr holte ich mein Rad aus dem Keller und fuhr die paar Kilometer bis zur Uni. Der hintere Reifen hatte zwar etwas wenig Luft, doch da ich so in Eile war und nicht noch wertvolle Minuten mit Aufpumpen verlieren wollte, musste ich den Berg hinauf ganz schön kämpfen. Aber als ich endlich am Hörsaal ankam, fühlte ich mich, als hätten mich die kühle Luft und die Anstrengung gereinigt. Wie eine Frühlingskatharsis.

Ich war zu der Zeit im siebzehnten Semester meines Psychologiestudiums und - jetzt weiß ich es wieder - ich beschäftigte mich zu dieser Zeit intensiv mit dem Schwerpunktthema Ernährungspsychologie. Der Vortragende war zwar noch relativ jung, aber bereits eine Koryphäe auf diesem Gebiet und die Vorlesung trug an diesem Tag den Titel „Genuss und Ekel".

Ausschweifend erläuterte uns der Dozent neben dem Einfluss durch ökonomische und habituelle Bedingungen vor allem auch seine neuesten Erkenntnisse zur emotionalen Wirkung der Ernährung.

Der Hörsaal war bereits einer der kleineren Räume auf dem Campus, aber auch der war noch nicht mal halb gefüllt. Die meisten meiner Kommilitonen schienen sich nicht besonders für dieses Thema zu interessieren. Aber mich hatte es gepackt, als der Dozent die These formulierte, dass sich das Essverhalten von Erwachsenen ohne Berücksichtigung der damit verbundenen Gefühle nicht dauerhaft verändern lässt. Nach der Vorlesung kam er an meinem Platz vorbei und wir wechselten noch ein paar Nettigkeiten. Wir kannten uns noch aus dem ersten Semester, denn wir hatten gleichzeitig angefangen zu studieren. Und es schien ihm nicht so häufig zu passieren, dass sich jemand so intensiv für seine Vorlesung interessierte. Oder er hatte mich einfach für einen Assistenten gehalten, das ist auch gut möglich.

Immer noch seine - wie ich fand - sehr vage These sinnierend, bin ich dann wieder die vier Stockwerke zu meiner Dachgeschosswohnung raufgestiegen. Und da stand er immer noch, an genau der gleichen Stelle und wischte regungslos.

„Guten Tag, mein lieber Herr Hirmer!" rief ich ihm entgegen. Aber wie schon am Vormittag reagierte er nicht auf mich, weder auf meine Stimme noch auf meine Anwesenheit. Er trug, so wie ich ihn kannte, eine braune Cordhose mit hellblauem Hemd und beigen Hosenträgern. Dazu seine schwarzen Slipper und seine immer gleiche graue Schiebermütze auf dem Kopf.

Ich hielt kurz inne und überlegte, ob ich ihn vielleicht irgendwie unterstützen könnte. Aber er hatte weder einen Eimer mit Wasser in der Nähe, noch schien der Putzlappen auch nur im Ansatz feucht zu sein. Seine Haut war ziemlich fahl, wie wenn er schon längere Zeit nicht an der frischen Luft gewesen wäre. Seine Fingerknochen waren deutlich zu erkennen und sein Gesicht war unrasiert. Für seine Verhältnisse eher ungepflegt, hatte ich noch gedacht. Aber ich hatte ihn auch schon länger nicht mehr gesehen.

„Schönes Wetter heute. Der Frühling ist zurück", versuchte ich es weiter in der Hoffnung, ihn damit etwas zu motivieren.

Aber es hatte keinen Zweck. Er blickte stumm auf irgendeinen bedeutungslosen Punkt an den Stufen über ihm und war zu keiner Konversation bereit. Als ich mich dann umdrehte und weiter die Stufen nach oben lief, glaubte ich auf einmal seine Stimme hinter mir zu hören.

„Bring' sie zu mir!"

Es war mehr wie ein Hauchen, ein starkes und angestrengtes Hauchen. Ich konnte den Satz am Anfang erst nicht richtig erfassen. Hatte er das wirklich gesagt?

Ich drehte mich um und starrte ihn an, doch er hatte seine Position in keinster Weise verändert. Ich verharrte einen kurzen Moment. Und als ich schon nicht mehr ganz sicher war, ob ich denn wirklich etwas gehört hatte, wiederholte er plötzlich sein Bitten:

„Bring' sie zu mir!"

Jetzt hatte ich es klar und deutlich vernommen. ‚Bring' sie zu mir' hatte er gesagt. Ich starre ihn erstaunt an und war mir nicht sicher, ob er überhaupt mit mir gesprochen hatte. Ich setzte einen Fuß nach unten und schaute ihm in die Augen. Ich stand jetzt nur noch etwas mehr als einen Meter von ihm entfernt.

„Herr Hirmer? Geht es Ihnen den Umständen entsprechend gut?" fragte ich. Meine Mutter pflegt das immer zu sagen.

Aber er zeigte immer noch keine Reaktion. Wenn ihm irgendetwas wichtig gewesen wäre, dann hätte er es mir in dem Moment ja deutlicher sagen können. Wenn jemand mich um etwas bittet, dann helfe ich immer gerne. Das war ein Teil meiner guten Erziehung, darauf hatte meine Mutter immer Wert gelegt. Deswegen hätte ich Opa Hirmer auch gerne geholfen. Ich schaute mich nochmals intensiv um, ob irgendwo etwas lag, das ihm runtergefallen sein könnte. Auf der Treppe, unterwegs zu ihm hinauf, war mir aber ja auch nichts aufgefallen. Ich wusste mir beim besten Willen keinen Rat. Ich schaute ihn nochmal an, ob er vielleicht nochmal was sagen würde, oder vielleicht mehr Informationen geben würde, aber nach einer Weile gab ich ratlos auf und setzte meinen Weg zu meiner Wohnung fort.

Oben angekommen, zog ich mir erst einmal meine Casualhose und ein leichtes Shirt an und überlegte nach einem Blick in den Kühlschrank, was ich mir zu essen machen könnte. Auf dem Weg ins Wohnzimmer, wo ich die Balkontür öffnen wollte, um während der Zeit des Kochens einmal ordentlich durchzulüften, hielt ich nochmal bei meiner Wohnungstür zum Treppenhaus inne.

Hätte ich Opa Hirmer vielleicht doch irgendwie helfen sollen? Und was hat er gemeint? Was hätte ich ihm bringen können? Mir war doch auf dem Weg die

Treppe hinauf wirklich nichts aufgefallen, das ihm runtergefallen sein könnte. Aber es muss ja was Weibliches sein, was ich ihm bringen soll.

Ich kam gedanklich keinen Schritt weiter und öffnete daraufhin erneut meine Wohnungstür, um mich nochmal davon zu überzeugen, dass es ihm gut ging. Aber als ich nach unten schaute, war er verschwunden. Vielleicht hatte er sein Problem gelöst und war zurück in seine Wohnung gegangen. Wie dem auch sei, er war nicht mehr da.

Ich habe mich dann um die Zubereitung meines Essens gekümmert - es gab Bandnudeln mit Kräutersoße, glasiertem Radicchio und Lachsstreifen - und habe den Rest des Tages in den Studien des heutigen Dozenten gelesen.

Am Abend habe ich mich dann noch um meine Kakteensammlung gekümmert, für die ich einen nicht unbeträchtlichen Teil meines Wohnzimmers verwendet hatte. Wie in einer großen Sandwanne mit tiefem Rand standen die schönsten Sukkulenten, Agaven und Opuntien. Besonders stolz war ich dabei auf meinen erst kürzlich erstandenen ‚Echinocactus grusonii', gemeinhin auch als Schwiegermutterstuhl bekannt. An Opa Hirmer hatte ich nicht weiter gedacht.

Eine Woche später dann, an einem ebenfalls sonnigen Freitag, ist es wieder passiert. Zola war bei mir und kümmerte sich gerade liebevoll um die Reinlichkeit meiner Küche. Sie schwebte quasi durch die Küche, so wie sie es eigentlich immer tat. Ich hatte ihr erlaubt afrikanische Musik einzulegen, wenn sie bei mir ist. Allerdings nicht zu laut, um die Nachbarn nicht zu stören. Aber ich genoss es, wenn sie zum Rhythmus der mir so fremden Klänge aus Trommeln und diversesten Saiten- und Blasinstrumenten tanzte und die ganze Wohnung mit Freude und Leben erfüllte. Der Rhythmus lag ihr im Blut. Und mir gefiel das, was es mit mir machte: es brachte Lebensfreude in meine Wohnung.

Zola kommt gebürtig aus Uganda und hat mit ihren gerade einmal 28 Jahren schon Einiges mitgemacht. Aber das lässt sie sich nicht anmerken. Ganz im Gegenteil: Wenn sie da ist, dann tanzt und lacht einfach alles. Sie ist meine gute Fee, verzaubert alles um sie herum. Sie hat die perfektesten Zähne, die man sich vorstellen kann. Und die zeigt sie ständig. Sie hat zwar eine leicht rundliche Figur, aber nicht dick würde ich sagen, und trägt stets traditionell afrikanische Kitenge in den buntesten Farben, die sie kunstvoll und gekonnt wickelt und dazu weiße Stoffschuhe. Bis auf ein einziges Mal hatte ich sie aber nie mit einer Kopfbedeckung gesehen. Sie trug ihr langes krauses, schwarz-braunes Haar immer offen, geschmückt mit allerlei geflochtenen Strähnen und eingebundenen Perlen.

Bei dem einen Mal, dem ersten Mal, als ich sie mit Kopfbedeckung gesehen hatte, hat sie sich ein gelb-oranges Kitenge-Tuch wie zu einem Turban um den Kopf gewickelt. Sie saß an der Universität am Brunnen vor dem Dekanat für Musik und weinte leise vor sich hin. Sie war ganz in Sommerfarben gehüllt, trug wie immer ihre weißen Schuhe, hatte die Arme auf den Beinen aufgestützt und hielt die Hände vor die Augen. Als ich auf dem Weg nach Hause an ihr vorbeikam, konnte ich ihr Schluchzen deutlich hören. Keiner schien sich darum zu kümmern. Alle gingen einfach weiter und ließen die arme Frau unbeachtet und allein mit ihrem Kummer dort sitzen.

Ich hielt kurz inne, um ganz sicher zu sein, dass ich mich nicht getäuscht hatte, dass sie wirklich weinte. Es war herzzerreißend, wie sie leidend in sich hinein schluchzte. Ich sah mich nochmal hilfesuchend um. Doch als sich weiterhin sonst niemand für diese Szene interessierte, bin ich langsam auf sie zugegangen und habe versucht, sie vorsichtig anzusprechen: "Kann ich irgendetwas für Sie tun?"

Sie reagierte erst nicht, doch sie unterbrach ihr Schluchzen kurz. Dann schüttelte sie den Kopf ohne aufzuschauen und erwartete wohl, dass ich weiterginge.

„Warten Sie hier, ich bin gleich zurück", sagte ich zu ihr und ging schnellen Schrittes in die Cafeteria, um einen Kräutertee mit Honig zu besorgen. Der hat mir als Kind immer geholfen, wenn mir zum Heulen war.

Nach nur wenigen Minuten war ich mit dem Tee in der Hand zurück. Leider gab es in der Kantine keinen Honig, aber es würde auch so gehen.

„Hier, trinken Sie das erstmal", sagte ich und setzte mich zu ihr. Sie zögerte kurz, nahm dann ihre Hände vom Gesicht und schaute mich ungläubig an.

„Sie mir helfen wollen?" fragte sie so schüchtern, wie ich nie einen Menschen habe fragen hören.

„Geht es Ihnen besser?" entgegnete ich.

Sie nickte nur und schaute fragend auf den Tee.

„Das ist Kräutertee mit Honig. Ich meine, nur leider ohne Honig. Aber der wird Ihnen guttun." Ich nickte ihr aufmunternd zu.

Sie sah mich verständnislos an, nahm den Tee und trank ihn schüchtern in kleinen Schlucken. Es verging eine ganze Weile, ohne dass einer von uns etwas sagte. Als sie den Becher halb ausgetrunken hatte, schaute sie mich von unten herauf mit ihren großen Augen fast schon schelmisch an und sagte:

„Schmeckt nicht gut!"

Ich musste lächeln und entgegnete: „Der Honig fehlt leider. Aber er scheint auch so zu wirken. Sie lachen wieder, wie ich sehe." Und das tat sie seitdem fast ohne Unterlass.

Sie erzählte mir, dass sie erst seit Kurzem in Deutschland sei. Sie habe sich gerade an der Universität einschreiben wollen: Musik und Deutsch als Fremdsprache. Aber man hatte ihr soeben im Büro des Dekans erklärt, dass sie erst eine Aufenthaltsgenehmigung haben müsse, bevor sie hier studieren könne. Und die hatte sie nicht. Noch nicht zumindest.

Wir gingen in die Cafeteria und ich lud sie zu einem kleinen Snack ein, weil sie mir sehr hungrig schien und ich das Gefühl hatte, ihr irgendwie helfen zu müssen. Ihre Gemütsverfassung passte so gar nicht zu ihrem Äußeren. Und sie war tatsächlich hungrig: Sie verdrückte einen ganzen Burger mit Pommes und Ketchup und dann nochmal eine ganze Portion Pommes hinterher. Ich aß lediglich einen kleinen Salat mit Balsamico-Dressing. Normalerweise esse ich nicht an der Universität, aber es erschien mir doch zu unhöflich, sie da allein essen zu lassen.

Jedenfalls erzählte sie mir ihre ganze Lebensgeschichte, die so packend und ergreifend war, dass wir ganze drei Stunden dort sitzen blieben. Wie auch immer: Am Ende brauchte sie einen Plan, wie sie die Zeit bis zur Ausstellung ihrer Arbeitserlaubnis überbrücken konnte. Da sie sich mit einer Freundin ein Zimmer teilte, brauchte sie nicht viel Geld. Ich überschlug in etwa, wie viel so zum Leben brauchen würde, wie lange sie dafür arbeiten müsste und ich bot ihr an, dass sie sich das Geld bei mir durch dreimal in der Woche im Haushalt helfen verdienen könne. Das sollte erst einmal reichen, bis sie dann mit ihrem Studium anfangen würde. Dann könne sie weitersehen. Und so kam Zola seit dieser Zeit jeden Montag, Mittwoch und Freitag zu mir und kümmerte sich um meine Wohnung und erledigte die üblichen Haushaltseinkäufe.

An einem jener Freitage war es also, als meine Wohnung wieder ganz von Zolas Leben erfüllt war. Ich hatte ein paar Bücher aus meinem Regal im Wohnzimmer aussortiert, die ich bereits gelesen hatte. Ich packte sie alle in einen kleinen Karton und wollte ihn in den Keller bringen. Zola war gerade dabei, den Kühlschrank auszuwaschen. Ich überlegte kurz, ob ich mich noch entschuldigen sollte, aber ich wäre sicher wieder zurück, bevor sie meine Abwesenheit bemerkte hätte. Also nahm ich kurzentschlossen den Karton und machte mich auf den Weg.

Es war schon komisch: Sobald ich die Wohnungstür hinter mir geschlossen hatte, war von den afrikanischen Klängen nichts mehr zu hören. Ich trat in das fahle, unnatürlich triste Licht des Treppenhauses und da war er wieder: Opa Hirmer stand an gleicher Stelle wie beim letzten Mal und wischte mit trockenem Lappen den Boden. Es war genau die gleiche Situation wie in der Woche zuvor. Er trug dieselbe Kleidung und starrte mit leerem Blick in die gleiche Richtung. Nur schien er durch das spärliche Licht im Treppenhaus noch bleicher zu sein als beim letzten Mal. Jedenfalls war mir dieses schummrige Licht beim letzten Mal nicht aufgefallen.

„Einen schönen guten Tag, Herr Hirmer" rief ich ihm betont gut gelaunt entgegen. Wie ich es mir schon fast gedacht hatte, entgegnete er nichts. Keine Reaktion.

Ich lief an ihm vorbei in den Keller, stellte den Karton zu den anderen Bücherkartons, und machte mich wieder auf den Weg nach oben. Im Erdgeschoss schaute ich noch schnell nach der Post, aber es gab nur Werbung. Langsam ging ich hinauf in den dritten Stock und überlegte mir dabei, wie ich Opa Hirmer vielleicht doch mehr entlocken könnte. Ich weiß nicht mehr, was ich ihn fragen wollte, denn er kam mir zuvor. Bevor ich die letzten Stufen zu ihm herauf genommen hatte, hauchte er wie zuvor im gleichen monotonen Laut:

„Bring' sie zu mir!" Aber ich konnte dabei keine Bewegung seiner Lippen wahrnehmen.

Ich blieb drei Stufen unterhalb von ihm stehen und betrachtete ihn ausgiebig. Seine Wangen waren nicht nur immer noch schlecht rasiert, sondern jetzt sogar regelrecht eingefallen. Er sah aus, wie ein extremer Alkoholiker. Das würde auch seine tiefen Augenringe erklären.

„Was meinen Sie denn, Herr Hirmer? Ist Ihnen vielleicht etwas runtergefallen?" fragte ich ihn.

Aber er schien mich nicht zu hören. Seine Finger hielten verkrampft den Besenstiel und sein Blick veränderte sich kein bisschen. Es war nicht das geringste Geräusch zu hören, obwohl man zumindest den

Rhythmus von Zolas Musik hätte wahrnehmen müssen. Es herrschte eine eisige Stille im Treppenhaus.

Ich ging die drei Stufen nach oben und stand nun direkt vor ihm.

„Herr Hirmer? Geht es Ihnen auch gut? Soll ich vielleicht Ihrer Frau Bescheid sagen?"

Ich schaute auf seine Schuhe, seine dünnen Beine. Und dann traf mich eiskalt der Schreck. Ich sah meinen spärlichen Schatten auf dem Boden neben uns, weil das Licht, das von draußen drang, einfach nicht mehr hergab. Aber eben nur meinen. Ich schaute nochmal genau, ob ich mich auch nicht getäuscht hatte. Aber es war so: Am Boden war lediglich mein Schatten zu sehen. Seiner hätte am Boden direkt daneben sein müssen, aber da war nichts.

Wie von einer kalten Hand gepackt bin ich sofort die letzte Treppe nach oben gerannt und habe hektisch die Tür zu meiner Wohnung aufgesperrt, wo mir sofort die warme Musik und das Leben entgegen schwappte.

„Zola!" rief ich. „Bitte komm schnell her!"

„Mr. Wilhelm, was ist los? Alles gut?" entgegnete sie vom Spülbecken aus, wo sie gerade die Böden des Kühlschranks schrubbte, die sie ausgebaut hatte.

„Ich… Komm doch bitte mal her", stotterte ich immer noch sehr verwirrt. Ich blieb vor die Küchentür stehen und gestikulierte sie wild zu mir herüber.

Sie trocknete sich hastig die Hände ab und kam zu mir.

„Schau doch bitte mal die Treppe runter. Was siehst du da?" fragte ich sie.

Sie schaute mich erst fragend an, trat dann aus der Wohnungstür ins Treppenhaus und sagte:

„Soll ich Treppe putzen?"

„Was? Nein!" entgegnete ich und trat neben sie. Ich schaute nun ebenfalls wieder die Treppe hinunter und nahm den Ort auf einmal ganz anders wahr. Das Treppenhaus war viel heller, die Musik aus meinem Wohnzimmer war sicher überall im Haus zu hören und Opa Hirmer war weg. Als wenn er nie dagewesen wäre.

Ich lief die Treppe halb hinunter um zu sehen, ob er sich nicht einfach eine halbe Etage nach unten gestellt hatte. Aber nichts. Er war wieder weg. Wie beim letzten Mal.

„Alles gut?" fragte mich Zola noch einmal. Ich musste auf sie einen sehr verwirrten Eindruck gemacht haben. Aber sie nahm es relativ gelassen.

„Ja, alles gut!" erwiderte ich ziemlich irritiert und versuchte ihr gequält zuzuzwinkern.

„Sie sind lustig, Mr. Wilhelm", meinte sie noch und damit war für sie die Sache erledigt.

Wir traten zurück in die Wohnung und ich empfand es als sehr tröstlich, wieder in Zolas Welt einzutauchen. Sie trocknete nun die Böden des Kühlschranks und setzte sie wieder ein. Ihre braunen schlanken Hände bewegten sich zur Musik und ihre Augen leuchteten. Der Rhythmus einer Eintonflöte gepaart mit tiefen Trommelgeräuschen hüllte mich wieder in ein bekanntes Wohlbehagen.

Zola musste an dem Tag früher los. Ich schenkte ihr die Bananen, die sie als Teil des Einkaufs mitgebracht hatte.

„Sie nicht mögen Bananen, Mr. Wilhelm?" fragte sie mit erstauntem Blick.

„Nun ja, ich liebe Obst sehr, wirklich alles, außer Bananen", bestätigte ich und zeigte angewidert auf die Anrichte. Sie lachte herzhaft und nahm die Bananen mit.

Als Zola gegangen war, dachte ich an den restlichen Inhalt des Kühlschranks, den sie vorher auf die Anrichte gepackt hatte und konnte mir damit die Zutaten für ein schnelles Mittagessen zusammenzustellen. Ich bereitete mir ein Kräuteromelette mit Kirschtomaten und zur Nachspeise etwas Magerquark mit geriebenem Apfel. Ich setzte mich mit dem Teller raus auf den Balkon und dachte daran, dass bald die Spargelzeit beginnen würde. Oder gab es gar schon den ersten? Ich ließ mir viel Zeit beim Essen, wie ich das immer tue.

Ich muss ziemlich lange dort gesessen haben, denn ich versuchte so viel von der immer noch kämpfenden Frühlingssonne einzusaugen, wie es eben ging. Ich genoss den weiten Blick von hier oben. Weit und ruhig.

Zu meinem Haus gehört ein relativ großer Garten, den der Hausmeister bewirtschaftet, der im Erdgeschoß wohnt. Und keins der umliegenden Häuser ist so hoch wie dieses hier, so dass auch keiner der Nachbarn auf meinen Balkon schauen kann. Wenn ich mich nicht hinstelle, dann sieht mich niemand.

Nur der Kirchturm, der aber weit genug weg ist, ist höher. Aber der Eingang der Kirche ist auf der anderen Seite und lediglich der Friedhof grenzt an meinen Garten. Alles in allem also eine sehr ruhige Gegend, denn die paar Friedhofsbesucher machen nun wirklich keinen Krach. Ganz im Gegenteil, ich liebe diese besinnliche Ruhe des Friedhofs. Und so habe ich mir auch an diesem Tag mein Buch geschnappt, doch noch eine dickere Jacke angezogen und habe mich auf die Bank am Rand des Friedhofs gesetzt, als mein Balkon leider schon im Schatten lag. Wohl wissend, dass ich mich wieder über die Zigarettenreste zwischen der Bank und dem Mülleimer ärgern würde.

Meine Wohnungstür hatte ich ganz vorsichtig geöffnet. Aber ich konnte gleich erkennen, dass das Licht im Flur das gleiche war, wie in dem Moment, als Zola neben mir stand.

Kapitel 2

Am nächsten Tag dann, ein Samstag, stand ich nach einer traumlosen Nacht wie immer gegen sechsuhrdreißig auf, absolvierte meine sportlichen Betätigungen bis um sieben, trank zwei große Gläser lauwarmes Wasser, machte dann die Morgentoilette und saß wie immer um siebenuhrfünfzehn am Frühstückstisch. Es gab etwas Müsli mit Milch und dazu schnitt ich mir einen ganzen Apfel mit Schale auf.

Ich saß gerade für mein weiteres morgendliches Sportpensum eine halbe Stunde auf meinem Trimmrad, als das Telefon läutete. Ich stieg ab, schaute auf die Anzeige des Telefons, doch der Anrufer hatte seine Nummer unterdrückt. Ich mag diese Art des Anrufens nicht, was für eine sinnlose Erfindung. Trotzdem hob ich nach dem zehnten Läuten den Hörer ab und meldete mich - wie üblich - mit meinem vollen Namen. Vom anderen Ende kam keine Antwort und ich dachte zuerst, jemand hätte sich verwählt oder es handele sich vielleicht um ein technisches Problem. Aber als ich genau hinhörte, konnte ich eine Luftbewegung vernehmen, die an sehr langsame und lange Atemzüge erinnerte. Nur viel mechanischer und exakt gleichmäßig. Als würde sich ein überdimensionierter Blasebalg ohne Unterlass bewegen. Ich drückte den Hörer fest an mein Ohr in der Erwartung, vielleicht doch noch mehr zu realisieren. Aber als sich außer dieser kühlen, mechanischen Monotonie jedoch weiter nichts tat, legte ich den Hörer auf und setzte mich wieder auf mein Trimmrad, um die volle Stunde Trainingszeit zu absolvieren. Danach trank ich einen großen Becher Kaffee und blätterte in der Zeitung vom Vortag, die ich noch nicht ganz ausgelesen hatte.

Nach ein paar Minuten hörte ich plötzlich, wie im Stockwerk unter mir eine Wohnungstür zuknallte. Ich blickte erschrocken auf, konnte aber erst einmal weiter nichts wahrnehmen. Es dauerte eine Weile, dann erklangen Schritte im Treppenhaus, sehr langsame, quälende Schritte. Man konnte quasi fühlen, wie sich da jemand die Treppe raufschob, mit immer längeren Pausen und einem Schnaufen, dass es langsam asthmatische Züge annahm.

Die Schritte wurden langsam aber zunehmend lauter und hörten dann vor meiner Wohnungstür auf. Es dauerte wieder eine lange Zeit, ohne dass etwas passierte. Ich hielt weiter die Zeitung in der Hand und starrte konzentriert vor mich hin, um mir anhand der Geräusche auszumalen, was da draußen vor sich ging. Wahrscheinlich musste die Person, oder was immer da draußen vor meiner Tür stand, erst einmal zu Kräften kommen. Oder etwas wartete geduldig, bis ich aus der Tür treten würde.

Doch dann läutete es. Ich legte die Zeitung beiseite, blieb aber erstarrt auf meinem Stuhl sitzen. Kurz darauf läutete es noch einmal und jemand klopfte an die Wohnungstür. Ich entschied mich, langsam aufzustehen und vorsichtig zur Tür zu gehen. Es klopfte noch einmal. Ich öffnete die Wohnungstür ganz langsam einen Spalt und erblickte das freundliche Gesicht von Oma Hirmer, die direkt unter mir wohnte.

„Hallo, junger Herr von Popp", sprach sie mich wie gewohnt an. „Darf ich Sie einen Moment um Ihre Mithilfe bitten?"

„Aber natürlich gerne, jederzeit. Das wissen Sie doch", entgegnete ich erleichtert, öffnete die Tür weit und machte eine einladende Geste, die sie sofort annahm. Mit einem weiteren Stöhnen kam sie herein. Ich schloss die Tür und zeigte ihr, sie solle sich doch bitte an den Esstisch im Wohnzimmer setzen.

„Darf ich Ihnen einen Tee anbieten?" fragte ich.

„Bitte machen Sie sich keine Umstände, lieber Herr von Popp", entgegnete sie.

„Es macht keine Umstände. Ich habe gerade welchen frisch aufgebrüht." Sie zögerte kurz, schien unentschlossen und sagte dann aber:

„Na gut, dann gerne."

Ich half ihr mit dem Stuhl und ging schnell in die Küche, um noch eine weitere Tasse zu holen. Als ich wieder zurückkam, saß Oma Hirmer am Tisch und schaute sich intensiv im Zimmer um. Sie trug wie immer ihre rotweiße Kittelschürze, darunter einen Rock und oben eine leichte, cremefarbene Strickjacke. Ihre schwarzen Schuhe erschienen mir viel zu klein, was aber auch daran liegen konnte, dass ihre Füße in den hellbraunen Strümpfen genauso dick waren wie ihre Beine und deshalb zu beiden Seiten raus zu quellen schienen.

„Wie ordentlich und geschmackvoll Sie es immer haben, junger Herr von Popp. Genau wie Ihre Eltern. Ihr Vater war ja so ein adretter Mann." Sie wartete meine Antwort erst gar nicht ab, sondern legte sofort nach: „Wie geht´s der werten Frau Mutter?"

„Danke, sehr gut. Den Umständen entsprechend. Ich werde sie morgen wieder in ihrer Alterspension besuchen", antwortete ich.

Sie blickte mich zustimmend an. „Sie sind ein guter Sohn. Dann nehmen Sie der lieben Frau von Popp bitte meine besten Grüße mit."

„Das mache ich gerne", erwiderte ich.

Das schien für sie der nette Einstieg in ein weit wichtigeres Gespräch zu sein, das sie mit mir führen wollte.

„Und eine sehr gute Haushaltshilfe haben sie ja da, wie ich sehe", sagte sie. Ich wusste nicht, woher sie wusste, dass Zola meine Haushaltshilfe und nicht etwa meine Freundin oder sonst was ist, wollte ihrer Informationsquelle aber auch nicht weiter auf den Grund gehen.

„Ja, Zola ist quasi hier bei mir die gute Fee", erwiderte ich. „Hoffentlich war die Musik nicht zu laut? Hat Sie das gestört?"

„Musik?" fragte sie. „Nein! Ich höre keine Musik."

Okay, das war also auch nicht das Thema, weswegen sie extra die Treppe zu mir nach oben gekommen ist. Sie nahm vorsichtig einen Schluck vom

Tee, als hätte sie schlechte Erfahrungen mit verbrühten Lippen gemacht, schaute mit der Tasse am Mund noch einmal ausgiebig durch den Raum, setzt die Tasse ab und atmete tief aus. Es vergingen wieder einige lange Sekunden, ohne dass einer von uns beiden sprach. Doch dann setzte sie an.

„Weswegen ich gekommen bin." Ich sah sie erwartungsvoll und auch etwas verunsichert an. Was konnte es wohl sein, wozu sie meine Mithilfe brauchte?

„Mein Pauli ist vorgestern Abend nicht nach Hause gekommen", sagte sie dann mit sehr ernster Miene. Etwas enttäuscht sah ich sie an, um zu sehen, ob sie vielleicht doch noch etwas Tiefgründigeres hinzuzufügen hatte. Aber das war das ganze Problem. Mehr gab es dazu nicht zu sagen.

Pauli war Oma Hilmers Kater. Ein ziemlich fetter und wohl auch schon ziemlich alter Kater. Oma Hilmer lässt ihn bei Bedarf aus der Wohnungstür und Pauli läuft durch die Katzenklappe unten in unserer Haustür auf die Straße. Wobei ich mich jedes Mal, wenn ich ihn sehe, frage, ob er denn überhaupt noch durch die Klappe passt. Vielleicht hat er draußen einen Vogel gefressen, der ihm irgendwie ins Maul geflogen ist, und jetzt passt er nicht mehr durch die Klappe und kommt nicht mehr ins Haus. Jetzt muss er draußen bleiben, bis er wieder abgenommen hat.

„Sie kennen meinen Pauli doch?" fragte Oma Hilmer zögernd.

„Natürlich, werte Frau Hilmer", antwortete ich. „Selbstverständlich kenne ich den lieben Pauli. Er ist ja schließlich schon sowas wie ein Ehrenmitglied unserer kleinen Hausgemeinschaft hier." Das schien ihr zu gefallen. Sie lächelte mich an, als wolle sie noch einmal sagen, was für ein lieber Junge ich doch sei.

„Sie wissen ja, dass er immer so verrückte Sachen macht. Auf Bäume klettert und so. Obwohl er ja, um einen Vogel zu jagen, auch nicht mehr der Jüngste ist", sagte sie. Ich nickte nur, denn was hätte ich dazu sagen sollen.

Nach einer kurzen Weile der Besinnlichkeit für Pauli sagte ich dann, weil das Thema einfach erschöpft war:

„Ich bin mir sicher, dass er bald wiederkommt. Ich werde auf jeden Fall Augen und Ohren nach ihm offenhalten. Versprochen."

Das wollte sie scheinbar hören, denn sie schnaubte zufrieden, als hätte sie eine schwierige Mission erfüllt. Einen Teilsieg errungen sozusagen. Sie hatte die Helfer informiert, die ihren fetten Kater wieder zurückbringen würden. Pauli war also quasi schon so gut wie gerettet.

„Darf es noch ein Schluck Tee sein?" fragte ich. Sie winkte wild gestikulierend ab.

„Nein, nein. Besten Dank. Aber ich muss wieder runter. Ich will ja zu Hause sein, falls er kommt."

„Ja, das macht sicher Sinn", entgegnete ich verständnisvoll nickend. „Kommen Sie, ich helfe Ihnen noch kurz die Treppe hinunter zu Ihrer Wohnung."

„Das ist sehr nett", sagte sie. „Ich bin halt auch nicht mehr die Jüngste. Achtundachtzig werde ich dieses Jahr, wissen Sie?"

„Ich weiß", antwortete ich. „Ich werde doch Ihren Geburtstag nicht vergessen." Meine Mutter erinnerte mich stets an die Geburtstage der Nachbarn, damit ich auch höflich gratulieren konnte.

Ich führte sie zur Wohnungstür, ließ sie vorausgehen und griff ihr dann an den Arm, um sie die Stufen zu ihrer Wohnung zu geleiten. Mit der anderen Hand umklammerte sie das Geländer. Langsam setzte sie stark gebückt gehend einen Fuß auf eine Stufe, zog den zweiten nach und machte jeweils eine kurze Pause. Ich überlegte erst, ob es nicht sogar sinnvoller wäre, wenn Oma Hirmer rückwärts die Stufen runterginge. Aber dann hatte ich Angst, dass sie das eventuell als zu demütigend empfunden hätte. Es kam mir vor wie eine Ewigkeit. Bis zum Zwischengeschoss gingen wir so wortlos hinab. Als wir an der Stelle vorbeikamen, wo sonst immer Opa Hirmer stand, wagte ich mich vor:

„Ich wollte Sie auch noch was fragen, liebe Frau Hirmer", begann ich.

Sie erwiderte nur mit einem bejahenden Schnaufen, ohne den konzentrierten Blick von ihren Füßen abzuwenden.

„Kann es sein… wie soll ich sagen?" fing ich an.

Sie konzentrierte sich weiterhin auf ihre Schritte und begab sich über den Boden schlurfend an den zweiten Teil der Treppe.

„Kann es sein", formulierte ich weiter, „also, dass es Ihrem Mann in letzter Zeit nicht besonders gut geht?"

Sie blieb auf der Mitte der Treppe wie eingefroren stehen, einen Fuß bereits nach unten gesetzt, schaute mit einer hastigen Drehung ihres Kopfes von den Füssen auf, mir fragend direkt ins Gesicht.

„Ich meine…", stotterte ich. „Ich meine nur, er wirkt auf mich etwas…, ich meine vielleicht geistesabwesend?" Ich machte eine kurze Pause, in der sie mich regungslos weiter anstarrte. „Und ich wollte sicher sein, dass bei Ihnen alles in Ordnung ist", fügte ich wie zur Rechtfertigung hinzu.

Ihre Augen schienen sich zu weiten, so als müsse sie erforschen, was ich mit meiner Frage bezwecken wollte. Als sich ihr Blick in Eiseskälte verwandelte, riss sie mit einem unerwartet starken Ruck ihren Arm los, so dass ich gleich von ihr abließ.

„Mein Herbert ist vor drei Jahren verstorben. Das wissen Sie doch!" antwortete sie ziemlich barsch. Sie machte den beleidigten Eindruck eines kleinen Kindes, das sich auf den Arm genommen fühlt. Sie stieß ein ziemlich abfälliges Grunzgeräusch aus, nuschelte etwas unverständlich vor sich hin und zog endlich den zweiten Fuß nach um weiterzugehen. Ich wollte sie wieder unterstützen, aber sie wehrte sich.

„Lassen Sie das. Ich schaff das schon allein!" schnippte sie mich nur an. Ich blieb stehen und wartete auf der Stelle, bis sie die letzten Stufen zu ihrer Wohnung geschafft hatte, um dann umständlich den Schlüssel aus ihrer Schürze zu kramen, zittrig nach dem Schlüsselloch zu stochern, umständlich in ihre Wohnung zu treten und endlich mit einem lauten Türzuschlagen darin zu verschwinden. Ich ging ebenfalls zurück nach oben ohne zu verstehen, was dieser Zwischenfall gerade zu bedeuten hatte. Nun ja, Oma Hirmer war eben auch nicht mehr die Jüngste.

Gegen Mittag habe ich mir dann eine leichte Mahlzeit zubereitet. Es gab Blumenkohl mit brauner Butter und dazu gebackene Spalten der Süßkartoffel. Als ich mit dem Abwasch fertig war, setzte ich mich auf die Couch, las ein Buch mit dem Titel ‚Ernährungslehre und Diätetik', während ich auf Hannes wartete.

Richtige Ernährung ist mir äußerst wichtig, weshalb ich lange Zeit verschiedenste Ernährungslehren ausprobiert habe. Angefangen hatte ich vor einigen Jahren mit Trennkost, indem ich Eiweißprodukte und Kohlenhydrate streng getrennt habe. Dann habe ich mich fast ausschließlich von Rohkost ernährt und fast zwei Jahre lang vegan gelebt. Allerdings hat mir das nicht gutgetan. Mein Arzt, Professor Schwarz, hatte es mir am Ende verboten. Aber ich versuche weiterhin, mich sehr ausgewogen zu ernähren. Ich esse daher kaum Fleisch, eigentlich nie kann man sagen.

Gegen vierzehnuhrzwanzig kam dann Hannes. Er war Zivildienstleistender, arbeitete an der Klinik von Professor Schwarz und sollte jeden Samstag gegen vierzehn Uhr bei mir vorbeikommen, um mir meine Wochenration an Medikamenten zu bringen. Hannes war gerade einmal neunzehn Jahre alt, hatte ungepflegtes, schulterlanges blondes Haar und scheinbar keinen Respekt vor irgendwas oder irgendwem. Ich hatte mich schon mehrfach in der Klinik über sein sehr vorlautes Benehmen beschwert, aber stets erfolglos. Die waren scheinbar froh, dass sie überhaupt jemanden hatten, den sie samstags rumschicken konnten. Sie waren zwar stets sehr verständnisvoll gewesen, hatten aber auch stets unmissverständlich betont, dass er ja sowieso nur ein paar Monate bei mir sein würde.

Hannes kam also mal wieder deutlich zu spät. So wie man ihn halt kennt. Er klingelte zwar, bevor er die

Tür aufsperrte, aber sicher auch nur, weil man ihm das in der Klinik so eingetrichtert hatte. Ich hatte dem Professor einen Schlüssel zu meiner Wohnung gegeben, nur für alle Fälle.

„Hey Willi, altes Haus", begrüßte er mich in seiner unverwechselbar unhöflichen Art. „Wie lief´s denn so diese Woche? Irgendwelche Vorkommnisse?"

Ich hatte keine Lust auf diese Art von Fragen überhaupt zu reagieren, saß weiter auf der Couch und las gerade das Kapitel über Ayurveda. Was für eine blöde Frage. Wie bitte schön soll es denn eine Woche ohne Vorkommnisse geben? Was er fragen wollte, war sicher, ob es besondere Vorkommnisse gab. Aber das verstand er sicher nicht.

„Alles in bester Ordnung", murmelte ich, damit er möglichst schnell wieder gehen mochte.

Es war immer der gleiche Ablauf. Er musste sich davon überzeugen, dass es bei mir keine Anzeichen eines möglichen Rückfalls gab. Also war es für mich am besten, wenigstens das Notwendigste an Konversation mit ihm zu pflegen. Er hatte stets einen Zettel dabei, wo er ankreuzen musste, ob ich mich normal verhalte, ob die Wohnung in einem normalen Zustand war und auch sonst nichts auf eine Art Verwahrlosung hindeutete.

„Ich leg´ Dir die Pillen wie immer hier auf den Tisch. Du kennst das ja. Du machst mir ja keinen Ärger, Willi?" fragte er und versuchte, mir dabei zu zuzwinkern. Das sah nur leider alles andere als lässig aus, weil er eigentlich mit beiden Augen zwinkerte, nur mit dem einen mehr als mit dem anderen.

„Jaja, ich kenn das ja", antwortete ich und schaute wieder in mein Buch.

Das schien ihm zu reichen. Er packte die Medikamente, die er vorher nach Wochentagen geordnet in eine rote Plastikdose mit transparentem Deckel sortiert hatte, auf den Tisch, steckte die leere Dose von dieser Woche, die ich ihm wie üblich hingelegt hatte, in seine Tasche und kritzelte auf seinem Besuchsbericht rum.

Nach gerade einmal zwei Minuten sagte er dann: „Okay, dann bis nächste Woche. Und immer schön die roten Smarties schlucken, Willi." Und weg war er wieder. Zum Glück.

Ich ging zum Tisch, öffnete den Deckel der Medikamentendose, kippte den gesamten Inhalt in die unterste Schublade meines Sideboards und legte die leere Dose obendrauf. Bis nächsten Samstag dann.

Kapitel 3

Am nächsten Tag bin ich dann - wie eigentlich jeden Sonntag - meine Mutter in ihrer Alterspension besuchen gefahren. Meine Mutter mochte das Wort Altersheim nicht und Pflegeheim schon gleich gar nicht. Und ich respektiert das. Wer will schon ständig mit seinem Alter oder gar seiner Pflegebedürftigkeit konfrontiert werden?

Das Alter war bei meiner lieben Mutter aber eigentlich nicht so sehr das Problem, vielmehr ihre fortschreitende Alzheimer-Demenz. Eine schreckliche Krankheit. Was Schlimmeres kann ich mir kaum vorstellen. Es ist unglaublich beängstigend, weil es unaufhaltsam voranschreitet: Erst vergisst man, weswegen man eigentlich gerade in den Supermarkt gegangen ist, dann kann man sich nicht mehr an den Heimweg erinnern und am Ende vergisst man sogar seinen eigenen Namen. Und das Schlimmste ist: Alzheimer-Demenz ist genetisch bedingt und somit erblich.

Meine Mutter hat sich vor zwei Jahren aus freien Stücken für ihre Alterspension entschieden. Sie wusste, was auf sie zukommt, denn sie hatte es bei ihrer Mutter erlebt und wollte mir nicht zur Last fallen. Damals war sie noch im Anfangsstadium ihrer Krankheit. Aber somit ist es sicher, dass mich das gleiche Schicksal ereilen wird. Es ist unausweichlich. Ich weiß, dass ich den Zeitpunkt des Eintretens durch gesunde Ernährung und viel Bewegung herauszögern kann. Aber ich kann ihn nicht verhindern.

Bei meiner Mutter ist die Krankheit noch in einem frühen Stadium. Und das, obwohl das Ganze bereits vor mehr als 2 Jahren begonnen hat. Ihr fiel als erstes auf, dass sich ihr Kurzzeitgedächtnis dramatisch verschlechterte. Sie vergaß Namen, die ihr erst gerade genannt worden waren, versäumte Verabredungen und hatte zusehends Mühe Gesprächen zu folgen. Sie fuhr dann aus Angst kein Auto mehr, weil sie Probleme hatte, sich in unbekannter Umgebung zurechtzufinden. Außerdem litt ihr Zeitgefühl immer mehr. Sie erlebte das alles bei vollem Bewusstsein, wenn man das so sagen kann, sodass Wut und Frustration, aber immer mehr auch Angst und Beschämung die Folge waren. Sie wollte in die Alterspension ziehen, bevor ihr Urteilsvermögen in Mitleidenschaft gezogen wurde. Mittlerweile ist die Krankheit weiter fortgeschritten, wenn sich auch das Tempo derzeit scheinbar nicht erhöht hatte. So benötigte sie zum Beispiel Hilfe bei der Auswahl ihrer Kleidung, um der jeweiligen Jahreszeit entsprechend angezogen zu sein. Aber sie benötigte weiterhin keinerlei Unterstützung beim Essen oder beim Gang zur Toilette.

Und sie schien mich, ihren einzigen Sohn, immer noch sehr gut zu erkennen. Niemals hat sie mich verwechselt oder auch nur kurz überlegt, wer ich wohl sein könnte. Überhaupt wurde sie von allen Menschen in ihrer Umgebung sehr gemocht und geehrt. Sie achtete weiterhin sehr genau auf ihr Äußeres, ließ jeden Samstagvormittag den Friseur kommen, war freundlich zu ihren Nachbarn und gab stets reichlich Trinkgeld an die Angestellten. Dadurch wollte immer jeder gerne Frau von Popp hofieren. Ich hatte den Eindruck, die Pfleger rissen sich manchmal sogar um sie. Und meine Mutter genoss diese Sonderbehandlung sichtlich.

Nur am Sonntag, da übernahm ich die Betreuung. Nach etwas Obst und Joghurt zum Frühstück nahm ich den Bus um achtuhrdreißig, der mich in nur fünfunddreißig Minuten zum Fuße des Hügels brachte, auf dem Mutters Unterkunft stand. Es waren dann nur noch wenige Meter bis zu den Stufen des Eingangs.

Als ich ankam, saß meine Mutter bereits ordentlich gekleidet und die Haare zu einem Zopf geflochten an dem kleinen Tisch in ihrem Zimmer und schaute aus dem Fenster.

„Hallo Mutter, da bin ich. Neunuhrfünfzehn, pünktlich auf die Minute", begrüßte ich sie. Ich ging zu ihr und küsste sie auf die Stirn.

„Schön", sagte sie. „Es freut mich, dass du es einrichten konntest."

„Wie jeden Sonntag, Mutter. Ich komme doch jeden Sonntag, um den Tag des Herrn mit dir zu verbringen", antwortete ich.

„Das weiß ich doch, mein Sohn. Das weiß ich doch. Komm, setze dich zu mir und trinke einen

Kräutertee. Darfst dir auch gern etwas Honig hineinmischen, wenn er dir zu bitter ist", sagte sie und schaute mich dabei fast schon fürsorglich an. Ich bevorzugte seit Längerem zwar Kaffee, aber das sollte für meine Mutter keine Rolle spielen.

Ihre Augen hatten immer noch wenig von ihrem Glanz verloren. Ich liebte den grünen, leuchtenden Ring um ihre Pupillen. Aber ihre Haut war mit den Jahren alt geworden. Sie hatte die siebzig noch nicht erreicht, aber ihr Gesicht war nach all dem Make-Up über die Jahre doch ziemlich mitgenommen. Sie hatte tiefe Falten um die Augen und dunkle Ringe darunter. Ich setzte mich ihr gegenüber an den Tisch und nahm mir vom Tee.

„Das ist Kamillentee, Mutter. Du magst doch gar keinen Kamillentee", sagte ich zu ihr. Sie zögerte kurz, schien etwas irritiert und erwiderte dann:

„Doch doch. Ich habe mich daran gewöhnt. Die machen hier einen ausgezeichneten Kamillentee. Probiere selbst." Ich konnte keinen Geschmack erkennen, der eine Auszeichnung verdient gehabt hätte, wollte dieses Thema aber auch nicht weiter vertiefen.

Ich erkundigte mich wie üblich nach ihrem Wohlbefinden in der letzten Woche und sie hatte wie immer keinerlei Beanstandungen. Ich bin mir sicher, dass sie den Fortschritt ihrer Krankheit erkannte. Aber sie trug es mit Würde. Wir tranken unseren Tee und ich las ihr etwas aus ihren Zeitschriften vor, die sie immer noch abonniert hatte. Gegen halb zwölf gingen wir gemeinsam zu Tisch in den ersten Stock. Sie bestand darauf, ohne meine Hilfe zu gehen. Bis zum Aufzug schaffte sie es problemlos. Die restlichen Schritte fielen ihr dann sichtlich schwer, doch sie lehnte meine Hilfe weiterhin stolz ab. Glücklicherweise waren es auch nur noch wenige Meter. Es gab Gemüse Chop-Suey in Sojasoße mit Weißkraut und Sojasprossen, dazu Duftreis.

Nach dem Essen nahmen wir wie üblich unseren Kaffee ein und weil das Wetter so angenehm warm war, gingen wir in die Orangerie der Anlage. Dort saßen wir über eine Stunde, genossen in aller Ruhe die Sonne und lasen; sie in ihrer Zeitschrift und ich in einem Buch über Zöliakie. Eine jüngste Studie belegt, dass durch glutenhaltige Nahrungsmittel eine Entzündung der Dünndarmschleimhaut entstehen kann, was zu eingeschränkter Leistungsfähigkeit, Abgeschlagenheit und sogar zu Depressionen oder auch neurologischen Störungen führen kann. Ich konnte bei mir zwar keine Abgeschlagenheit in irgendeiner Form feststellen, beschloss aber trotzdem, bei meinem nächsten Besuch in der Klinik eine Untersuchung auf Glutenun-verträglichkeit machen zu lassen. Nur zur Sicherheit.

Als die Sonne kurz von einer Wolke verdeckt und es uns im Sitzen doch etwas kühl wurde, beschlossen wir, wie üblich noch ein paar Meter an der frischen Luft durch den hauseigenen Park zu laufen. Diesmal gestand Mutter es mir sofort zu, dass ich sie am Arm stützte. Ich nahm eine Decke mit, die ich ihr, wenn wir uns auf die Bank setzten, über die Beine legen konnte.

Es roch überall nach Frühling. Auf der Wiese sprießten Krokusse in allen Farben und die Vögel flatterten ganz aufgeregt durch den Park. Wahrscheinlich hofften sie, dass wir ihnen ein paar Brotreste hinwarfen, wie das sicher viele Einwohner hier regelmäßig taten. Aber außer uns war sonst jedoch kaum jemand in der weitläufigen Anlage unterwegs. Den meisten Bewohnern hier war es sicher noch zu kalt.

Wir liefen bei jedem meiner Besuche dieselbe Runde, vorbei am kleinen Teich und hinüber zur Bank auf der leichten Anhöhe, von wo man einen weiten Blick über die Felder und die Südstadt hatte. Ich suchte auf dem Weg dorthin nach einem Thema, um ein nettes Gespräch führen zu können. Da fiel mir Pauli ein:

„Pauli, du weißt, der Kater von Oma Hirmer, scheint weggelaufen zu sein. Sie hat mich gebeten, Augen und Ohren nach ihm offen zu halten", sagte ich.

„Ach ja?" erwiderte meine Mutter nur.

„Ich vermute ja, dass er einfach nicht mehr durch die Katzenklappe passt, weil er zu dick geworden ist", sagte ich. Diese Vorstellung schien meiner Mutter zu gefallen, denn die schmunzelte etwas in sich hinein.

„Hoffentlich kommt er bald wieder. Hirmers lieben ihren Kater doch so sehr. Wie geht es ihnen denn? Grüß sie doch bitte von mir", sagte sie dann. Ich zögerte kurz.

„Wen soll ich grüßen?" antwortete ich betont.

„Na, die lieben Hirmers. Sie lieben ihren Kater doch so sehr", wiederholte sie.

Immer noch zögerlich bestätigte ich meiner Mutter knapp, dass ich das machen werde, ich würde die Hirmers von ihr grüßen. Wortlos gingen wir weiter, denn ich wusste nicht, was ich darauf sonst hätte sagen sollen. War Opa Hirmer doch noch lebendig und Oma Hirmer war verwirrt? Oder wusste meine Mutter nichts mehr von Opa Hirmers Tod? Und wenn sie es nicht wusste, wie hätte ich ihr das jetzt sagen sollen? Ich hätte sie sicher irritiert und vielleicht sogar verletzt. Ich konnte das Rätsel jetzt nicht lösen.

Wir kamen zur Anhöhe, wo unsere Bank stand. Wir ließen uns nieder, ich deckte meiner Mutter die Beine zu und sie schloss die Augen. Ich selbst genoss eine ganze Weile die Aussicht. Aber die Sonne wurde doch immer wieder verdunkelt und nach einer gefühlt sehr langen Zeit sagte meine Mutter, dass sie langsam anfing zu frösteln. Ich war ein Stück weit erleichtert, denn ich war in meinen Gedanken gefangen und konnte mich nicht befreien. Was war mit Opa Hirmer? Ich hatte ihn doch gesehen. Ich brachte Mutter wieder in ihr Zimmer, verabschiedete mich mit dem Versprechen, sie kommenden Sonntag wieder zu besuchen und nahm den Bus um sechzehnuhrfünfzig zurück nach Hause.

Als ich in meiner Wohnung ankam, war es bereits dunkel und ich hatte ein leichtes Hungergefühl. Aber ich nahm zuerst ein heißes Bad in der Hoffnung, meinen Kopf wieder frei zu bekommen. Dann bereitete ich mir eine halbe Avocado mit Honig und körnigem Frischkäse, etwas Balsamico und zur Feier des Tages einen Mango-Smoothie. Ich trank das Glas während des Essens halb aus, machte den Abwasch und genehmigte mir den Rest gemütlich vor dem Fenster. Wie sollte ich jetzt rausfinden, was mit Opa Hirmer war?

Ich öffnete die Balkontür. Es war jetzt zum Abend hin doch wieder winterlich kalt geworden, geradezu frostig. Ich trat hinaus und ließ den Blick schweifen. In den Fenstern der Nachbarn waren wenige Lichter zu sehen. Und auf dem Friedhof flackerten einige rote Grablichter. Als ich so in die Dunkelheit starrte, sah ich auf einmal den Schatten einer dicken Katze über die

Friedhofsmauer huschen. Wenn das mal nicht der fette Pauli war.

,Danke Pauli', dachte ich bei mir. ,Das ist die Lösung'. Ich brauchte doch nur auf den Friedhof zu gehen und zu schauen, ob da das Grab von Opa Hirmer zu finden war. Es war extrem unwahrscheinlich, dass Oma Hirmer ihren Herbert auf einem anderen Friedhof beerdigen lassen hätte. Und wenn ich ihn nicht fände, dann wüsste ich mit hoher Wahrscheinlichkeit, dass es Oma Hirmer ist, die hier verwirrt war.

Kapitel 4

Ich zog mir meine Stiefel und die Jacke an, ging aber nochmal zurück in die Küche, um eine Taschenlampe zu suchen. Ich öffnete langsam die Wohnungstür, um mich zu vergewissern, ob sich die Atmosphäre im Treppenhaus normal anfühlte. Aber alles wirkte normal und von Opa Hirmer war zum Glück keine Spur. Ich musste sein Grab finden. Dann hatte ich die Lösung.

Ich hätte den weiteren Weg um die Nachbarhäuser herum in die Parallelstraße und dann zum Haupteingang des Friedhofs nehmen können. Oder aber einfach die Abkürzung durch den Garten und über den Zaun direkt am Sommerfliederbusch. Ich entschied mich für den Weg durch den Keller und den Gemeinschaftsgarten des Hauses.

Draußen war es mittlerweile schon ziemlich dunkel, und es legte sich ein feuchter Nebel auf die Kühle der Nacht. Der Zaun war in der Ecke des Grundstücks wegen des Flieders schon seit Jahren aufgeschnitten, denn der Busch war im Sommer eine Pracht in lila und weiß. Er stand schon da, seit ich denken konnte. Doch erst in den letzten Jahren wurde er so groß, dass wir ihn hätten zurückschneiden lassen müssen. Aber meine Mutter entschied, dass der Flieder wichtiger war als der Zaun. Also musste der Zaun weichen. Es war jedoch noch zu früh im Jahr. Es zeigten sich noch keine Knospen.

Ich musste mich auf der anderen Seite nur noch durch ein paar Thuja-Hecken kämpfen, aber dann stand ich direkt auf dem Hauptweg. Es packte mich ein leichter Schauer. Ich war noch nie nachts auf einem Friedhof gewesen. Der zunehmende Nebel, die Kühle und das spärliche Licht der Laternen an den größeren Gängen hüllten die vielen Grabsteine in eine ganz spezielle Mystik. Die Gräber, die direkt vor mir lagen, waren schon sehr alt, manche dreißig Jahre und älter. Ich orientierte mich am Hauptgang, der adrett wie eine kleine Allee von Zierkirschen gesäumt war. Zur Kirschblüte ist der Friedhof daher am schönsten, zugegeben bei Tageslicht.

Ich marschierte vorbei am Ehrenhain für Luftkriegsopfer, wo immer gleich mehrere rote Lampen brannten, direkt in Richtung Aufbahrungshalle auf der gegenüberliegenden Seite. Ich wusste, dass die Belegung des Friedhofs einem offensichtlichen System folgte. Im Moment wurden die neuen Gräber in der zweiten Reihe hinter den westlichen Arkaden belegt. Wenn Opa Hirmer jetzt also wirklich vor drei Jahren gestorben war, konnte ich sein Grab relativ genau orten.

Mutig arbeitete ich mich also an den Arkaden entlang und merkte, wie der Nebel langsam schwerer wurde. Noch brauchte ich meine Taschenlampe nicht, weil die spärlichen Laternen reichten, um zumindest die

Jahreszahlen zu entziffern. Etwa auf Mitte der östlichen Arkaden fand ich dann auf den Grabsteinen die Todesjahre, die auf Opa Hirmer passen würden. Ein starkes Gefühl der Aufregung stieg in mir auf. Ich schritt langsam die Gräber ab, schaute mir jeden Namen an, aber ich konnte sein Grab nicht finden. Zur Sicherheit suchte ich ein Jahr früher und ein Jahr danach. Und dann suchte ich alles noch ein zweites Mal ab, aber ich fand nichts. Es gab definitiv keinen Grabstein auf den Namen Herbert Hirmer.

Ich spürte, wie meine Atmung wieder langsamer wurde. Es fühlte sich sehr beruhigend an, fast schon triumphierend, dass Opa Hirmer hier nicht lag. Also war es Oma Hirmer, die ziemlich verwirrt war. Zur Sicherheit schritt ich die beiden Reihen, die in Frage kamen, nochmals mit der Taschenlampe in der Hand ab. Nichts! Na also. Dann war die Sache doch klar.

Ich entschloss mich, wieder nach Hause zu gehen und die Konsequenzen meiner zufriedenstellenden Entdeckung in Ruhe und in der wohligen Umgebung meiner Wohnung zu analysieren. Da fiel mein Blick auf die Urnenmauer. Hier wurden alle Urnen der Menschen eingestellt, die sich haben verbrennen lassen.

Wie konnte ich das vergessen? Da hatte ich mich wohl zu früh gefreut. Wieder stieg die Aufregung in mir auf. Ohne weitere Zeit zu verschwenden, ging ich in großen Schritten im Zickzackkurs durch die Gräberreihen hinüber zur Urnenmauer, die an den Ehrenhain angrenzte. Hastig suchte ich wieder nach der richtigen Jahreszahl. Es gab eine Platte auf den Namen

‚Hein' und einen ‚Heribert Klein'. Aber die waren schon länger tot.

Und dann fand ich die Platte mit dem Namen, nach dem ich gesucht hatte: ‚Herbert Hirmer'. Gestorben vor drei Jahren im November! Und dann noch die Inschrift ‚Er ruhe in Frieden'. Ich las die Inschrift mehrmals und dann noch einmal laut. Die Buchstaben waren graviert. Ich schloss meine Augen und berührte sie mit den Fingern. Kein Zweifel, es war das Grab von Opa Hirmer. Es hatte also scheinbar keine große Beerdigung gegeben, sondern lediglich ein stilles Urnengrab.

Aber was bedeutete das dann? Ich schaltete die Taschenlampe aus und ging an der Urnenmauer entlang zurück bis zu der Bank, wo ich nachmittags gerne in der Sonne ein Buch las. Opa Hirmer war tot. Ich konnte Opa Hirmer gar nicht im Flur gesehen haben. Meine Gedanken kreisten immer wieder um die gleiche Sache und ich glaubte, vorübergehend die Besinnung zu verlieren. Ich setzte mich auf die Bank und stützte mein Kinn in die Hände.

Ich spürte eine große Leere in meinem Kopf. Was war wahr und was konnte nicht sein? Hatte ich bei all dem vielleicht etwas übersehen, ein kleines Detail, das die ganze Sache ganz einfach logisch erklären könnte? Opa Hirmer war tot, seine Urne stand hier auf dem Friedhof. Aber ich hatte ihn gesehen, in meinem Treppenhaus. Ich sollte ihn von meiner Mutter grüßen, aber Oma Hirmer hatte ebenfalls behauptet, dass ihr Mann schon länger tot war.

Es ergab alles keinen Sinn. Ich blickte gedankenverloren über die Gräber und bemerkte plötzlich, wie sich weiter hinten, im Dunkel bei der Aufbahrungshalle, etwas bewegte. Erst nahm ich es nicht wirklich wahr, wollte es verdrängen. Dann dachte ich an Pauli, aber für eine Katze war es zu groß. Es war eine Figur. Irgendetwas bewegte sich von der Aufbahrungshalle aus in meine Richtung. Ich versuchte mir einzureden, die Figur würde vielleicht den Ausgang des Friedhofs suchen. Aber dafür lief sie in die falsche Richtung. Sie kam langsam und doch zielstrebig auf mich zu.

Der Silhouette nach schien sie nicht besonders groß zu sein, trug einen kurzen Mantel aber großer Kapuze, die sie sich über den Kopf gezogen hatte. Als sie den Hauptgang entlangkam, hatte ich das Gefühl, dass die Person die Situation irgendwie genoss, etwa wie einen geplanten Auftritt. Sie setzte die Füße nicht wie bei einem normalen Gang auf, sondern inszenierte eher einen Cat-Walk. Als sie näherkam, konnte ich trotz des spärlichen Lichts durch den Nebel erkennen, dass sie hochhackige Stiefel trug und zu ihrem Mantel einen viel zu kurzen Minirock. In der rechten Hand hielt sie eine Zigarette, an der sie zwischendurch genüsslich, fast schon zu ausgedehnt zog.

Am Ende des Hauptgangs drehte sie auf dem Absatz nach rechts und wartete kurz. Sie zog noch einmal an der Zigarette und lief dann ganz langsam wie auf einem Laufsteg zu der Bank, auf der ich saß. Genau vor mir blieb sie breitbeinig stehen, blies den Rauch in meine Richtung und fragte mit betont tiefer Stimme: „Ist hier noch frei?"

Jetzt sah ich erst, dass ihre Strumpfhose und ihre Spitzenhandschuhe einige Löcher hatten, durch die ihre helle Haut leuchtete. Ihr Gesicht war fahlblass gepudert, ihre Nase gepierct und die Umrisse ihrer Augen hatte sie schwarz bemalt. Ihre Augenbrauen waren nur ein schwarzer, gemalter Strich und selbst ihre Lippen waren mit schwarzem Lippenstift bedeckt. Außerdem trug sie ein schwarzes Samtband um den Hals. Ihr Alter war schwer zu erraten, aber den Augen nach, deren blau sich aufgrund der schwarzen Ränder noch deutlicher zeigte, schätzte ich sie auf Mitte zwanzig.

„Ja, bitte!" sagte ich und deutete an, etwas zur Seite zu rutschen. Sie stellte langsam einen Fuß auf die Bank, dann den anderen und setzte sich sehr elegant auf die Rückenlehne. Dann überschlug sie lasziv die Beine, drückte den Rücken bis zum Hohlkreuz durch und zog weiter genüsslich an ihrer Zigarette.

„Bist du öfters hier", fragte sie mich, während sie scheinbar gleichzeitig den Rauch wieder ausblies. Ich war nicht auf eine Konversation vorbereitet. Schon gar nicht an einem solchen Ort zu dieser Zeit. Aber ich wollte natürlich auch nicht unhöflich sein.

„Ja, schon", antwortete ich. Und nach einer längeren Pause fügte ich hinzu: „Wobei ich noch nie in der Nacht hier war. Ich komme zum Lesen hierher, wenn die Sonne scheint."

„Die Sonne, soso", wiederholte sie. „Und warum schleichst du dann heute in der Dunkelheit über die Gräber? Suchst du jemanden?" Ihre Stimme klang immer noch tief, aber nicht gespenstisch.

„So könnte man es nennen", entgegnete ich. Sie sagte erst einmal nichts, als müsse sie das erörtern, was ich gerade geantwortet hatte. Sie zog ein weiteres Mal an ihrer Zigarette. Dann nahm sie sie in die linke Hand und schnippte den leeren Filter neben der Bank auf den Boden. Fast in der gleichen Bewegung griff sie in ihre Handtasche und zündete sich eine neue Zigarette an.

„Und hast du gefunden, wonach du gesucht hast?" fragte sie weiter.

„Ich befürchte es ist so", antwortete ich. „Ich weiß nur noch nicht, was das für mich bedeutet. Ich hatte gehofft, es nicht zu finden."

Das schien ihr als Antwort zu genügen. In der einen Hand hielt sie ihre Zigarette immer in Reichweite ihrer schwarzen Lippen. Die andere hielt neben ihren Hüften die Lehne der Bank und den Arm drückte sie gerade durch. Ihre Beine überkreuzte sie nach einer Weile wieder sehr elegant in die andere Richtung. Ansonsten bewegte sie sich nur ganz langsam, wenn sie an ihrer Zigarette zog. Das Schweigen schien ihr nichts auszumachen. Und mir war es im Moment auch nicht sonderlich unangenehm.

Der Nebel formte eine Glocke, die die Welt da draußen ausgeschlossen hatte. Das Licht der hinteren Laternen am Weg schien sich im Dunst zu verlieren. Wenn Opa Hirmer doch schon lange tot war, wen habe ich dann im Treppenhaus stehen sehen?

Ein metallernes Ziehen und ein anschließender, lauter Knall durchbrachen die Ruhe. Jemand schloss das Haupttor. Selbst das zweifache Umdrehen des Schlüssels konnte man deutlich erkennen. Es musste einundzwanzig Uhr sein, Besuchszeit war sozusagen beendet. Die Laternen an den Wegen erloschen alle gleichzeitig und was blieb, war das vereinzelte Flackern der Grablichter. Der Nebel wechselte seine Farbe von warmweiß zu warmrot.

„Kommen Sie denn jetzt noch nach Hause?" fragte ich die Dame neben mir. Aber ich bekam keine Antwort. Stattdessen schnippte sie wieder einen Zigarettenfilter achtlos neben den Mülleimer und stecke sich nach fünf Sekunden Enthaltsamkeit die nächste an. Sie zog den Rauch tief ein und blies ihn dann mit einem langen Atemzug und erhobenem Kopf genussvoll wieder aus.

„Wie heißt du überhaupt?" wollte sie wissen, ohne mich dabei anzusehen.

Wieso duzte sie mich eigentlich? Und was hieß hier ‚überhaupt'? Hätte ich mich ihr vielleicht vorstellen sollen, bevor sie neben mir Platz nahm?

„Mein Name lautet Wilhelm", sagte ich trotzdem höflich. Ich sah keinen Grund, ihr nicht zu antworten. „Und du?" Ich hatte zwar keine Lust auf einen Small Talk, aber ich wollte auch nicht unfreundlich sein.

„Viktoria", antwortete sie.

„Schöner Name", erwiderte ich der höflichen Floskel einer ersten Konversation folgend, doch gleichzeitig so monoton, dass es eher wie ein Abschluss klang.

„Hm, schöner Scheissname!" sagte sie. Und weil ich wohl doch verständnislos an ihr hochgeschaut haben musste, setzte sie nach: „Wer wird schon gerne Ficki genannt?"

„Ja, kann ich nachvollziehen", antwortete ich spontan. Und nach wenigen Sekunden ergänzte ich: „Mein Nachname lautet von Popp." Ich merkte, wie sie erst leise kicherte.

„Okay, damit hast du es auch nicht leicht im Leben", sagte sie dann doch sichtlich belustigt. Sie warf ihre Zigarette weg, ohne sie zu Ende geraucht zu haben, stellte ihre Füße nebeneinander auf die Bank und lehnte sich mit ihren Ellenbogen auf die Oberschenkel gestützt nach vorne.

„Was ist deine Story, Wil?" fragte sie mit fast schon vertraulichem Unterton und schaute mich dabei neugierig und direkt an. Als könne sie in meinem Gesicht lesen, fragte sie dann: „Hast du vielleicht den Tod gesehen?"

„Ja, so ähnlich. Ich denke das kann man so ausdrücken", erwiderte ich sehr spontan und hatte im gleichen Moment das Gefühl, bereits zu viel gesagt zu haben. Aber meine Angst entspannte sich schnell wieder, denn sie reagierte nicht weiter darauf. Sie tat so, als sei das das Normalste von der Welt. Als kämen hier öfters Geister vorbeigeschwebt. Sie setzte sich wieder auf, steckte sich erneut eine Zigarette an und blies langsam und lasziv den Rauch aus. Der Nebel war langsam so dicht, dass sich Rauch und Nebel nicht mehr unterscheiden ließen. Sie rauchte die Zigarette halb auf und fragte dann, als wenn sie die ganze Zeit darüber nachdenken würde:

„Was denkst du? Muss man seine Last ertragen oder doch eher überwinden?" Mit einer philosophischen Diskussion hatte ich jetzt nicht gerechnet. Mir stand auch nicht der Sinn danach.

„Das kann ich dir nicht beantworten", sagte ich. Sie machte einen bestätigenden Grunzton, als wenn sie sich das schon gedacht hätte, nicht mehr. Wieder saßen wir minutenlang still da und beobachteten das Flackern der Grablichter. Plötzlich schien sie genug davon zu haben, schnippe die letzte Zigarette neben die anderen auf den Boden zwischen Mülleimer und Bank und sprang auf.

„Ich lass dich jetzt mal lieber mit deinem Toten allein", sagte sie, rückte ihren Minirock zurecht und winkte mir kurz zu. „Weiterhin schönes Leben, Wil", flüsterte sie wieder mit betont tiefer Stimme und verschwand ganz langsam in die Richtung, aus der sie gekommen war. Aufgrund der Dunkelheit und des Nebels konnte ich sie schon bald nicht mehr sehen.

Ich fühlte, wie die Kälte in mir aufgestiegen war und erhob mich ebenfalls langsam von der Bank, so als wäre ich festgefroren. Ich sammelte die Reste der Zigaretten vom Boden auf, warf sie in den Mülleimer und suchte in der Dunkelheit den Durchgang zu meinem Garten.

Zu Hause wurde ich das Gefühl der Ohnmacht nicht los. Opa Hirmer war tot und ich war in meinen Gedanken gefangen. Ich nahm zur Entspannung ein heißes Bad und stieg erst wieder aus dem Wasser, als es mir langsam kalt wurde. Sehr spät fiel ich in einen traumlosen Schlaf.

Kapitel 5

Am Montagmorgen saß ich gerade bei meinem Frühstück, als das Telefon klingelte. Ich aß einfach ohne zu reagieren weiter und nach dem fünfzehnten Klingeln hörte es wieder auf. Ich räumte den Tisch ab und wollte auf Zola warten. Der Nebel hatte sich verzogen, doch es sah so aus, als könne es jeden Moment anfangen zu regnen. Als Zola um halb zehn jedoch immer noch nicht da war, packte ich meine Sachen und fuhr mit dem Rad bei immer noch halb platten Hinterreifen zur Universität.

Es gab eine Vorlesung zum Thema ‚Neuropsychologie'. Der Dozent referierte über neueste Erkenntnisse der anterograden Amnesie, d.h. der massiv reduzierten Merkfähigkeit für neue Bewusstseinsinhalte. Danach können neue Dinge nur noch für ein bis zwei Minuten im Gedächtnis erhalten werden, ehe sie wieder vergessen werden. Gründe sind der Ausfall des wesentlichen Neuronenkreises im limbischen System bzw. der Untergang der Neuronen im Nucleus basalis Meynert (Morbus Alzheimer).

Nach der Veranstaltung war ich der letzte, der den Hörsaal selbst nach dem Dozenten verließ, denn ich hatte lange die Liste mit der weiterführenden Literatur zu dieser Veranstaltung analysiert. Ich ging vorbei an den langen Schlangen, die sich um diese Zeit vor der Mensa bildeten direkt in die Bibliothek, um mir zwei der Bücher auf der Liste auszuleihen. Nur eines der beiden war verfügbar: ‚Stationen der Gehirnforschung'. Zufällig fiel mir aber noch eine Zeitschrift mit dem Titel ‚Ernährungsstile' in die Hände. Beide wollte ich ausleihen. Daher ging ich mit Buch und Zeitschrift in der Hand zum Schalter.

Ich musste warten, denn die zwei Damen hinter dem Schalter waren gerade damit beschäftigt, jeweils einen Stapel an Rückgaben einzubuchen. Die eine war eine etwas Ältere, mit Brille und kurzen rotbraunen Haaren. Die andere war deutlich jünger, bestimmt eine Studentin, die hier für nebenbei einen Job gefunden hatte. Erst sah es so aus, als würde die Ältere frei, weil der Student, den sie gerade bedient hatte, sich rumdrehte und ging. Aber dann verschwand sie wieder hinter den Regalen wohl auf der Suche nach einer Bestellung, die sie nicht finden konnte. Nach wenigen Sekunden wurde dann die Jüngere frei.

„Sie möchten diese beiden Artikel ausleihen?" fragte sie mich mit einem sehr charmanten Lächeln. Sie hatte ihr blondes Haar zu einem Pferdeschwanz zusammengebunden. Sie trug silberne Ohrstecker, die die schöne Form ihrer Ohren noch mehr unterstrichen, ansonsten eine enge Bluejeans und ein enges Shirt, das ihre Figur betonte.

„Ja, bitte sehr", antwortete ich und lächelte zurück. Sie nahm den Scanner des Computers und ich hörte es zweimal Piepen.

„Sind Sie wissenschaftlicher Mitarbeiter?" fragte sie. Wieder lächelte sie mich an:

„Ich bin Student", antwortete ich. Diese Antwort schien sie zu irritieren. Sie musterte mich kurz und ihr Lächeln verschwand.

„Dann brauche ich Ihren Studentenausweis", sagte sie. Ich gab ihr meinen Ausweis, hörte ein weiteres Piepen und fertig war sie.

„So, bitte", sagte sie. Ohne mich eines weiteren Blickes zu würdigen, begrüßte sie den nächsten Kunden. Ich packte das Buch und die Zeitschrift in meine Tasche und radelte bei leichtem Regen zurück nach Hause.

Zu Hause warteten drei unbeantwortete Anrufe auf mich, alle von der gleichen Mobilfunknummer, aber ohne eine hinterlassene Nachricht. Ich überlegte kurz, ob ich zurückrufen sollte, entschied mich dann aber dagegen.

Zola schien immer noch nicht da zu sein. Oder sie war schon da gewesen und ist dann doch wieder losgegangen, um irgendetwas zu besorgen, was vielleicht fehlte. Seit sie sich um meinen Haushalt kümmerte, sorgte sie auch stets dafür, dass ich auch ausreichend Drogerieartikel im Haus hatte.

Ich ging ins Bad, trocknete mir mit einem Handtuch die Haare und wechselte meine Kleidung. Danach bereitete ich mir ein leichtes Mittagessen und begann in der entliehenen Zeitschrift zu lesen.

Gegen fünfzehn Uhr klingelte erneut das Telefon. Es war die gleiche Nummer, die schon am Vormittag dreimal angerufen hatte. Ich hob nach dem dritten Läuten ab.

„Wilhelm von Popp", sprach ich laut und betont deutlich.

„Mr. Wilhelm?" meldete sich eine mir unbekannte Frauenstimme. Ich bestätigte und sie fuhr fort. „Mr. Wilhelm, ich habe versucht, Sie heute zu erreichen. Aber nicht erreicht." Sie hatte einen ähnlichen Akzent wie Zola. „Ich bin Mitbewohnerin von Zola. Malaika mein Name."

„Freut mich Sie kennenzulernen, Malaika", entgegnete ich.

„Ja", sagte sie. „Ich rufe Sie an, weil Zola leider krank ist und diesen Tag nicht arbeiten kann. Bitte nicht böse sein."

„Aber nein, natürlich bin ich nicht böse. Ich hoffe doch es ist nichts Schlimmes?" antwortete ich.

„Nein, nichts Schlimmes. Bitte machen Sie keine Sorgen", sagte sie.

„Ist gut. Danke für Ihre Nachricht. Bitte richten Sie Zola meine besten Wünsche zu ihrer Genesung aus. Lassen Sie es mich bitte wissen, wenn sie etwas benötigt", sagte ich. „Ich kann ihr auch einen guten Arzt empfehlen, wenn sie denn einen braucht."

„Danke, braucht keinen Arzt, Mr. Wilhelm. Haben genug Pillen. Sehr freundlich. Danke", antwortete sie schnell.

„Ja, gut. Dann gute Besserung. Und bitte rufen Sie mich gerne jederzeit an, wenn ich doch etwas tun kann."

„Okay, danke", wiederholte sie und legte auf.

Das tat mir leid um Zola. Aber es musste ja nichts Schlimmes sein, weswegen sie heute zu Hause bleiben musste. Aber dann würde sie doch sicher später in der Woche wiederkommen? Nun, Malaika war zuversichtlich, dass Zola keinen Arzt benötigte. Und wenn doch, dann könnte sie ja wieder hier anrufen. Wahrscheinlich hatte Zola sich doch nur den Magen verdorben und war bald wieder auf dem Damm. Ich entschied mich dafür, mir einen starken Kaffee zu kochen, ein paar Nüsse zu knabbern und dabei weiter in meiner Zeitschrift zu lesen.

Der Artikel erläuterte viel zur Pluralität der Ernährungsstile in der Neuzeit, zur Bedeutung von Zugehörigkeitsgefühlen und der Rolle der Selbstinszenierung. Automatisch musste ich an Vicky denken. Das Thema Selbstinszenierung scheint ihr nicht fremd zu sein. Ein sonderbares Mädchen. ‚Muss man seine Last ertragen oder doch eher überwinden' hatte sie gefragt. Aber ich wusste auch jetzt keine rechte Antwort darauf, selbst wenn ich intensiver darüber nachdachte. Bestimmt hatte man stets die Wahl, das eine oder das andere zu tun, nahm ich an. Es würde sicher ganz von der Situation abhängen.

Es begann langsam zu dämmern. Ich machte einen Schritt auf den Balkon und war verwundert, dass es milder war, als ich es nach dem gestrigen Abend erwartet hätte. Ich schaute hinab auf den Friedhof. Doch weder war eine Katze zu sehen, noch war Vicky auf der Bank oder sonst wo zu erkennen.

Ich entschied mich, noch etwa dreißig Minuten auf meinem Stepper zu verbringen, und mich hinterher noch etwas meinen Kakteen zu widmen. Danach bereitete ich mir ein leichtes Abendessen und ging zeitig ins Bett.

Kapitel 6

Ich stand am Morgen extra früh auf, denn es war mein Arzttag. Seit meine Mutter in ihre Alterspension gezogen war, besuchte ich alle vier bis sechs Wochen Professor Schwarz in seiner Klinik. Vorher absolvierte ich jedoch noch eine Extrarunde auf meinem Trimmrad – fast neunzig Minuten – nahm eine ausgiebige Dusche und bereitete mein Frühstück. Ich machte mir eine Creme aus einer halben Avocado, dazu frische Kirschtomaten, zwei Scheiben Vollkornbrot und einen frisch gepressten Karotten-Ingwer-Drink.

Der Himmel zeigte nur eine leichte Bewölkung, vereinzelt zeigte sich sogar die Sonne. Da mein Termin erst am frühen Nachmittag war, griff ich zu meiner Zeitschrift aus der Bibliothek und setzte mich auf den Balkon. Nach einer kurzen Weile entschied ich mich, doch auf meine Bank auf dem Friedhof umzuziehen. Ich ging in den Garten, kletterte durch die Stelle im Zaun, dann durch die Hecke und erkannte schon von weitem, dass zwischen Bank und Mülleimer wieder einige Zigarettenstummel lagen.

Vicky war also letzte Nacht hier gewesen. Ich betrachtete kurz die Stummel auf dem Boden und erkannte vereinzelt die Abdrücke ihres schwarzen Lippenstifts. Ich setzte mich auf die Bank und ließ den Blick schweifen. Die Sonne kam in diesem Moment durch die Wolken und ich hatte das Gefühl, den ersten wahren Frühlingstag des Jahres zu erleben. Mit einer wohligen Empfindung von innerer Zufriedenheit schloss ich die Augen und atmete so tief ich konnte, in langen, gleichmäßigen Zügen. Irgendwann begann ich zu lesen, aber schon nach einer Stunde musste ich mich beeilen. Ich sammelte noch schnell die Zigarettenreste vom Boden auf, warf sie in den Mülleimer und ging zurück in meine Wohnung.

Ich aß hastig die zweite Hälfte der Avocado zu Mittag, mit etwas Vollkornbrot, Honig und Kaffee, und schwang mich auf mein Rad. Der Weg zur Klinik schien mir sehr beschwerlich, weil mir zum einen die Extrazeit auf meinem Trimmrad am Morgen in den Beinen steckte und ich zum anderen immer noch zu wenig Luft im Hinterreifen hatte.

Wie immer begrüßte ich Schwester Christa als erste, deren überschwängliche Art mir gegenüber mit den Jahren nicht im Geringsten nachgelassen hatte. Ich wusste, dass sie meinen Vater scheinbar so sehr verehrt hatte, dass sie einst Anlass eines heftigen Streits zwischen meinen Eltern war. Nach dem tödlichen Unfall meines Vaters kam es dann auch schnell zum Bruch zwischen meiner Mutter und Professor Schwarz. Was Schwester Christa wohl ganz recht gewesen sein muss, wie ich heute denke.

Ihre mittlerweile sechzig Jahre sah man ihr nicht im Geringsten an. Sie trug ihr blondes Jahr zwar bereits kürzer, war aber elegant gekleidet – eigentlich zu elegant für eine Arzthelferin – und schlank wie eh und jeh. Ich wußte, dass sie sportlich und grundsätzlich sehr aktiv war. Und dazu kam noch ihre einnehmend freundliche Art. Jedenfalls kam sie mir gleich entgegengelaufen, als sie mich sah.

„So schön, Sie mal wieder zu sehen, Herr von Popp", sagte sie. „Meine Güte. Sie sehen ihrem Herrn Vater zusehends ähnlicher." Sie strahlte mich herzlich an.

„Soso, sie meinen also, dass ich alt werde?" antwortete ich mit einem Augenzwinkern.

„Natürlich nicht", sagte sie mit gespieltem Entsetzen. Und mit einer abwinkenden Handbewegung: „Ganz wie der Vater. Was soll ich sagen!" Sie nahm mir den Mantel ab und hängte ihn an die Garderobe. „Sie sind wie immer sehr pünktlich, mein Lieber. Bitte kommen Sie hier herein", und sie hielt mir die Tür zu einem der kleineren Behandlungszimmer auf. Wie alle Behandlungszimmer sah auch dieses für eine Arztpraxis eigentlich eher untypisch aus. Alle Behandlungsutensilien waren in den Schränken versteckt und wurden nur nach Bedarf herausgeholt. Dafür dominierten die hohen Fenster den Raum.

„Oh", sagte ich. „Werde ich heute wieder mal auf Herz und Nieren geprüft?"

„Nicht auf Herz und Nieren. Auf Leber und Nieren", antwortete sie leicht amüsiert. „Sie kennen das ja."

Ja, ich kannte das. Seit der Professor mir regelmäßig die Psychopharmaka verschrieb, die er mir dann quasi als Spezialservice jeden Samstag durch Hannes in Wochenrationen zukommen ließ, wurden unter anderem regelmäßig meine Blutwerte überprüft, um die Risiken einer möglichen Überdosierung zu vermeiden und um sicherzustellen, dass sich bei mir auch keine Nebenwirkungen einstellten. Außerdem war es mein Anliegen, auch jedes Mal den Blutdruck überprüfen zu lassen, weil Unregelmäßigkeiten des Blutdrucks erste Hinweise auf das Ausbrechen der Demenzkrankheit sein können.

Zur weiteren Untersuchung geleitete mich Schwester Christa dann in Professor Schwarz' Behandlungszimmer. Wieder hielt sie mir die Tür auf, ich deutete ein Tippen an einen imaginären Hut an und trat ein.

„Bitte nehmen Sie schon einmal Platz. Der Professor ist sofort bei Ihnen", sagte sie mit ihrem breiten Lächeln und schloss hinter mir die Tür.

Ich trat in den mir wohlbekannten Raum mit der hohen Decke und den zahlreichen Fenstern und nahm auf dem immer gleichen Ohrensessel an der rechten Wand gleich neben dem offenen Kamin Platz. Professor Schwarz' Zimmer war so groß, dass ich allein dafür fast zehn Schritte machen musste. Der Sessel war aus braunem Leder und stand ansonsten verloren neben einem tiefen Regal voller Fachliteratur. Man könnte annehmen, dass sich der Professor hier im Winter gerne zum Studieren hinsetzte. Zu meinen Füßen erstreckten sich alte Eichendielen bis hinüber zur anderen Seite des Raumes, wo ein bestimmt drei mal drei Meter großes

Bild hing, das so aussah, als sei es das Lieblingsmuster des Professors aus einem durchaus moderneren Rorschach-Test.

Weiter vorne standen sich zwei weiße Sitzgruppen gegenüber auf einem türkis-farbenen Teppich. Dominiert wurde der Raum von einer Büste auf einer Säule, die die Initialen des Professors trug: GS. Sie stand genau im Zentrum des Raumes und wurde von kleinen Lampen perfekt angestrahlt. Die Büste zeigte eine Frau mittleren Alters, die ausgesprochen sympathisch lächelte. Das Gesicht erinnerte mich stark an meine Mutter im jungen Alter. So waren die Augen des Kopfes ziemlich groß und zeigten leichte Lachfältchen. Außerdem hatte man den Eindruck, dass der Kopf leicht zur Seite geneigt sei, genauso wie es meine Mutter immer tat, wenn sie lächelte.

Es gab keinen Tisch und noch nicht einmal einen Schreibtisch im Büro. Ich glaube, dass ich Professor Schwarz auch noch nie an einem Tisch sitzen gesehen habe, seit ich ihn kenne. Er war ein Freund, vielleicht sogar der beste Freund meines Vaters gewesen. Auch wenn sie nicht das Gleiche studiert hatten, so kannten sie sich schon seit dem Studium. Sie waren einst ein unzertrennliches Gespann. Während jedoch mein Vater später meine Mutter traf und heiratete, ist Professor Schwarz ein ewiger Junggeselle geblieben. Er hatte immer mal wieder was mit Frauen, aber scheinbar nichts Festes. Er pflegte zu sagen, dass die Kunst seine einzig dauerhafte Geliebte sei.

Dafür hat Professor Schwarz jedoch Karriere gemacht. Er war lange Zeit als Arzt bei der Entwicklungshilfe in Afrika unterwegs und kam erst wieder zurück, als ich etwa zehn Jahre alt war. Meine Mutter hatte meinen Vater damals dazu überredet, Professor Schwarz dieses Haus günstig zu vermieten, das er dann mit der Zeit zur Klinik umfunktioniert hat. Wir bekamen dafür unsere Behandlungen gratis. Als mein Vater starb, erließ meine Mutter dem Professor sogar die Miete für dieses schöne Anwesen.

Es klopfte und der Professor betrat das Zimmer aus einer Seitentür gleich neben dem modernen Rorschach-Bild. Seine schiere Anwesenheit füllte den Raum, was zum einen an seiner stattlichen Körpergröße von fast zwei Metern, zum anderen aber auch an seiner unglaublichen Ausstrahlung lag. Sein Markenzeichen, das wallende Haar, hatte sich über die Jahre grau verfärbt. Aber er hatte immer noch die braun gebrannte Haut eines Casanovas. Mich beeindruckten vor allen Dingen seine breiten Schultern und sein großer Kopf mit seinen stahlblauen Augen. Er trug eine dunkelbraune Hornbrille in Holzoptik, wie so oft ein modisch braunes Sakko mit Einstecktuch, darunter ein weißes Hemd mit offenem Kragen, eine dunkle Baumwollhose und schwarze Samtslipper.

„Mein lieber Wilhelm", begrüßte er mich wie immer sehr erfreut. „Schön, dass wir uns wiedersehen. Wie geht es dir zurzeit?" Wie ich wusste, legte er sehr viel Wert darauf, dass ich bei der Beantwortung der Frage nicht ausschließlich auf meinen heutigen Zustand Bezug nahm, sondern wirklich die letzten Tage und Wochen miteinbezog.

„Danke, es geht mir den Umständen entsprechend gut, Herr Professor", antwortete ich.

„Das ist sehr gut", sagte er. „Warum gehen wir nicht in den Wintergarten und nehmen dort ein Glas Tee." Er machte eine weite Handbewegung in die Richtung des Raumes, wo ein großer Wintergarten aus Glas angebaut war, als wolle er mir den Vortritt lassen.

Der Wintergarten war lichtdurchflutet und ebenso überdimensioniert wie der Rest des Raumes. Hier standen zwei Sessel, die stilistisch genau zu den weißen Sitzgruppen im Raum passten und auch sie standen auf dem gleichen, türkis-farbenen Teppich. Professor Schwarz ließ mir die Wahl des Sessels und setzte sich auf den anderen.

Ohne dass der Professor sie in meiner Anwesenheit darum gebeten hätte, brachte Schwester Christa uns zwei Gläser mit frisch aufgebrühtem Kräutertee ohne Zucker, aber mit einer Scheibe Zitrone an der Seite. Außerdem legte sie ihm seinen Tablet-Computer auf den Schoß. Die beiden waren ein über die Jahre sehr gut eingespieltes Team.

Er nickte Schwester Christa dankend zu und sie verließ wieder den Raum. Er nahm einen großen Schluck von dem viel zu heißen Tee und ließ ihn wie ein Weintester einige Zeit im Mund, bevor er ihn herunterschluckte.

„Erzähle mir, was du seit deinem letzten Besuch getan hast", sagte er wie immer als Einstieg in die Sitzung.

„Nun, ich habe mich in der Hauptsache meinem Studium gewidmet", übertrieb ich. Der Professor nahm seinen Tablet-Computer zur Hand, tauschte seine Hornbrille gegen eine Lesebrille, die er aus der Innentasche seines Sakkos zog und zeigte keine

Reaktion, um mir zu verstehen zu geben, dass ich weiter an der Reihe war.

„Dieses Semester besuche ich die Vorlesung zur Ernährungspsychologie. Ein sehr packendes Thema", fuhr ich fort.

„Das ist es", sagte er zur Bestätigung und schien mit dem Stift irgendetwas auf seinem Tablet zu kritzeln. „Was interessiert Dich besonders?" wollte er wissen.

„Dem Grunde nach alles", antwortete ich. Ich überlegte, welches Thema ich heute zum Schwerpunkt der Sitzung machen könnte.

„In der letzten Woche habe ich ein Buch über Zöliakie gelesen und erfahren, dass es auch Studien gibt, die belegen, dass Zöliakie durchaus auch Depressionen hervorrufen kann", sagte ich.

„Ja, das stimmt", bestätigte er. „Hast du denn irgendwelche Beschwerden, die auf eine Glutenunverträglichkeit hindeuten lassen?"

Ich dachte nach ohne zu antworten.

„Durchfall, Erbrechen, Appetitlosigkeit", fuhr er fort. „Oder auch Müdigkeit?" Er machte eine Pause. Aber ohne darauf eine Antwort abzuwarten, sagte er: „Was ist mit deinem Traum? Hat er sich verändert?"

Mein Traum, ja, das war so eine Sache. Als ich von der Krankheit meiner Mutter erfahren hatte, hatte ich eines Nachts diesen schrecklichen Alptraum. Er war immer wieder der gleiche, wenn überhaupt, dann nur mit ganz leichten Abänderungen. Jedes Mal war ich in einem dunklen Kellerraum, ähnlich einem Verließ, ohne Fenster und Türen. Ich saß auf einem Stuhl, der dem sehr ähnelt, der in den USA für die Hinrichtung der zu Tode Verurteilten verwendet wird. Ich konnte weder meine Füße noch meine Hände, geschweige denn Beine oder Arme, bewegen, weil sie am Stuhl fixiert waren. Selbst der Nacken war irgendwie steif. So bewegungsunfähig musste ich warten, bis aus einer Ecke eine dunkle Figur ohne Gesicht mit einem Silbertablett in den Händen auf mich zukam und es auf dem Tisch vor mir platzierte. Das Tablett war mit einer silbernen Haube bedeckt und als die Figur die Haube hochhob, lag darunter eine halb geschälte, zum Essen drapierte Banane. Die Figur forderte mich sadistisch grinsend auf die Banane zu essen, wohl wissend, dass ich das mit einem ekelverzerrten Gesichtsausdruck ablehnen würde.

Daraufhin schloss die Figur die Haube wieder mit einer ironisch freundlichen Geste, indem sie wie ein britischer Kellner die Augen schloss, die Augenbrauen nach oben zog und den Kopf arrogant nach hinten legte. Im nächsten Augenblick drehte sie sich grässlich verzerrt mit einer schnellen Bewegung im Kreis und hielt mir mit einem sadistischen Lachen das Tablett nochmals hin. Nur war es diesmal voll mit grünem Fleisch, das teils verwest und mit Maden und Würmern durchzogen war, und stopfte es in meinen Mund. Jeglicher Widerstand war zwecklos. Als ich alles unter größtem Ekel hinuntergewürgt hatte, drehte sich die Person wieder zurück und begann von vorne. Es hätte endlos weitergehen können, doch meistens wachte ich spätestens nach der zweiten oder dritten Banane schweißgebadet auf. Anfangs bin ich immer sofort ins Bad gelaufen und habe versucht mich zu übergeben. Später habe ich es mit Professor Schwarz' Hilfe geschafft, durch eine Routine beim Wachwerden den

Traum schnell zu verdrängen und wieder zur Ruhe zu kommen. Durch eine Entspannungs- und Atemübung fiel ich mit der Zeit wieder in den Schlaf.

„Seit unserem letzten Termin hatte ich keinen Traum mehr", sagte ich.

„Beachtlich", entgegnete er. „Dann sollten wir die Dosierung erst einmal so beibehalten, mein lieber Wilhelm." Er machte sich wieder einige Notizen auf seinem Computer. „Gibt es sonst irgendwelche Ängste, die dich bedrücken?"

„Nein!" antwortete ich ohne zu zögern.

„Sehr gut! Das ist schon eine deutliche Verbesserung", sagte er. „Nur weiter so." Er schrieb eine ganze Weile, wobei er scheinbar mit der Technik so seine Schwierigkeiten hatte, denn er wischte mehrfach mit dem Finger über das Display und wurde etwas hektisch. Als er an einer Stelle gar nicht weiterkam, drückte er einen Knopf, den er wie einen Kugelschreiber an der Außentasche seines Sakkos trug und nur Sekunden später kam Schwester Christa ins Zimmer. Sie musterte ihren Chef nur kurz und erkannte scheinbar anhand seines verzweifelten Gesichtsausdrucks sofort die Lage. Mit einem verständnisvollen Gesichtsausdruck kam sie auf den Professor zu, machte eine kurze Wischbewegung über das Tablet und schaute ihn von der Seite an. Der Professor stierte noch wenige Sekunden wie paralysiert auf das Display, bis sich sein verkrampfter Gesichtsausdruck wieder löste und er wie erleichtert sagte:

„Gut! Dann sehen wir uns in ein paar Wochen wieder, lieber Wilhelm." Ein Stück weit überrascht, dass ich jetzt so rauskomplimentiert wurde, antwortete ich:

„Was ist nun mit meiner Glutenunverträglichkeit?" Er stand auf und legte mir beim Herausgehen väterlich die Hand auf die Schulter:

„Ich wäre da jetzt nicht zu voreilig mit einer Untersuchung. Beobachte bitte bis zu unserer nächsten Sitzung mögliche Symptome und wir besprechen das Thema dann beim nächsten Mal." Er reichte mir an der Tür die Hand und Schwester Christa führte mich nach draußen.

Kapitel 7

Als ich zu Hause ankam, dämmerte es bereits. Der Himmel war bedeckt und kein Mond war zu sehen. Ich trainierte noch etwas länger als eine halbe Stunde auf meinem Stepper, ging unter die Dusche und bereitete mir ein Abendessen aus vegetarischen Ravioli mit Tomate-Basilikum-Soße und geriebenem Hartkäse.

Beim Essen musste ich an Zola denken und erschrak plötzlich. Hastig lief ich zum Telefon um zu sehen, ob vielleicht jemand angerufen oder eventuell sogar eine Nachricht hinterlassen hätte. Aber weder das eine noch das andere war der Fall. Erleichtert aber auch ein bisschen enttäuscht, setzte ich mich wieder an den Tisch. Vielleicht wäre es höflich gewesen, wenn ich mich telefonisch nach Zolas Gesundheit erkundigt hätte. Nur einmal kurz fragen, ob sie wieder auf dem Weg der Besserung war. Aber ich entschied mich dagegen, denn ich wollte mich ja auch nicht aufdrängen. Wenn es etwas gab, wobei ich helfen konnte, dann würden sie oder ihre Mitbewohnerin sich schon melden. Stattdessen trug ich nach dem Essen das Geschirr in die Küche und legte beim Spülen und Aufräumen der Küche Zolas Lieblingsmusik ein. Ich versuchte mir vorzustellen, wie sie in meiner Küche tanzte und hier alles mit Leben erfüllte. Wie sie rhythmisch zur Musik die Hüften kreisen ließ, hin und wieder in die Hände klatschte, die Arme ausbreitete und sich drehte und mich mit ihrem Lächeln verzauberte. Aber es gelang mir mit Hilfe der Musik nicht, auch nur einen Ansatz dieser Atmosphäre zu verspüren. Ohne Zola klangen die Töne an jenem Tag für mich eher provozierend, als würden die Trommeln mich durch ihre Schläge verachten. Ich ging zur Anlage und stellte die Musik aus.

Im selben Moment klingelte das Telefon. Erwartungsvoll hob ich bereits vor dem dritten Läuten ab und meldete mich wie üblich, nur mit einem leicht aufgeregten Vibrieren in der Stimme. Also konnte ich doch helfen. Aber vom anderen Ende kam keine Antwort. Alles was ich hörte war wieder dieses mechanische Auf und Ab einer Luftbewegung, das mich wieder an einen Blasebalg denken ließ. Nur irgendwie hatte dieser Anruf diesmal etwas Kaltes an sich, das mich erschaudern ließ. Dieser Blasebalg hielt etwas in Bewegung, etwas, das nichts Gutes im Schilde führte. Der erbarmungslose Rhythmus ließ mich an die Rudersklaven einer römischen Galeere denken. Was fehlte, waren nur noch die gelegentlichen Peitschenhiebe und die Schreie der Leidenden.

Erschrocken und angewidert stieß ich den Hörer förmlich auf die Gabel. Ich blieb eine Weile vor dem Telefon stehen, starrte weiter auf die Anzeige und versuchte, das Bild des Schreckens wieder loszuwerden.

Ich nahm einen tiefen Atemzug und ging in die Küche, um mir einen schwarzen Tee zu bereiten.

Während das Wasser kochte, öffnete ich im Wohnzimmer die Balkontür und trat hinaus in die Nacht. Für einen kurzen Moment schien der Mond leicht durch die Wolken und man konnte erahnen, dass bald Vollmond sein würde, nur noch wenige Tage. Doch bevor es soweit sein würde, wäre Zola sicher wieder gesund. Ich fand das einen sehr schönen und besänftigenden Gedanken. Sie würde wieder in meiner Wohnung tanzen und alles mit Leben erfüllen.

Ich lehnte mich an das Geländer des Balkons und starrte in die Nacht. Vereinzelt sah man warme Lichter hinter den Fenstern bei den entfernt stehenden Häusern. Gemeinsam mit den Grablichtern, die in ihrer Zahl unverändert zu sein schienen, präsentierte sich eine mystische Ruhe.

Da sah ich, wie eine Person in Richtung meiner Bank schritt. Sie trug einen Mantel, die Kapuze über dem Kopf und bewegte sich ganz langsam wie auf einem Laufsteg. Das konnte nur Vicky sein. Ich schaute ihr zu, wie sie sich wie bei unserem Treffen auf die Lehne setzte, mit den Füßen auf die Sitzfläche, und nach einer ausschweifenden Armbewegung – wahrscheinlich mit der Zigarette in der Hand - den Kopf in den Nacken legte.

Hastig zog ich mich an und öffnete die Wohnungstür. Im Treppenhaus erschien mir alles normal zu sein. Ich nahm meinen Weg durch den Garten vorbei am Fliederbusch. Kurz glaubt ich zu merken, dass sie sich ziemlich erschrak, als ich plötzlich neben ihr stand. Aber ohne sich die Blöße eines schwachen

Moments zu geben, sagte Vicky mit betont tiefer Stimme ganz langsam:

„Hallo Wil. Komm her und setz dich hierhin."

„Hallo Viktoria", antwortete ich. „Schön Dich zu sehen." Sie reagierte nicht weiter und ich setzte mich neben sie. Sie trug den gleichen schwarzen Mantel wie beim letzten Mal, jedoch waren ihre Absätze diesmal noch spitzer, denn statt der Stiefel trug sie Stilettos. Die Strumpfhose war aus schwarzem Lederimitat und dazu kombinierte sie wieder einen engen Minirock, einen anderen als das letzte Mal. Trotz der noch kühlen Frühlingsluft hielt sie ihr Dekolleté offen und trug am Hals ein Samtband, mit Spitzen verziert und schwarzen Tropfen aus Glas daran. Die Schminke in ihrem Gesicht entsprach dem gleichen Design wie beim letzten Mal, nur dass sie sich zusätzlich zu den schwarzen Augenrändern und Lippen nun auch noch drei schwarze Punkte zwischen den Augen aufgemalt hatte. Und, was mir jetzt erst auffiel: sie war gepierct an den Augenbrauen und an der Nase, wo sie jeweils einen schwarzen Metallstecker trug.

„Bist du gekommen, um mir mehr von deiner Toderfahrung zu erzählen?" wollte sie nach einer Weile wissen.

„Was?" antwortete ich. „Nein, ich wollte wissen, was du meintest, als du mich nach meiner Story gefragt hast." Sie zog an ihrer Zigarette und ließ sich für die Antwort viel Zeit.

„Ich wollte wissen, welchen Persönlichkeitstypen du verkörperst. In welchem der vier Elemente siehst du deinen Ursprung?" sagte sie.

Ich war sehr überrascht, denn mit einer solchen Interpretation dieser Frage hatte ich nun wirklich nicht gerechnet. Ich wusste zwar grob, dass es eine antike Lehre gibt, nach der jeder Mensch eines der vier Elemente Feuer, Erde, Luft und Wasser unterschiedlich stark in sich vereint. Je nach Ausprägung lassen sich danach angeblich Persönlichkeitstypen beschreiben. Nur hatte ich nicht die entfernteste Ahnung, wofür die einzelnen Elemente standen und schon gar nicht, wie ich mich selbst dort kategorisieren konnte.

„Ich weiß es nicht", entgegnete ich.

Das schien sie erwartet zu haben. Ohne merkliche Regung zog sie ein letztes Mal an ihrer Zigarette, schnippte den kümmerlichen Rest wie üblich auf den Boden und steckte sich eine neue an. Erst nach dem zweiten tiefen Zug, den sie sichtlich genoss, sprach sie weiter.

„Dann erzähl' mir von deiner Toderfahrung", sagte sie in einem sehr bestimmten Ton.

Ich wusste nicht, ob Toderfahrung der richtige Ausdruck war. Schließlich hatte ich den Tod nicht erfahren. Ich hatte lediglich jemanden gesehen, der eigentlich schon tot war. Ich zögerte lange. Als würde sie spüren, dass ich nicht wusste, wie oder womit ich anfangen sollte, fragte sie:

„Hat es vielleicht etwas mit dem Urnengrab da drüben zu tun?"

Sie musste mich also beim letzten Mal vor unserem Treffen beobachtet haben. Sie musste gesehen haben, wie ich suchend über den Friedhof gelaufen war und dann endlich vor dem Grab von Opa Hirmer stehen blieb.

„Herbert Hirmer?" fragte sie, als wenn sie sich nicht ganz sicher wäre.

„Ja genau", ließ ich mich zu einer Antwort verleiten. „Er war mein Nachbar. Ich habe ihn in der letzten Woche zweimal auf der Treppe gesehen, obwohl er vor drei Jahren gestorben ist." Sie wollte gerade an ihrer Zigarette ziehen, hielt aber inne und drehte mir den Kopf zu:

„Du hast ihn getroffen?" fragte sie nach, um sicher zu gehen, dass sie mich richtig verstanden hatte. Oder vielleicht wollte sie mir auch in die Augen schauen um sicherzugehen, dass ich ihr nicht gerade einen Bären aufband.

„Ja, so ist es", bestätigte ich. Ich merkte, dass ich das eigentlich gar nicht erzählen wollte, aber ich hatte das Gefühl, dass es jetzt kein Zurück mehr gab und dass Vicky von allen Leuten, die mir einfielen, am ehesten Verständnis haben würde.

„Wie ist das passiert?" bohrte sie weiter.

„Nun, passiert würde ich nicht sagen. Es war eigentlich relativ unspektakulär." Ich erzählte ihr von Opa Hirmer, wie er da fast regungslos auf der Treppe stand, wie leer sein Blick war, wie das Treppenhaus mir so verändert vorkam und wie ich in diesem Moment diese Kälte empfand.

„Hat ihn sonst noch jemand gesehen?" fragte sie sichtlich interessiert und mit aller Ernsthaftigkeit.

„Nein, leider nicht", antwortete ich. „Ich wollte, dass eine Freundin ihn auch sieht. Aber da war er plötzlich nicht mehr da. Ganz komisch. Ach ja, und etwas geflüstert hat er auch. ‚Bring sie zu mir' hat er gesagt."

„Bring' sie zu mir?" wiederholte sie leise. Ich nickte nur. Sie schien nicht im Geringsten an meiner Geschichte zu zweifeln, was mir sehr imponierte. Sie schien aber auch nicht der Typ von Frau zu sein, dem man irgendeinen Blödsinn auftischen konnte und die naiv alles annahm. Sie schien sich meine Erzählung vor ihr inneres Auge zu führen und eifrig zu analysieren. Nach einer Weile, in der ich das Flackern der Grabkerzen beobachtet hatte, wollte sie wissen:

„Hatte er einen Schatten?"

„Wieso?" fragte ich.

„Sag' schon", drängte sie ungeduldig.

„Nein, er hatte keinen Schatten. Ich sah nur meinen eigenen Schatten. Da, wo seiner hätte sein sollen, war nichts zu sehen."

„Krasser Scheiß", schrie sie auf. „Bist du dir da sicher? Weißt du, was das bedeutet?" Sie stemmte beide Hände neben sich auf die Bank und starrte mich mit großen Augen und aufgerissenem Mund an. Vicky war auf einmal gar nicht mehr das coole und unnahbare Mädchen, das scheinbar nichts umhauen konnte.

„Krasser Scheiß, Mann!" sagte sie nochmals, nur diesmal leiser, nachdem ich ihre Frage durch ein unmissverständliches Nicken beantwortet hatte. Sie starrte mit weiterhin offenem Mund gedankenversunken vor sich hin, als müsse sie sich das Gesagte nochmals vor Augen führen. Scheinbar hatte sie sogar das Rauchen vergessen, denn ihre Zigarette brannte komplett ab, ohne dass sie ein weiteres Mal daran zog.

„Kennst du eine solche Situation?" fragte ich sie, aber sie reagierte nicht. Ich schaute sie genau an, um auch nicht den Ansatz einer Kopfbewegung zu übersehen. Aber da war nichts, was danach ausgesehen hätte. Ich hatte das Gefühl, sie irgendwie zu verlieren, als wäre sie gerade nicht hier. Also versuchte ich es mit etwas anderem:

„Bist Du sowas wie ein Grufti?" fragte ich sie und sah sie dabei direkt an. Als sie die Last meines Blickes spürte, schien sie zu erwachen. Sie schüttelte sich leicht und antwortete:

„Gothic Girl, mein Süßer. Endzeitromantikerin, um ganz konkret zu sein." Sie schloss den Mund und drehte mir wieder ihr hübsches Gesicht zu: „Hast Du eine Ahnung, wen er gemeint haben könnte?" sagte sie mit bitterernster Miene.

„Mit ‚bring' sie zu mir'? Nein, keine Ahnung", antwortete ich. „Ich bin mir auch gar nicht sicher, ob ich das überhaupt richtig verstanden habe. Wer weiß, vielleicht war es auch nur ein Rauschen, ein Luftzug, weil jemand unten im Haus die Tür aufgemacht hat." Mein erbärmlicher Versuch einer Ausrede schien sie noch nicht mal im Ansatz zu überzeugen. Sie wendete den Blick wieder nach vorne und starrte in die Dunkelheit.

„Gibt es zu dem Toten noch Angehörige? Lebende Angehörige, meine ich", fragte sie. Mir war klar, worauf sie hinauswollte, aber das war mir jetzt doch zu abgefahren.

„Seine Witwe lebt in der Wohnung unter mir", antwortete ich. „Aber die ist bereits über 80 und auch nicht mehr die Gesündeste." Als hätte sie diese Antwort erhofft, stieß sie einen tiefen Luftzug aus und senkte die

Schultern. Eine Anspannung schien von ihr genommen zu sein.

Lange Zeit saßen wir weiter stumm nebeneinander. Die Grablichter flackerten und der Mond versuchte immer wieder meist vergeblich durch die Wolken zu dringen. Nach einer Weile steckte sich Vicky wieder eine Zigarette an und stand auf. Ich sah sie an. Sie wandte sich zu mir und sagte unvermittelt:

„Von dir geht eine starke Anziehung aus, Wil." Daraufhin rückte sie ihren Rock zurecht, schaute auf die Zigarettenreste neben der Bank, als wollte sie abschätzen, ob sie ihr Tagespensum geschafft hatte und ging ohne ein weiteres Wort wieder in Richtung Aufbahrungshalle, bis sie in der Nacht verschwand.

Das musste der Moment gewesen sein, in dem mir der Kinnladen runterklappte. Was sollte das jetzt bedeuten? Was um Himmels Willen meinte sie mit Anziehung? Von mir geht eine starke Anziehung aus? Ich saß noch eine lange Zeit auf der Bank und überlegte, was das alles wohl zu bedeuten hatte. Als ich nach Hause kam, hing das Teesieb noch im Becher und das Wasser im Kocher war bereits wieder kalt.

Kapitel 8

Als ich am Mittwoch gegen sechsuhrdreißig aufstand, war ich ungewöhnlich motiviert. Ich war mir sicher, dass Zola heute wiederkommen würde. Ich setzte mich eine Stunde auf mein Trimmrad und ging hinterher noch auf den Stepper, bis mir der Schweiß fast schon in die Augen lief. Nach einer ausgiebigen Dusche bereitete ich mir einen Magerquark mit Kirschen aus dem Glas, setzte mich an den Frühstückstisch und wartete auf Zola. Die Kirschen hatten noch Kerne und so sammelte ich diese auf einem kleinen Teller. Nach dem Frühstück begann ich, die Kerne zu zählen: Sie kommt, sie kommt nicht, sie kommt....

Aber sie kam nicht. Als sie auch nach zehn noch nicht da war, griff ich zum Telefon und wählte die Nummer, von der aus Malaika angerufen hatte. Ich ließ es zehnmal klingeln. Aber weder hob jemand ab, noch meldete sich eine Mailbox. Ich war mir nicht sicher, ob das ein gutes oder ein schlechtes Zeichen war. Aber ich merkte, dass mich allein der Versuch, Zola zu erreichen und mich nach ihrem Wohlbefinden zu erkundigen, schon etwas beruhigte. Sie konnte erkennen, dass ich bemüht war und würde sich jetzt sicher bald melden, um sich nach meinem Anliegen zu erkundigen.

Ich hätte dann stattdessen auch meine Mutter anrufen können, um mich ebenfalls nach ihrem Wohlbefinden zu erkundigen. Aber das schien mir dann doch nicht empfehlenswert, denn sicher hätte sie das nur verunsichert. Ein Anruf von ihrem Sohn an einem Mittwoch widersprach völlig ihrem gewohnten Wochenrhythmus. Es war besser für sie, wenn so viel Regelmäßigkeit wie möglich ihr Leben bestimmte. Der Sohn kommt immer sonntags, keine Anrufe an einem Mittwoch.

Ich ging ins Wohnzimmer und setze mich verträumt an das Klavier meiner Mutter, das neben der Musikanlage stand, an der Zola immer ihre CD spielte. Früher war meine Mutter genau das Gegenteil von Regelmäßigkeit gewesen. Sie liebte die Musik, war sogar eine begabte Pianistin und hatte vor meiner Geburt bereits ein paar Auftritte in renommierten Konzerthäusern Deutschlands gehabt. Sie gab Interviews für Fachzeitschriften und die regionale Presse. Und sie wurde sogar hier und da nach Autogrammen gefragt. Sie war so etwas wie ein kleiner Star. Oft nahmen mein Vater und Professor Schwarz sich die Zeit, sie zu ihren Konzerten zu begleiten. Mein Vater schilderte mir einst, wie sie in der ersten Reihe saßen und meine Mutter auf der Bühne bewunderten. Und wie er sich dann manchmal umsah und erkannte, dass meine Mutter das ganze Publikum in ihren Bann gezogen hatte. Ich liebte dieses Bild. Es erfüllte mich voller Stolz.

Nach meiner Geburt fand meine Mutter leider nicht mehr die Zeit zum Üben und gab ihren Beruf dann schließlich von heute auf morgen auf. Pianistin zu sein bedeutet ständiges Üben, jeden Tag ohne Unterlass. Ihr fehlte dazu wohl nicht die Disziplin, aber sie setzte andere Prioritäten im Leben. Was sie jedoch nie aufgab, war ihre Leidenschaft zur Musik. Sie hat mir als Kind immer viele Lieder vorgespielt und auch sehr passabel dazu gesungen. Sie wollte, dass ich das Klavier spielen von ihr lernte. Doch das fruchtete nicht richtig. Und als selbst der zweite Klavierlehrer mir ein chronisches, musikalisches Untalent diagnostiziert hatte, hauptsächlich aufgrund eines nicht vorhandenen Gefühls für Rhythmus, gab meine Mutter ihren Wunsch endlich schweren Herzens auf. Trotz meiner mangelnden Begabung liebte ich ihr Spielen, ihre Liebe zur Musik, wie sie einen grauen Regentag in Sonnenschein verwandeln konnte und dabei alles in ihren Bann zog. An so einem grauen Tag wie heute, wo man von drinnen betrachtet nie weiß, ob es draußen gerade nieselt oder nicht, hätte sie für Erleuchtung gesorgt.

Als bis Mittag immer noch keine Antwort von Zola kam, nahm ich mir einen Apfel und stieg auf mein Rad, um zur Uni zu radeln. Da jedoch der hintere Reifen bereits so platt war, dass ich auf der Felge gefahren wäre, bin ich nochmal in den Keller gelaufen, um die Luftpumpe zu holen. Nach wenigen Minuten war auch das erledigt und ich fuhr hinauf zur Bibliothek. Ich schloss am Eingangsbereich meine Jacke und meinen Rucksack in ein Schließfach ein und sah, dass die hübsche Blonde wieder am Schalter stand. Ich wartete bis sie frei war und ging auf sie zu.

„So. Bitte schön?" sagte sie zu mir mit einem freundlichen, auffordernden Lächeln.

„Ich möchte dieses Buch über Zöliakie zurückbringen", sagte ich und versuchte, durch Vickys Äußerung letzte Nacht motiviert, ihren Blick zu erhaschen. „Jobben Sie hier? Was studieren Sie?" wollte ich ein Gespräch beginnen. Sie nahm das Buch zusammen mit meinem Studentenausweis und schien sich in diesem Moment wieder an mich zu erinnern. Ihr Lächeln wurde kälter und verschwand dann ganz.

„Ich jobbe nicht, ich arbeite hier", sagte sie als hätte ich sie zutiefst beleidigt. Sie ließ den Computer die Rückgabe des Buches registrieren, gab mir die Karte zurück und sagte kühl: „So, bitte."

Ohne ein weiteres Wort nahm ich den Ausweis, packte ihn in meine Hosentasche und verließ den Schalter mit gesenktem Blick. Ich versuchte zwar, das als einen weiteren Beweis dafür zu verbuchen, dass es - anders als es Vicky formuliert hatte - mit meiner Anziehung auf Frauen doch nicht so weit her sein kann. Da das aber sowieso meiner eigentlichen Grundeinstellung entsprach, redete ich mir ein, mich dadurch bestätigt fühlen zu können und ging somit gestärkt die Treppen hinauf in die medizinische Abteilung.

Der Weg dorthin war mir mittlerweile bereits besser vertraut als der Weg in meine Fachabteilung der Psychologie. Ich setzte mich an den ersten freien Computer und startete eine Suche nach „Alzheimer und Verhinderung" und „Alzheimer und Forschung" in der

Hoffnung, vielsagende Titel zu entdecken, die mein Interesse wecken würden. Ich fand viele Treffer zu Themen, die ich bereits kannte. Die Literatur war voll von verschiedenen Studien zu vorbeugenden Maßnahmen gegen typische Zivilisationskrankheiten, die auch die Wahrscheinlichkeit reduzieren sollten, an Alzheimer zu erkranken. Dazu gehörte natürlich in erster Linie ausreichend regelmäßige Bewegung, gesunde Ernährung mit einem hohen Anteil Pflanzenstoffe, ungesättigte Fettsäuren, B-Vitamine - insbesondere Folsäure - sowie der Verzicht auf Nikotin. Ein hohes Ausbildungsniveau scheint ebenso günstig zu sein wie geistig anspruchsvolle Tätigkeiten. Häufiger Fernsehkonsum steht dagegen im Verdacht, das Alzheimer-Risiko zu erhöhen. Bluthochdruck sollte möglichst früh erkannt und gut behandelt werden, um das Risiko einer Demenz zu senken. Es soll auch Hinweise geben, dass Koffein (Kaffee, Tee usw.) schützend gegen die Entstehung der Alzheimer-Demenz wirkt und so weiter und so fort. Für mich mittlerweile ein alter Hut. Aber dann fand ich doch noch zwei mir sehr spannend erscheinende Lektüren: ‚Gerhinveränderungen bei Alzheimer' und ‚Zur Forschung an möglichen Impfstoffen'.

Nachdem ich die beiden Zeitschriften in den unendlichen Regalen schließlich gefunden hatte, sah ich, dass die Blonde immer noch allein unten am Schalter stand. Ihre Kollegin war sicher noch in der Mittagspause und sie wechselten sich ab. Also entschied ich mich, doch lieber nochmal eine Runde durch die Bibliothek zu drehen und ging rüber in die psychologische Abteilung.

Ich war mir erst nicht sicher, was ich suchen sollte, aber nach kurzer Zeit stand ich, eigentlich durch Zufall, vor einem ganzen Regal zum Thema Esoterik. Ich empfand zwar kein allzu großes Interesse an jeglicher Form von Spiritualität oder Mystik. Aber als ich meinen Blick über die Buchrücken streifen ließ, fand ich ein Buch mit dem Titel ‚Vier-Elemente-Lehre'. Ich nahm es heraus, las etwas im Inhaltsverzeichnis und entschied mich, es ebenfalls zu entleihen. Nachdem ich mich von oben hinunterschauend versichert hatte, dass die Blonde endlich in ihre Mittagspause verschwunden war, ging ich zum Schalter, ließ meine Ausleihmedien registrieren und radelte in der Hoffnung nach Hause, nicht noch von dem sicher bald einsetzenden Regen eingeholt zu werden.

Kaum war ich zu Hause, schüttete es drauf los, was das Zeug hielt. Als hätte sich der Regen wochenlang abstinent gehalten und könnte sich jetzt nicht mehr beherrschen. Außerdem war es wieder kälter geworden, so dass ich dachte, es wäre gut möglich, dass der Regen fast wieder in Schnee überginge. Es war das beste Wetter, um sich zu Hause gemütlich auf die Couch zu setzen, einen schwarzen Tee zu trinken und in der neuen Lektüre zu stöbern.

Es regnete wirklich ohne Unterlass. Am Donnerstag, als die Pfützen im Garten so groß wurden, dass sie langsam begannen, sich zu einem kleinen Teich zu vereinen, verließ ich nur einmal zu Fuß und mit Schirm das Haus, um mir am Zeitungskiosk am nahegelegenen Bahnhof ein paar Zeitschriften mit Sudoku-Rätsel und Denksportaufgaben zu besorgen und damit mein Kurzzeitgedächtnis zu trainieren.

Außerdem erhöhte ich wieder mein Pensum auf dem Trimmrad und auf dem Stepper. Meine physische Kondition war mindestens genauso wichtig wie meine geistige. Ich überlegte mir neue vegetarische Gerichte und entschied, zukünftig mehr mit Tofu zu experimentieren. Am Abend klingelte das Telefon. Es war eine unbekannte Nummer. Es läutete neun Mal. Dann war es wieder still.

Am Tag darauf verspürte ich eine starke Motivation, meine Kakteensammlung zu erweitern. Es gab eine kleine Ecke, wo die Sandwanne an die Wohnzimmerwand grenzte, in der ich noch einen hochwachsenden Kaktus hätte einpflanzen können. Da ich nicht genau wusste, welche neue Errungenschaft es werden sollte, entschied ich mich zu einem inspirierenden Besuch im Botanischen Garten.

Ich war als Kind mit meinem Vater oft dort gewesen und schätze, dass ich damals meine Leidenschaft zu den Pflanzen entdeckt hatte. Mein Vater hatte Kakteen geliebt. Er pflegte immer zu betonen, dass er keinen grünen Daumen hätte und er seither immer alles totgegossen habe. Erst seit er Kakteen besäße, würde auch er das eine oder andere Mal von seinen Zimmerpflanzen mit einer Blüte belohnt. Er hatte zwar zu Hause nur eine kleine Sammlung, aber von ihm stammte die Planung für die Sandwanne im Wohnzimmer. Ich hatte sie erst nach seinem Tod nach seinen Plänen tatsächlich in die Tat umgesetzt.

Ich betrat den Botanischen Garten durch den Haupteingang und erinnerte mich sofort wieder an die Besuche mit meinem Vater. Ich war beeindruckt von der Artenvielfalt an Kakteen. Aber ich glaubte auch, dass die Räumlichkeiten wohl seit 40 Jahren nicht verändert worden waren. Überwältigt war ich jedoch von den über zweitausend Orchideenarten in der Nachbarhalle, deren Pflegeaufwand aber sicher kaum zu überbieten war.

Als am Samstag der Boden im Garten keinen weiteren Tropfen Wasser mehr aufnehmen konnte, ließ der Regen tatsächlich langsam nach. Am Nachmittag kam Hannes und brachte die Wochenration an Psychopharmaka, die ich wie immer in der Schublade verschwinden ließ. Dann riss der Himmel langsam auf. Den Rest des Nachmittags verbrachte ich mit Training des Kurzzeitgedächtnisses und Trimmrad fahren. Als ich nach meinem Abendessen - ein gelungener Versuch einer Erbsensuppe mit geräuchertem Tofu - auf den Balkon trat, um meine Lungen mit der gesäuberten Abendluft zu füllen, sah ich, wie eine mir mittlerweile bekannte Figur auf unserer Friedhofsbank saß.

Als ich von hinten auf die Bank zulief, wirkte mir Vicky weniger unnahbar als bei unseren letzten Treffen. Das Bild, das sich mir bot, war mir mittlerweile fast schon vertraut geworden. Ihr Äußeres hatte sich kaum verändert, nur dass sie diesmal schwarze Plateauschuhe trug zu ihrem wie immer extrem kurzen Minirock. Nur diesmal war der Stoff so dünn, dass er fast durchsichtig war. Man konnte deutlich das Ende ihrer halterlosen Strümpfe und ihren schwarzen Lederslip sehen. Aber die meiste Mühe schien sie sich wie immer mit ihrem Make-up gemacht zu haben. Neben ihren schwarzen Augenrändern hatte sie diesmal an beiden Augen nach außen ein filigranes Gemälde gefertigt. Es bestand aus Linien, die am äußeren Ende des Augenlieds entsprangen und sich zu einem federähnlichen Gebilde auffächerten. Sie musste dafür Stunden vor dem Spiegel verbracht haben.

„Hallo Viktoria. Hast Du den Regen trocken überstanden?" fragte ich, als ich knapp vor ihr stand.

„Hallo Wil", flüsterte sie, ohne auf meinen Einstieg zu antworten. „Ich habe schon auf Dich gewartet." Sie zog wie üblich an ihrer Zigarette und blies den Rauch anschließend ganz langsam wieder aus, als wolle sie zurück zu ihrer Unnahbarkeit finden.

„Und? Hast Du den Geist wiedergesehen?" wollte sie wissen, bevor ich richtig Platz genommen hatte.

„Nein", antwortete ich. „Es war alles still."

Das schien sie zu beruhigen. Ich hatte den Eindruck, dass sie nach dieser Auskunft lockerer wurde. Sie versuchte die Beine zu überschlagen, doch aufgrund der Absatzhöhe ihrer Schuhe sah das überhaupt nicht souverän aus. Immer noch unsicher, wie sie ihre Beine am besten sortieren sollte, sagte sie:

„Erzähl' mir was von dir. Wieso trägst du einen Adelstitel? Oder ist das vielleicht gar nicht dein richtiger Name?"

„Natürlich ist das mein richtiger Name", antwortete ich und konnte wohl meine leichte Beleidigung nur schwer überspielen. „Die von Popps haben hier vor Ort eine lange Tradition. Mein Ururgroßvater trug sogar den Ritterorden des Militärs und nannte sich Wilhelm Ritter von Popp."

Der Glanz meines Ururgroßvaters hatte die ganze Familie überragt. Er hatte seine Ehrung für seinen Einsatz im Ersten Weltkrieg als Oberleutnant der Reserve erhalten, als Auszeichnung für seinen Einsatz

Ende 1916 in Rumänien beim Kampf um die Festung Bukarest. Vicky schien das jedoch nicht zu beeindrucken.

„Eigentlich war er jedoch Architekt, was er auch an seinen Sohn, meinen Urgroßvater weitergab. Der plante und errichtete vorwiegend Wohn- und Industriebauten, aber auch diverse Kirchen und Synagogen." Das schien Vickys Aufmerksamkeit dann doch zu erregen.

„Er hat die Kirche gebaut?" fragte sie.

„Ja, aber nicht diese hier, sondern zum Beispiel die Marienkirche am anderen Ende der Stadt", antwortete ich.

„Und dann auch den Friedhof dort?" fragte sie sofort hinterher.

„Naja, bei einem Friedhof kann man schwer von bauen sprechen. Er hat ihn geplant, das definitiv. Dort findet sich auch das Familiengrab der von Popps", sagte ich. Das schien sie ziemlich zu beeindrucken.

Ich war mit einem Gefühl des Stolzes aufgewachsen. Jeder wusste, was meine Familie für die Stadt getan hatte. Auch das soziale Engagement war hoch. Aber dass das Planen eines Friedhofes als besonders erwähnenswert gelten könnte, darauf wäre ich nie gekommen.

„Und was machst du für deinen Lebensunterhalt?" löcherte sie mich weiter.

„Nun, ich bin Student der Psychologie", sagte ich. Was ich nicht hinzufügte war, dass für meinen Lebensunterhalt meine Familie noch einige Immobilien unter ihrer Verwaltung hat. Die Einkünfte daraus waren für mich weit mehr als auskömmlich.

„Und wo möchtest Du mal hin?" fragte sie weiter. Das war eine Frage, worauf ich keine spontane Antwort hatte. Es war mehr eine Frage, die sich mir noch nie gestellt hatte.

„Wo ich hinmöchte?" sagte ich. „Was meinst du damit?"

„Fragt man das nicht so?" sagte sie in einem Ton, als ob sie von meinen Antworten sehr gelangweilt wäre.

„Wo möchtest Du denn hin?" entgegnete ich. Sie antwortete nicht, zog wieder an ihrer Zigarette, die sie dann wie üblich wegschnippte, nur um sich gleich die nächste anzustecken. Erst als sie an dieser Zigarette zum zweiten Mal gezogen hatte, antwortete sie:

„Ich wusste es einst." Dann inhalierte sie den Rest der Zigarette in einem einzigen, sehr langen Atemzug und warf den Rest weg.

Wir saßen eine Zeitlang nebeneinander. Ich beobachtete die Kerzen auf den Gräbern und wunderte mich, wie sie doch ungeschützt den Regen überstanden hatten. Sicher musste sie jemand an diesem Abend wieder angezündet haben.

„Ich wollte eigentlich Medizin studieren", fing sie unvermittelt an. Als wüsste sie nicht weiter, spielte sie mit ihrem silbernen Zigarettenetui. „Das ist jetzt schon ein paar Jahre her. Mein Abitur war jedoch zu schlecht. Deswegen habe ich erst einmal eine Ausbildung zur Arzthelferin gemacht, geht schon mal in die richtige Richtung, habe ich mir gedacht. Doch dann ist der Arzt, bei dem gelernt hatte, frühzeitig in Rente gegangen und ich stand auf der Straße. Jetzt arbeite ich quasi als Krankenschwester. Ein richtiger Ausbeuterjob. Scheiß Arbeitszeiten, scheiß Gehalt."

Es klang nicht so, als wollte sie Mitleid erhaschen. Vielmehr war es eine sachliche Feststellung, wie das Ergebnis einer wissenschaftlichen Analyse. So ist es, da kann man nichts machen. Und Recht hatte sie ja, ich hatte keinen Zweifel daran. In ihrer nächsten Frage lag jedoch deutlich mehr Emotion:

„Hast du dir überlegt, was dein Geist mit ‚Bring´ sie zu mir‘ gemeint haben könnte?"

Das hatte ich ehrlich gesagt verdrängt. Es war mir nicht wichtig, weil es vielleicht auch gar nicht stattgefunden hatte. Ich wusste auch nicht mehr sicher, ob ich das wirklich erlebt hatte, oder ob es nur ein Geräusch von woanders war - vielleicht ein Nachbar oder ein offenes Fenster im Treppenhaus zur Straße. Ich bereute es wirklich, ihr überhaupt davon erzählt zu haben, denn sie schien die Antwort schon zu wissen.

„Er meint seine Frau", sagte sie unvermittelt monoton, weiterhin geradeaus blickend. „Das ist doch alles logisch und offensichtlich", schloss sie an, als müsse sie sich bestätigen. Dann wandte sie sich mir zu, als wolle sie ihre Aussage weiter festigen, indem sie mich anstarrte.

„Er will seine Frau. Du musst ihm seine Frau bringen."

Aber ich vermied es, darauf einzugehen. Sie starrte mich eine Zeit lang an. Doch weil ich keine Reaktion zeigte, ließ sie nach einiger Zeit endlich von mir ab.

„Ich muss los", sagte sie dann. „Wir sehen uns bald wieder."

Sie stand auf und ging. Nach wenigen Metern blieb sie nochmal stehen und drehte sich zu mir um:

„Und dein Uropa hat wirklich Friedhöfe geplant?"

Als sei das das Unglaublichste, was sie je gehört hatte. Ich nickte nur kurz und sie verschwand ins Dunkel. Es war, als ob dieser Punkt das Eis zwischen uns letztlich zum Tauen gebracht hatte: mein Urgroßvater. Und wir hatten außerdem ein gemeinsames Thema, das nur uns beide miteinander verband und die Welt da draußen ausschloss.

Kapitel 9

Nach all dem Regen kam ein sonniger Tag, zumindest sah es am Vormittag sehr vielversprechend aus. Es war das erste Mal in diesem Jahr, dass ich meine Übungen auf dem Trimmrad bei offener Balkontür absolvieren konnte. Die kühle Luft spornte mich zusätzlich an und nach kurzer Zeit lief mir der Schweiß in Bächen über den Rücken.

Der Besuch bei meiner Mutter stand an und ich überlegte, ob ich etwas mitnehmen könnte, das meine Mutter aufmuntern, das bei ihr vielleicht zu positiven Erinnerungen führen könnte. Ich dachte an Blumen, die hatte sie stets gemocht. Aber die hatte ich ihr erst vor drei Monaten zu ihrem Geburtstag geschenkt. Ich entschied mich, auf meinem Weg zur Alterspension noch beim Kiosk am Bahnhof vorbeizuschauen, der hatte auch am Sonntag geöffnet. Weil sie bei mir stets zu positiven Gefühlen führte, packte ich ohne zu überlegen Zolas CD mit den afrikanischen Klängen ein.

Die Sonne schien die ganze Fahrt über. Als ich jedoch in der Alterspension ankam, sagte mir die

Pflegerin, dass es meiner Mutter seit zwei Tagen scheinbar nicht besonders gut ginge. Sie leide an abrupten Stimmungswechseln, die zwar nicht zu einem aggressiven Verhalten, aber doch zu einem Rückzug und zur Verweigerung von Hilfe geführt hätten. Als ich in das Zimmer trat, wusste ich, was sie gemeint hatte. Meine Mutter lag im Bett und die Gardinen waren komplett zugezogen. Man sagte mir, dass der Morgen ganz normal verlaufen sei, sie vor dem Frühstück aber dann plötzlich in sich versunken war und nicht nach unten ins Frühstückszimmer gehen wollte. Stattdessen hatte sie den Pfleger nachdrücklich aus dem Zimmer geschickt, die Gardinen zugezogen und kein Wort mehr gesprochen.

Unserem üblichen Ritual folgend sagte ich:

„Hallo Mutter, da bin ich. Neunuhrfünfzehn, pünktlich auf die Minute."

Ich ging zu ihr und küsste sie auf die Stirn. Sie zeigte zwar durch ein angedeutetes Nicken eine bestätigende Reaktion, sagte aber nichts. Irgendetwas musste sie frustriert haben. Ein Name, der ihr nicht mehr eingefallen war, eine Sache, die sie verlegt hatte. Es gab bestimmt tausend Möglichkeiten. Sicher aber war die weitere Erkenntnis ihres zunehmenden geistigen Zerfalls das Schlimmste für sie.

Ich nahm einen Stuhl und setzte mich neben sie ans Bett, um einfach nur ihre Hand zu halten. Als ich Lust auf einen Tee verspürte, rief ich den Pfleger und ließ uns Mutters Frühstück und jeweils einen Tee für uns beide auf das Zimmer bringen. Meine Mutter verweigerte jedoch beides.

Ich erzählte ihr von meiner Woche, von meinem Besuch im Botanischen Garten und meiner Erinnerung, wie ich mit meinem Vater mehrfach als kleiner Junge da war. Ich erzählte vom Regen in der Woche und dass der Kater von Oma Hirmer immer noch nicht aufgetaucht sei. Aber sie zeigte weiterhin keinerlei Anteilnahme.

Ich schaltete ihren Radiorekorder ein und spielte ihre Lieblings-CD, eine Sarabande von Georg Friedrich Händel. Als ich auch diese bereits zweimal gespielt hatte, fiel mir ein, dass ich ja auch noch Zolas CD dabeihatte. Ohne mir Gedanken zu machen, ob das wohl Mutters Musik sein könnte, legte ich die CD mit den afrikanischen Klängen ein und spielte sie. Meine Mutter schaute mich nach einer kurzen Weile irritiert an, was ich bis dato als wahren Erfolg verbuchte, denn es war ihre erste echte Reaktion auf meine Anwesenheit. Ansonsten passierte jedoch nichts.

Aber ich selbst fühlte mich durch Zolas Musik deutlich inspirierter als durch den alten Händel und zog die immer noch geschlossenen Gardinen auf. Es musste Licht ins Zimmer und am besten auch gleich reichlich frische Luft. Die Sonne schien immer noch ziemlich stark, es war keine Wolke am Himmel. Ich öffnete das Fenster und die Luft, die hereinkam, war wie eine erweckende Erfrischung. Die afrikanischen Rhythmen erfüllten den Raum und mir war, als würde trotz der kühlen Luft eine wohlige Wärme einziehen. Ich stellte mich mitten in den Raum, breitete die Arme aus und sog die Musik mit geschlossenen Augen in mich ein.

Wahrscheinlich war es mein ungewöhnliches Verhalten, dass meine Mutter dazu veranlasste, sich langsam im Bett aufzusetzen, vorsichtig die Füße auf den Boden zu stellen und schließlich den Frühstückstoast zu essen. Ihr Gesichtsausdruck hatte sich wenig verändert, aber sie schien ihre Bedrückung gehen zu lassen. Mehr konnte ich kaum erreichen, dachte ich. Doch nachdem sie auch noch den zweiten Toast gegessen und ihren Tee getrunken hatte, meinte sie zaghaft:

„Willst Du denn heute gar nicht mit mir spazieren gehen?"

„Eine hervorragende Idee, Mutter", pflichtete ich ihr erleichtert bei. „Das machen wir."

Ich zog sie an, nahm sie am Arm und führte sie zu unserer Bank am anderen Ende des Parks, wo wir beide den Ausblick genossen. Ich las ihr etwas aus ihrer Zeitschrift vor und wir hatten einen sehr innigen Moment einer vertrauten und ungestörten Mutter-Sohn-Beziehung, so wie früher. Als ich am späten Nachmittag nach Hause fuhr, hatte ich das befriedigende Gefühl, sie zumindest etwas aus ihrer Lethargie befreit zu haben. Wohl wissend, dass es im nächsten Moment wieder vorbei sein konnte.

Am Abend absolvierte ich noch eine Übungsrunde auf dem Stepper, wobei ich das Licht im Zimmer ausließ und durch das Fenster hinaus in die Nacht schaute. Immer noch waren kaum Wolken zu sehen, so dass der Vollmond besonders schön zu betrachten war. Sein Licht ließ mich im Zimmer alle Gegenstände wahrnehmen, als sich meine Augen erst einmal an die Dunkelheit gewöhnt hatten. Es ging eine wohlige Kühle davon aus, ein Gefühl, der Dunkelheit nicht ergeben zu sein, sondern sich in der Nacht zurechtzufinden, solange nur keine Wolken aufzögen.

Ich nahm einige nachtaktive Vögel wahr, ohne sie jedoch genau zu erkennen. Als ich nach einer halben Stunde meine Übung beendete, trat ich neugierig ans Fenster. Aber meine Bank auf dem Friedhof war verwaist.

Leicht enttäuscht nahm ich eine schnelle Dusche und bereitete mir als leichtes Abendessen eine Reispfanne mit Erbsen, bunter Paprika, jungen Lauchzwiebeln und dazu süß-saure Chilisoße. Im Bett las ich noch irgendetwas und fiel dann bald in einen tiefen Schlaf.

In dieser Nacht hatte ich wieder meinen Traum. Ich saß wieder in diesem dunklen Kellerverließ, völlig bewegungsunfähig auf dem Hinrichtungsstuhl. Aus einer Ecke des Raumes kam die dunkle Figur auf mich zugeschwebt, das Silbertablett in ihren Händen. Ich sollte wieder die Banane essen, aber ich weigerte mich. Dann drehte sich die Figur, wandelte sich zu einer schockierenden Fratze mit sadistischem Lachen und zwang mich, das vermoderte, grüne Fleisch zu essen. Zum allerersten Mal erkannte ich, dass diese Figur zu keinem Zeitpunkt einen Schatten warf. Ich achtete nur noch auf den Schatten. Als sie mir dann das zweite Mal die Banane hinhielt, wachte ich schweißgebadet auf. Mir war speiübel.

Ich stand auf, trank zwei ganze Gläser Wasser und begann meine Entspannungs- und Atemübung. Erst nach langer Zeit fiel ich wieder zurück in einen tiefen Schlaf.

Kapitel 10

Als am nächsten Morgen mein Wecker klingelte, war es einer dieser seltenen Tage, an denen mir das Aufstehen wirklich schwerfiel. Mein Kopf schien gar nicht geschlafen zu haben. Ich verspürte einen Druck auf beiden Schläfen und konnte die Augen kaum öffnen. Deshalb entschied ich mich, ausnahmsweise den allmorgendlichen Frühsport ausfallen zu lassen. Aber nach Dusche und Frühstück begann dann doch ein schöner Tag, denn Zola war wieder da.

Sie kam um kurz nach acht und schien wieder ganz gesund zu sein. Ich konnte nicht im Ansatz erahnen, was ihr gefehlt haben könnte. Aber ich wollte sie natürlich auch nicht danach fragen. Aber ich wusste jetzt, was *mir* gefehlt hatte.

Als sie die Tür öffnete, saß ich gerade im Wohnzimmer und hatte sogleich das Gefühl, eine mir wohl bekannte Wärme würde in die Wohnung fließen. Sie hatte ihre Tasche über die Schulter gehängt, die sie nun im Flur auf den Boden stellte. Dann zog sie ihre

Schuhe aus, hängte ihre Jacke an die Garderobe und betrat den Raum.

„Mr. Wilhelm? Ich bin wieder da", sagte sie mit ihrem breitesten Grinsen, dass mir das Herz aufging. Sie trug einen Kitenge in hellgrün und gelb, der in mir unweigerlich eine Assoziation von Frühlingsblumen erzeugte und ihre Körperrundungen perfekt betonte. Ihre Haare hatte sie neu zu lauter kleinen Rasterzöpfen gebunden, was ihr ausgezeichnet stand und ihr extrem hübsches Gesicht nur noch mehr betonte. Ich war so angetan von ihrer Anwesenheit, dass ich nicht direkt reagierte, sondern sie erst einmal nur anstarrte. Sie schien das zu merken, denn sie legte den Kopf auf die Seite, ohne ihr warmes Lächeln auch nur im Ansatz zu verändern und stützte die Arme in die Hüften. Ich sah ihren Blick und schüttelte mich kurz, als müsse ich wieder zur Besinnung kommen.

„Ich freue mich sehr, dass du wieder da bist", entgegnete ich immer noch etwas verwirrt. „Möchtest du was trinken?"

„Ich gleich machen Kaffee", antwortete sie und es erschien mir, als sei sie auch froh, wieder hier zu sein und ihre Krankheit hinter sich lassen zu können. Sie setzte den Kaffee auf und verschwand im Bad. Ich las etwas zum Thema ‚Forschung zu Impfstoffen gegen Demenz' und nach kurzer Zeit stellte sie mir eine Tasse Kaffee auf den Tisch, ganz vorsichtig, als wolle sie mich bei meinem Studium nicht stören.

„Warum legst du nicht die CD mit der Musik aus deiner Heimat auf?" fragte ich sie. Sie warf mir einen ungläubigen Blick zu, aber ich bestärkte sie: „Ja, nur zu.

Ich finde die Musik…" ich suchte nach dem richtigen Wort „…inspirierend."

Sie zeigte wieder ihr herzlichstes Lächeln und zögerte nicht lange. Kurz darauf durchströmte der Rhythmus die gesamte Wohnung und Zola tanzte barfuß dazu, so, wie ich es kannte.

Als ich Hunger bekam, machte ich eine große Reispfanne mit Pilzen und Zola aß etwas mit. Das tat sie manchmal, wenn sie über Mittag blieb oder sie noch wegen der Einkäufe in die Stadt musste. Normalerweise sprachen wir dann beim Essen nicht viel. Heute wollte ich aber gerne ein Gespräch mit ihr führen.

„Deine Musik ist wirklich sehr schön", sagte ich betont langsam, obwohl ich wusste, dass ihr Deutsch mittlerweile ganz passabel war.

„Denkst du wirklich?" antwortete sie.

„Ja, wirklich! Ich denke auch, dass Uganda ein großartiges Land sein muss. Eines Tages möchte ich es mal besuchen." Da hatte ich vielleicht zu viel gesagt. Sie antwortete mit versteinerter Miene:

„Du kannst fahren. Ich nicht. Ich kann nie mehr zurück. Die warten auf mich und werden mich finden." Sie stand entschlossen auf, obwohl sie noch nicht fertig war und brachte ihren Teller in die Küche, zog ihre Schuhe und Jacke wieder an und ging einkaufen.

Mir wurde bewusst, dass dies das unglücklichste Thema war, das ich für eine leichte Tischkonversation hätte wählen können. Sie hatte mir davon erzählt, schemenhaft, ganz am Anfang, als sie zu mir kam. Ihre Eltern stammten beide aus Uganda, ihr Vater wohl aus ganz betuchtem Hause, ihre Mutter war hingegen die Tochter einer Massai, einer ostafrikanischen Halbnomadin. Ich weiß nicht, wie sich ihre Eltern kennen gelernt hatten, aber auf jeden Fall haben die beiden jung geheiratet und Zola kam recht bald zur Welt. Der Name Zola steht für Stille. Ein Name, der so gar nicht zu ihr passt, wenn man sie kennt.

Der Vater hatte mit Hilfe seiner Familie schon eine ansehnliche Karriere beim ugandischen Geheimdienst gemacht, als das Land auf einmal in den zweiten Kongokrieg verwickelt wurde. Uganda warf dem Kongo vor, in Uganda die Rebellen zu unterstützen. Uganda war aber seinerseits keinen Deut besser, indem es, unter anderem auch mit Hilfe von Zolas Vater, die Rebellen im Kongo finanziell und strategisch unterstützte. Zola kannte oder nannte zumindest keine Details, aber als der Vater bei einem Heimaturlaub sein Auto startete, wurde eine Autobombe ausgelöst, wobei sowohl er als auch Zolas Mutter ums Leben kamen. Er war reiner Zufall, dass Zola an dem Tag mit ihrer Oma unterwegs war. Zolas Oma, Naisula war ihr Name, ist daraufhin sofort mit ihrer Enkelin zurück aufs Land geflüchtet. Zola war zu diesem Zeitpunkt gerade einmal neun Jahre alt.

Oma Naisula ist in der Folge mit Zola quasi ständig umhergezogen, um ganz sicher zu gehen, dass sie ihre Spuren verwischten, falls auch sie verfolgt würden. Zola wuchs in ständiger Verfolgungsangst auf. Nachdem Oma Naisula viele Jahre später eines natürlichen Todes starb, hatte Zola quasi keine Angehörigen mehr im Land und sah für sich nur noch einen Ausweg: die Flucht nach Europa.

Als Zola vom Einkaufen zurückkam, hatte sich ihre Laune wieder etwas aufgehellt. Sie bestückte reichlich den Kühlschrank, den ich in der letzten Woche fast leer gegessen hatte und füllte auch die sonstigen Vorräte wieder auf. Dabei spielte sie noch ein weiteres Album mit afrikanischer Musik, das ich bisher noch nicht kannte. Aber auch das hinterließ bei mir einen bleibenden Eindruck.

Kapitel 11

In den Tagen danach kam bereits der erste warme Frühlingstag. Zola kam weiterhin jeden Montag, Mittwoch und Freitag und erfüllte meine Wohnung mit Leben. Ich beschäftigte mich immer mal wieder mit meiner Kakteensammlung, auch wenn ich immer noch nicht wusste, auf welche Neuerwerbung zur Schließung der Lücke entlang der Wand es hinauslaufen sollte. Ich achtete weiterhin sehr streng auf meine Ernährung, machte ausreichend Sport und kümmerte mich auch mit den diversesten Denksportaufgaben um meine geistige Fitness. Einmal besuchte ich eine Mathematikvorlesung, nur um zu sehen, ob ich darin eine Herausforderung finden könnte. Aber ich entschied schnell, dass ich mir das mit einem gewissen zeitlichen Aufwand sicher aneignen könnte. Es war jedoch nicht der intellektuelle Zugang, sondern das fehlende Faible für Mathematik, was es mir doch eher zur Qual gemacht hätte. Also besuchte ich weiterhin nur Vorlesungen des Fachbereichs Psychologie, aber auch diese nur sporadisch. Ich ging eigentlich nur zu Veranstaltungen, die mich thematisch ansprachen. Und das waren, zugegebenermaßen, in diesem Semester nicht sehr viele.

Aber ich nahm meine Termine bei Professor Schwarz sehr ernst, um meinen Blutdruck weiter regelmäßig kontrollieren zu lassen und dem Professor zu bestätigen, dass er die Dosis der Psychopharmaka nicht weiter erhöhen müsse. Hannes brachte sie mir weiterhin jeden Samstag und ich ließ sie dann in der untersten Schublade verschwinden.

Ich traf mich regelmäßig abends mit Vicky, wobei wir ohne eigentliche Absprache unseren Termin immer weiter in die Nacht legten, weil es zusehends immer länger hell blieb. Sie überraschte mich jedes Mal wieder mit ihrem Äußeren. Einmal kam sie mit blauen Haaren, einmal in einem Kleid aus silberschwarzem Brokat und ein anderes Mal mit feinster Spitze inklusive aufgespanntem Schirm. Ich fand es ja schon ein wenig zu dick aufgetragen, im Dunkeln auf einer Friedhofsbank mit Schirm zu sitzen, aber sie schien das nicht im Entferntesten zu stören.

Eines Abends, als es schon länger relativ warm blieb, inszenierte Vicky einen besonderen Auftritt. Es muss ein Freitagabend gewesen sein. Ich wartete schon eine ganze Weile auf unserer Bank, hatte bereits ausgiebig das Flackern der roten Grabkerzen betrachtet und wollte gerade schon wieder nach Hause gehen, als sie plötzlich den Mittelgang entlangschritt. Sie trug ihre hochhackigen Stiefel und den durchsichtigen Minirock. Darüber eine schwarze mit allerhand Nieten besetzte Lederjacke und hielt sich einen Fächer vor das Gesicht. Sie schritt wieder einmal wie auf einem Cat Walk an den Gräbern entlang und bewegte den Fächer immer wieder gekonnt, ohne jedoch den Blick auf ihr Gesicht preiszugeben. Aber sie trug ihr schwarzes Haar zum ersten Mal offen und auf dem Kopf eine rote Rose.

Sie zelebrierte den Weg zur unserer Bank ausgiebigst, tat so, als müsste sie jeden Schritt durchdacht wählen, blieb zwischendurch kurz stehen, zögerte, fächerte sich kurz Luft in das Gesicht und ging dann wieder weiter. Als sie schon fast bei mir angekommen war, postierte sie sich vor mich, indem sie die Beine überkreuzte, mir ihre rechte Schulter zudrehte und den Fächer noch immer vor dem Gesicht hielt. Sie senkte den Kopf und ließ den Fächer ganz langsam nach unten sinken. Ihre Augen hatte sie erst noch geschlossen. Sie trug extrem große Wimpern, die sie Sekunden später zum Einsatz brachte. Ein solcher Wimpernaufschlag funktioniert wohl nur, wenn die Wimpern nicht echt sind.

„Hallo Wil", sagte sie in ihrem betont tiefen Ton. „Schön dich zu sehen."

Ich musste fast etwas lachen, konnte mich aber noch beherrschen. Es wäre sehr unfair gewesen. Sie musste diese Gestik und Mimik mehrfach zu Hause vor dem Spiegel geübt haben.

„Hallo Viktoria", antwortete ich. „Auffallend schick siehst du heute wieder aus." Ohne ein Kompliment an dieser Stelle wäre der Auftritt für sie wohl umsonst gewesen. Ich wollte ihr das nicht verderben.

Sie setzte sich gekonnt wie immer auf die Lehne, indem sie den Rücken fest durchdrückte und den Fächer auf Lippenhöhe bewegte. Das war normalerweise der Zeitpunkt, wo sie sich ihre Zigarette ansteckte. Aber heute schien sie nicht in der Stimmung dazu zu sein. Aber in welcher Stimmung war sie? Sie überraschte mich bei jedem Treffen, niemals lief unser Zusammensein gleich ab. Das war ihre Stärke: Veränderung, Kreativität und das stets Unerwartete verfolgen. Aber dieser Auftritt war in seiner Form neu für mich.

„Hattest Du einen harten Tag, Wil?" fragte sie mich fast schon singend, während sie ihre Beine in die andere Richtung überschlug.

Ich hatte an dem Tag meinen üblichen Tagesablauf absolviert: Früh am Morgen Sport, dann vegetarisches Frühstück, dann war Zola da und hat die Wäsche gemacht und zwischendurch war ich am Kiosk, um eine Lektüre für meine Mutter zu kaufen, aus der ich ihr vorlesen konnte.

„Eigentlich nicht", antwortete ich. „Ein Tag wie immer."

„Und was liest du gerade? Erzähl' mir doch mal", hakte sie nach.

Also erzählte ich ihr von meiner Lektüre, die ich gerade las. Es war ein wissenschaftliches Buch über Kakteen, ihre Herkunft, ihre Verbreitung über die Jahre, ihre korrekte Pflege und so weiter. Sie schaute mir dabei intensiv in die Augen, aber schien sich für den Inhalt meiner Worte nicht wirklich zu interessieren. Immer wieder mal sagte sie ein ‚hm' oder ein ‚interessant', aber ein paar Mal an der falschen Stelle.

Statt eine Nachfrage zu stellen, öffnete sie nach kurzer Zeit ihre Handtasche und entnahm eine Banane. Nun, ich muss ziemlich große Augen gemacht haben, und ich habe auch einen Moment gezögert und den Faden verloren.

Aber ihre Interpretation meines Zögerns war mit Sicherheit eine andere. Sie hielt die Banane erst mit beiden Händen, dann schälte sie sie und statt reinzubeißen, inszenierte sie eine sehr laszive Darbietung mit ihrer Zunge. Sie schaute mir dabei ohne Unterlass in die Augen und versuchte, meine Erläuterungen dadurch zu unterbrechen, dass sie den Biss in die Banane möglichst lange hinauszögerte. Und für mich bedeutete diese Situation, dass ich das Gefühl hatte, jetzt auf keinen Fall mit dem Reden aufhören zu dürfen. Sie schien irgendwann zu merken, dass meine Geschichte zu einem Ende fand und biss der Banane genau in dem Moment die Spitze ab, als ich das letzte Wort gesagt hatte. Doch statt sie ganz zu essen, rollte sie die Bananenschale wieder auf, schaute sie kurz von allen Seiten an und ließ sie mit einer abfälligen Handbewegung neben sich auf den Boden fallen. Sie schaute mich wieder an, riss die Augenbrauen nach oben, hob ihre Hand zum Mund und flüsterte: „Ups."

„Schon okay", sagte ich nur. „Ich mag auch keine Bananen." Sie schaute mich ungläubig an, so als hätte ich sie beleidigt?

Doch dann durchzuckte es sie auf einmal. Ich war mir unsicher, was das war. Vielleicht ein Schluckauf? Aber dann durchzuckte es sie nochmal und sie brach in ein schallendes Gelächter aus. Ich habe selten einen Menschen so herzhaft lachen gehört. Und plötzlich waren scheinbar alle Dämme gebrochen. Es trieb ihr vor Lachen die Tränen in die Augen und das kostete sie nicht nur einiges an Make-up, auch eine ihrer

Wimpern fiel ihr in den Schoss. Ihr Lachen war so ansteckend, dass ich nicht anders konnte als ebenfalls von Herzen mitzulachen. Ich weiß nicht, wann ich das letzte Mal so gelacht hatte. Wenn wir nicht ausschließlich von Toten umgeben gewesen wären, hätte sich bestimmt jemand beschwert. Die Bananenschale hob ich nicht auf, um sie in den Mülleimer zu werfen. Auch wenn ich lange darüber gegrübelt hatte, entschied ich mich dagegen.

Ein anderes Mal fragte ich Vicky nach ihrer Familie. Aber sie gab nur wenige Details preis. Ich fragte sie nach ihrer schönsten Kindheitserinnerung und sie erzählte mir spontan von ihrem Vater und wie sie ihm früher immer in seiner Garage geholfen hatte. Der Vater hatte einen alten Opel Kapitän, an dem er in jeder freien Minute rumschraubte. Für Vicky war das ein Moment der Freiheit und des Abenteuers gewesen. Sie wollte mir nicht erzählen, wo sie aufgewachsen war, zeigte aber auf eines der benachbarten Häuser, wo sie jetzt wohnte. Sie konnte ebenfalls von ihrem Fenster aus unsere Bank auf dem Friedhof sehen. Die Vorstellung, dass sie des Öfteren am Fenster saß und wartete, bis sie mich auf der Bank sitzen sah, um dann zu mir zu kommen, gefiel mir.

Ein anderes Mal hatten wir eine tiefgründige philosophische Diskussion über den Tod. Wir hatten bestimmt schon zwei Stunden das Thema rauf und runter analysiert, bis sie mich plötzlich fragte:

„Wann wirst du sterben, Wil?"

Wieder eine dieser ungewöhnlichen Fragen. Ich hatte mir da zwar noch nie so bewusst Gedanken zu gemacht. Deshalb war ich auch über mich selbst erschrocken, als ich diese Frage dennoch relativ konkret beantworten konnte:

„Ich werde ab einem Alter von 65 unausweichlich irgendwann an Alzheimer-Demenz erkranken und dann langsam meine Sinne verlieren." Mit einer so präzisen Antwort hatte sie ebenfalls nicht gerechnet.

„Denkst du da an eine Infektion oder eher an eine Unterfunktion bei der Ausschwemmung von Abfallstoffen aus dem Gehirn?" Sie genoss es, wenn sie durch medizinische Expertise glänzen konnte. Und ich merkte, dass sie das Offensichtliche mit Absicht aussparte.

„Meine Großmutter ist an Alzheimer-Demenz gestorben und meine Mutter ist ebenfalls erkrankt", sagte ich.

„Das ist deine innere Angst", sagte sie fast flüsternd, nicht als Frage formuliert, sondern als bloße Feststellung, als offensichtliche Diagnose. Ein Fakt, den ich mir bisher selbst noch nie so eingestanden hatte. Aber es war wahr. Meine größte Angst war die Angst vor dem Nachlassen meiner Verstandeskraft. Darauf hatte ich all mein Handeln ausgerichtet. Das trieb mich morgens aus dem Bett, definierte mein Tagesprogramm und setzte meinem Leben ein asketisches Korsett. Vicky hatte direkt ins Schwarze getroffen. Dieses Gespräch mit ihr war für mich eine wahre Selbsterkenntnis, mehr, als ich sie in all den Sitzungen bei Professor Schwarz jemals gehabt hatte.

Kapitel 12

Es war auch für meine Verhältnisse eine kurze Nacht, weil ich am Morgen sehr früh aufstand, um mein sportliches Pensum zu absolvieren. Ich fuhr eine Stunde auf dem Trimmrad, trank zwei Gläser Wasser, machte meine Morgentoilette und bereitete mir ein Frühstück aus Obst, Joghurt und etwas Müsli. Gegen zehn Uhr hatte ich meinen regulären Arzttermin. Ich pumpte den Hinterreifen meines Fahrrads wieder auf und fuhr rechtzeitig los.

„Mein lieber Wilhelm", begrüßte mich der Professor wie immer sehr erfreut. Das Türkis des Teppichs sprang mir wie immer ins Auge. Neu war, dass die Farbe von einem kleineren Bild neben dem Kamin wieder aufgegriffen wurde. Es zeigte einen Strudel oder Ähnliches. Ich konnte es von meinem Sessel aus nicht genau erkennen.

„Schön, dass wir uns schon wiedersehen. Wie geht es dir zurzeit?" fuhr der Professor in seiner mir bekannten Manier fort. Er saß mir gegenüber, hatte die Beine überschlagen, seinen Tablet-Computer auf dem

Schoss und schaute mich über den Rand seiner Lesebrille hinweg an, während er mit dem Stift spielte. „Erzähle mir, was du seit deinem letzten Besuch getan hast."

„Es geht mir weiterhin gut", betete ich wie ein Mantra runter. „Ich komme an der Universität voran, treibe ausgiebig Sport, halte mein Gedächtnis fit und mein Blutdruck scheint auch zu stimmen. Weiterhin keinerlei Anzeichen von Demenz", sagte ich leicht ironisch. Doch er wollte die Ironie darin nicht aufgreifen.

Er wusste natürlich von meiner Angst. Als Therapeut musste er ziemlich schnell erkannt haben, dass es die Angst vor der Demenz war, die mich umtrieb. Aus irgendeinem Grund hatte er das jedoch mir gegenüber zumindest noch nie so benannt.

Er schwieg und machte sich Notizen. Ich empfand diese Momente des Schweigens immer als sehr belastend. Normalerweise bin ich der Typ, der in solchen Momenten das Wort ergreift, nur um der Peinlichkeit der Stille zu entkommen. Bei Professor Schwarz hatte das jedoch keinen Sinn. Ich hätte mich um Kopf und Kragen geredet, weil er in alles, was ich gesagt hätte, mit Sicherheit irgendetwas hineininterpretiert hätte. Und das wollte ich auf jeden Fall vermeiden.

Nach einer kurzen Weile hielt er seinen Stift still und starrte weiter auf das Tablet. Ich dachte, ihm fiele vielleicht nicht der richtige Fachausdruck oder die passende Formulierung ein. Ich war mir sicher, er würde gleich seinen versteckten Knopf drücken und Schwester Christa käme herein. Stattdessen nahm er seine Brille ab, hob seinen Kopf und schaute mir direkt ins Gesicht:

„Wie geht es eigentlich der werten Frau Mama?" fragte er mich, wie wenn er sich besonders diskret verhalten wollte. Ich war etwas verdutzt, denn ich weiß nicht, wann er mich das letzte Mal nach meiner Mutter gefragt hatte. Ich konnte noch nicht einmal sagen, ob er das je getan hatte.

„Den Umständen entsprechend gut", übertrieb ich nach einem kurzen Moment. Dabei klang seine Frage nicht nur nach einer höflichen Floskel, sondern eher nach ernsthaftem Interesse. Er nickte, zögerte, als wolle er mehr sagen, überlegte es sich dann jedoch anders. Ich glaubte erkannt zu haben, wie er kurz zu der Büste im Nebenzimmer blickte. Doch dann setzte er seine Brille wieder auf, blickte auf seine Notizen und war wieder einzig Therapeut.

„Mein lieber Wilhelm", fing er an. „Um einer Demenzerkrankung vorzubeugen, ist unbedingt ein aktives geistiges und soziales Leben empfehlenswert. Ich sehe, dass du eine gute Kombination aus Gedächtnis- und Bewegungstraining betreibst. Das ist sehr lobenswert." Er hielt kurz inne, als wolle er, dass ich sein Lob kurz genoss. Man brauchte den Professor jedoch nicht lange zu kennen, um zu wissen, dass es in dieser Aussage eine tiefere Absicht gab. Seine Kritik folgte umgehend. Er schaute mir über den Rand seiner Brille hinweg direkt in die Augen:

„Aber wie steht es um dein soziales Netzwerk? Auch hierdurch ergeben sich intellektuelle Anregungen, die demenzielle Prozesse durchaus hinauszögern können."

Ich wusste nicht genau, was er meinte. Auf jeden Fall musste ich ziemlich verwirrt geschaut haben, denn beim Aufstehen sagte er weiter: „Such' dir doch einen netten Verein. Ein Hobby, das dich begeistert und das du mit einem anderen Menschen teilen kannst." Ich nickte nur stumm, stand auf und ließ mich von ihm zur Tür begleiten.

„Meine Praxis bleibt den ganzen Juli geschlossen. Bedenke das bitte bei der Planung des nächsten Termins." Und als ich quasi schon zur Tür raus war, rief er mir noch nach:

„Ach übrigens: Hannes wird uns dann leider verlassen müssen. Sein soziales Jahr bei uns ist rum. Aber ab Anfang August werden wir einen würdigen Nachfolger haben, der dich wie gewohnt besuchen wird." Sollte mir mehr als Recht sein, wenn dieser unhöfliche Trampel Hannes nicht mehr kommen würde. Wie auch immer.

Aber wie stellte der Professor sich das mit dem Verein vor? Ich konnte doch nicht einfach in irgendeinen Verein eintreten. Sozialverhalten, ja gut. Ich verstehe seinen Punkt, aber ein Verein kam für mich nicht in Frage. Sollte ich jetzt vielleicht einen Töpferkurs machen oder Origami-Seminare belegen?

Ich fuhr vom Professor aus direkt zur Universität und lief auf dem Weg zur Bibliothek über den Campus. Ich überlegte, ob sich durch das Lesen in der Bibliothek vielleicht soziale Kontakte aufbauen ließen. Aber dann fiel mir die blonde Bibliothekarin wieder ein. Und mein misslungener Kontaktversuch. Ich ließ diese Idee daher gleich wieder fallen.

Es war schon Nachmittag und die Mensa war geschlossen – ein Ort der sozialen Begegnung, der mir sowieso nicht gelegen hätte. Dann aber entschied ich mich für die Cafeteria, wo quasi zu jeder Tages- und Nachtzeit Betrieb war.

Die Cafeteria war ein Ort der Begegnung, keine Frage. Nur leider ein sehr kleiner Ort. Schon vor der Tür herrschte dichtes Gedränge, aber im Wesentlichen durch die Raucher, die ihre Jacke drinnen am Stuhl hängen ließen, um ihren Sitzplatz nicht aufgeben zu müssen, dann jedoch dicht gedrängt um die Eingangstür standen, um möglichst jeden warmen Luftzug, der von drinnen kam, doch abzubekommen. Und natürlich warfen sie ihre Zigarettenstummel am Ende einfach direkt neben den Aschenbecher auf den Boden. Entsprechend ungepflegt sah es deshalb auch vor der Tür aus.

Ich entschied mich trotzdem dafür, einen Versuch hinein in die Cafeteria zu wagen. Als ich mich an den Rauchern vorbei nach drinnen gedrückt hatte, wurde es jedoch kein bisschen besser. Aus irgendeinem Grund stand die Luft in dem kleinen Raum. Es gab eine Theke mit einer kleinen Auslage mit etwas Süßgebäck und Schokoladenriegeln. Auch ein paar Apfelspalten lagen dort. Jedoch waren sie bereits braun gefärbt, weil man sie wohl schon vor Stunden aufgeschnitten hatte. Und sonst gab es da noch irgendwelche Dinge mit Käse überbacken, die allerdings allesamt aussahen, als seien sie die Reste der Mensa vom Vortag.

Ich stellte mich an die Kasse und bestellte das erste Getränk, dass mir in den Sinn kam: Cappuccino. Natürlich gab es keine Karte. Hinter der Theke stand ein

Mann, wahrscheinlich Student im ersten Semester, der nicht nur kassierte, sondern auch den Kaffee zubereitete, den Kaffee aushändigte und wahrscheinlich auch noch die Kaffeemaschine putzte. Ich schritt an der Theke entlang und bekam dann am anderen Ende einen großen Pappbecher. Der Mann sagte, dass Deckel und Kakao auf der anderen Seite stünden und ich bahnte mir meinen Weg durch die Menge. An einen Sitzplatz war gar nicht zu denken. Selbst der Gang stand voller Leute, die sich alle mehr oder weniger angeregt unterhielten und es scheinbar für normal hielten, sich keinen Zentimeter zu bewegen, wenn man an ihnen vorbei wollte. Ich ergatterte, wahrscheinlich relativ umständlich, einen Plastikdeckel für meinen Pappbecher.

Ich stand etwa zwei Minuten dort und spürte langsam ein beklemmendes Gefühl in mir aufsteigen. Weder hatte ich Platz zum Stehen, noch sah ich eine Möglichkeit meine Jacke irgendwo aufzuhängen. Nach einer weiteren Minute entschied ich mich schließlich, doch wieder Richtung Tür zu gehen.

Der Rückweg nach draußen war gefühlt doppelt so lange, denn mir wurde richtig heiß. Ob es an der Beklemmung oder an meiner dicken Jacke lag, vermag ich nicht zu deuten. Ich war jedenfalls schließlich heilfroh, wieder draußen im Freien zu sein. Es gab mir die Erkenntnis, hier nicht die geringste Chance zu haben, um irgendwie mit irgendwem in eine gepflegte Konversation zu kommen.

Vor der Tür warf ich den noch vollen Kaffeebecher in den Mülleimer, den eigentlich auch die Raucher als Aschenbecher benutzen sollten. Weil ein voller Becher natürlich schwerer ist als ein leerer, gab es beim Aufprall im Eimer ein dumpfes Geräusch, weswegen die beiden Raucher, die direkt danebenstanden, kurz ihr Gespräch unterbrachen und mich musterten. Aber ich drehte mich nicht um, sondern ging einfach davon. Das war für mich nicht die richtige Umgebung zum Aufbau und zur Pflege von Sozialkontakten. Definitiv nicht.

Kapitel 13

Gegen Ende Mai erhielt ich von der Bibliothek eine Erinnerung, weil ich das Buch ‚Die Vier Elemente' zurückgeben oder die Ausleihfrist verlängern lassen müsste. Ich hatte ganz vergessen, dass ich das Buch ja entliehen hatte. Es lag noch immer in meinem Bücherregal.

Ich setzte mich damit auf das Sofa und studierte das Inhaltsverzeichnis. Zuerst glaubte ich, dass es sich um eine reine wissenschaftliche Aufarbeitung des Themas handelte. Es begann bei den griechischen Philosophen wie Thales, der davon ausging, dass Wasser der Urstoff sei, weil Wasser seiner Ansicht nach in größter Menge vorhanden war. Anaximenes glaubte Luft sei der Urstoff, aus dem Wasser und Erde entstünden. Heraklit wiederum verwies auf das verändernde Feuer als Urstoff, da sich im Universum alles wandle. Aristoteles ordnete später den vier Elementen jeweils die Eigenschaften warm/kalt und trocken/feucht zu. Dann folgte eine längere Ausführung über das alte Ägypten und über Arabien, die ich überblätterte, bis hin zur Einführung unseres heutigen Periodensystems in der Chemie. Am Ende stand dann noch ein Verweis auf die esoterische Bedeutung der vier Elemente. Wie gesagt interessierte ich mich nicht sonderlich für Esoterik, aber ähnlich wie bei einem Rätsel empfand ich doch die Herausforderung zu erkennen, welches Element zu mir passte. War ich mehr ein Feuertyp, mehr ein Typus Erde, mehr Luft oder doch eher mehr Wasser?

Das erste Kapitel begann mit dem Element Wasser. Wasser unterstützt das Vertrauen in die Intuition, öffnet für Hilfsbereitschaft, Mitgefühl und Liebe. Das nasse Element hilft, Gefühle zuzulassen und zu genießen. Zu viel Wasser kann zu stark emotionalisieren.

Erde hingegen hat die natürliche Tendenz zu verharren. Sie liebt keine Veränderung und ist nur schwer zu bewegen. Erde ist der Inbegriff für Verlässlichkeit, für Halt und Dauer. Erde steht für den bodenständigen Menschen, der keine geistigen Höhenflüge liebt. Für ihn zählen nur die Tat und das Ergebnis.

Erde ist das geduldigste und friedlichste aller Elemente. Aber im Unterschied zu den anderen Elementen findet Erde nicht oder nur langsam und schwer zum Gleichgewicht zurück. Erde ist langsam und zögerlich, so kann es lange dauern bis sich ein Erdmensch auf Neues einlässt. Die Stärke des Erdmenschen ist eiserne Konsequenz und höchstes Durchhaltevermögen, Zuverlässigkeit und die Bereitschaft Verantwortung zu übernehmen. Erde ist das unnachgiebigste Element. Man kann nur schwer in den Erdmenschen eindringen, weil er sich nur zögerlich öffnet.

Tja, da war ich wohl fündig geworden. Zum Vergleich wollte ich die anderen Elemente aber auch noch lesen.

Als nächstes folgte das Element Luft. Dieses Element steht für Inspiration, kreatives Denken, Visionen, Leichtigkeit und spontane Ideen. Es bedeutet Offenheit und spielerische Beweglichkeit. Seine Schattenseite: Zu viel Luft verführt dazu, Luftschlösser zu bauen und die Realität zu vergessen. Ausgleichend wirken Pflanzen des Elements Erde.

Feuer will sich entzünden und entflammen, aber auch andere anstecken und mitreißen. Darin drückt sich die Begeisterungsfähigkeit aus, die Feuermenschen zu eigen ist. Die Stärke des Feuermenschen liegt in seinem großen Selbstvertrauen, in der Lebendigkeit, in seiner ansteckenden und mitreißenden Art, die Lebensfreude und Lebensbejahung vermittelt. In dem Moment ging meine Wohnungstür auf und ich wusste, wer ein absoluter Feuermensch war.

Zola kam mit zwei Tüten bepackt herein, denn sie hatte nach dem Mittagessen noch meine Einkäufe erledigen wollen, und strahlte mich an.

„Hallo Mr. Wilhelm", sang sie. „Ich habe nette Frau Hirmer auf der Treppe getroffen. Sie ist nicht gelaunt, wenn sie deinen Namen hört." Sie sah mich an, ließ dann aber wieder davon ab, als sie merkte, dass ich nichts dazu sagen wollte.

„Frau Hirmer hat gefragt, ob ich bei ihr auch einkaufen gehen kann. Sie kann die Treppe schwer laufen."

„Ja, das stimmt wohl", betätigte ich. „Und? Wirst du ihr helfen?"

„Ja, Frau Hirmer kann nicht allein einkaufen. Sie braucht Hilfe."

„Das ist doch eine gute Idee. Und du kannst dir da auch sicher was dazuverdienen. Schön!" sagte ich. Ich nahm ihr die Tüten ab, damit sie sich Jacke und Schuhe ausziehen konnte, trug sie in die Küche und verzog mich dann ins Wohnzimmer, um mich meinen Kakteen zu widmen.

Nachdem Zola alles ausgeräumt hatte, kam sie zu mir, um sich für den Tag zu verabschieden.

„Warum hast du so viele Kaktusse?" fragte sie mich.

„Kakteen", verbesserte ich. „Nun, das ist keine leichte Frage. Ich glaube ich mag sie einfach. Sie brauchen wenig Pflege und sind sehr beständig. Stell dir vor: Manche Arten werden über 200 Jahre alt." Das war das erste, was mein Vater mir über Kakteen erzählt hatte. Sie schien beeindruckt zu sein, zumindest tat sie so. Und ich fühlte mich wieder an mein Element erinnert. So gesehen war es wohl doch eine leichte Frage.

Der Sonnenuntergang hatte sich mittlerweile auf einundzwanzig Uhr geschoben. Es war Mitte Mai und der Frühling floss langsam aber sicher in den Sommer über. Der Fliederbusch im Garten stand in voller Blüte und ich spielte mit dem Gedanken, später lediglich im Hemd zur Bank auf dem Friedhof zu gehen, entschied mich am Ende aber doch dagegen.

Vicky war schon da als ich ankam.

„Hi Wil", begrüßte sie mich wie üblich. Es war schon fast sowas wie ein Ritual geworden.

„Hallo Viktoria. Schön dich zu sehen", war meine übliche Antwort. Sie war mutiger als ich was die Temperatur anging, denn sie traute sich erstmals ohne Strumpfhose zu kommen. Sie trug ihre hohen Stiefel und den schwarzen Minirock. Auch ihre Ärmel waren kürzer. Die schwarze Lederweste ließ ihre weißen Arme im Dunkeln mit ihren Beinen fast um die Wette leuchten. Zumindest kam es mir so vor. Vielleicht hatte sie die freien Hautpartien aber auch ähnlich ihrem Gesicht gepudert. Sicher sein konnte man sich bei Vicky nie.

„Wie steht´s mit deinem Kampf gegen die Demenz?" fragte sie mich unvermittelt. Sie liebte solche Auftritte, jemanden auf dem falschen Fuß zu erwischen und dann zu sehen, wie er überrascht vor sich hin stammelte. Aber nicht mit mir.

„Ich kämpfe", antwortete ich ohne langes Zögern. „Ich ernähre mich weiterhin gesund, treibe viel Sport und habe regelmäßig meine Arzttermine, um meinen Blutdruck kontrollieren zu lassen. Außerdem habe ich einen neuen Snack."

Sei schaute mich fragend an. Ich kramte in meiner Innentasche und zog eine Tüte mit dunklem Schokoladen-Pulver bestäubte Cashew-Nüsse hervor.

„Wirken normalisierend auf Blutdruck- und Cholesterinwerte", sagte ich und hielt ihr die Tüte hin. Sie zögerte und schaute mich nachdenklich an:

„Du bist schon ein eigenartiger Kerl, Wil!" Aber sie griff dann doch zu und aß am Ende fast die ganze Packung allein auf.

Sie war an dem Abend ziemlich redselig und wir quatschten lange Zeit wie alte Freunde. Irgendwann kam sie gespielt zufällig wieder auf ihr Lieblingsthema:

„Und? Hast du den Geist auf der Treppe wiedergesehen?"

Sie brachte das Thema immer mal wieder auf und ich konnte sie immer beruhigen, dass alles gut war. Deshalb hielt ich es auch für absolut unverfänglich, ihr von meinem Traum zu erzählen:

„Ich habe seit dem Tod meines Vaters diesen Traum." Ich merkte wie sie hellhörig wurde. „Es ist eigentlich immer der gleiche Traum, nur mit ein paar Abwandlungen."

Ich erzählte ihr von dem Hinrichtungsstuhl im Kellerverließ, von der Figur, die mir das Silbertablett hinhielt, von der Banane, die ich mich zu essen weigerte und von dem vermoderten Fleisch, dass dann als Ausgleich in mich reingestopft wurde. Ich merkte wie sie förmlich an meinen Lippen klebte, jedes Wort aufsaugte, als wäre es eine geheime Botschaft aus einer anderen Welt.

„Nur dieses Mal", fuhr ich fort, „dieses Mal hatte die dunkle Figur keinen Schatten. Zumindest ist es mir dieses Mal zum ersten Mal aufgefallen."

Sie starrte mich an, als wenn wir seit Tagen verdurstend durch die Wüste gelaufen wären und ich rein zufällig zwei Liter Wasser in meiner Tasche finden würde.

„Was sagst du da?" sagte sie, als wenn sie die Nachricht gerade erst im Ansatz verarbeitet hätte. „Du hast den Geist im Traum wiedergesehen? Aber das ist doch klar, was das bedeutet." Sie schien richtig aufgeregt.

„Dass ich keine Bananen mag?" scherzte ich. Sie sah mich an, als sähe ich den pinken Elefanten nicht, der zwischen uns stand.

„Stimmt. Das auch!" antwortete sie und tat den Gedanken sofort wieder ab. „Der Geist hat nicht von dir abgelassen." Sie war jetzt richtig aufgeregt. „Mensch Wil, verstehst du denn nicht? Du bist ein Medium für ihn. Du bist sein Medium für unsere Welt."

Spätestens da bereute ich es, ihr von meinem Traum erzählt zu haben. Sie hatte eine Neigung, mir nicht erkennbare Schlüsse aus bestimmten Situationen zu ziehen. Sie steckte sich aufgeregt die nächste Zigarette an und machte den Eindruck, als wenn sie innerlich mit sich diskutiere. Ihr Atem bebte leicht, als sie den Rauch einzog.

„Wil, du bist ein Medium. Der Geist des alten Mannes will dir was sagen", resümierte sie nach einer kurzen Pause, als sei das die Erkenntnis ihrer inneren Diskussion.

„So ein Quatsch", entgegnete ich. „Und was soll das sein?"

Sie rauchte ihre Zigarette zu Ende, schnippte die Kippe neben die Bank, drehte sich mir zu und schaute mir tief in die Augen. Betont langsam sagte sie:

„Du musst ihm seine Frau bringen, Wil. Hat er nicht gesagt ‚Bring' sie zu mir'?"

Ich dachte im ersten Moment, jetzt käme der Punkt, wo wir beide wieder laut losprusteten. Aber ihr war gar nicht nach Lachen zumute. Sie meinte es ernst. Sie meinte es todernst.

„Weißt du noch, als ich dich gefragt habe, ob man sein Schicksal ertragen oder überwinden muss?"

Ich nickte stumm.

„Nun, hier kannst du es erkennen. Die alte Frau muss das Leben überwinden. Ihr Mann hat es dir gesagt. Du bist das Medium, das handeln kann, das handeln muss, Wil."

„Du willst doch jetzt nicht behaupten, dass ich meine Nachbarin, die arme Frau Hirmer, ermorden soll?" fragte ich, um ganz sicher zu gehen, dass ich ihren Gedankengängen noch richtig folgte.

„Nicht ermorden. Du sollst ihr helfen, den Eintritt in eine andere Welt zu finden. Ihr Mann möchte, dass sie das Leben verlässt", sagte sie.

„Aber das ist doch das Gleiche." Ich war entsetzt von ihren Schlussfolgerungen. „Viktoria: Weißt du überhaupt, was du da redest?"

Aber sie schien von der Idee wie besessen zu sein. Als wenn sich ihr ein langes Rätsel der Menschheit offenbart hätte. Der gordische Knoten war zerschlagen. Sie sprang von der Bank und lief vor mir auf und ab. Es sprudelte auf einmal nur noch so aus ihr heraus.

„Es darf natürlich niemand merken, das ist klar. Wir müssen das gut planen. Du könntest sie die Treppe hinunterstoßen. Das dürfte doch sicher schon reichen. Wann geht deine Nachbarin immer zum Einkaufen?"

„Hör auf, Vicky. Sie geht nicht einkaufen, sie hat eine Einkaufshilfe."

„Ok, dann eben was anderes. Was ist mit dem Fön in der Badewanne?"

„Und das hältst du für unauffällig, oder was?" antwortete ich. „Komm, wir lassen das Thema. Es ist schon spät. Ich muss jetzt gehen."

Ich stand auf und dachte, sie würde wenigstens ein bisschen einlenken. Aber ihre Besessenheit war nicht zu bremsen. Wie ein kleiner Mafiosi entwarf sie nüchtern weitere Möglichkeiten, die arme Frau Hirmer zu ermorden. Also ließ ich sie stehen, verschwand entlang des Fliederbuschs und ging zurück in meine Wohnung.

Oben angekommen hatte ich das dringende Gefühl zu duschen. Nicht, weil ich gefroren hätte. Es war mehr ein Bedürfnis des Reinwaschens, des Abwaschens von Irrationalitäten und sonstigem Spuk.

Kapitel 14

Es war nur wenige Tage später, als ich nach meinem morgendlichen Sportprogramm feststellte, dass mir der Kaffee ausgegangen war. Ich hätte auf Tee ausweichen können, ausnahmsweise. Aber Tee hatte nicht die gleiche vorbeugende Wirkung wie Kaffee. Und außerdem brauchte ich, seitdem ich mit dem Kaffeetrinken angefangen hatte, jeden Morgen eine große Tasse voll. Jedenfalls bildete ich mir das ein. Also beschloss ich, einen zweiten Anlauf zu starten, was den Besuch eines Kaffeehauses betraf.

Ich kannte ein Café auf dem Weg von meiner Wohnung zum Hauptbahnhof. Ich war dort mehrmals vorbeigekommen als ich im Kiosk neue Lese- bzw. Rätsellektüre erworben hatte. Das Café Commercial war ein kleiner Laden, aber nicht so klein wie an der Universität. Es hatte stets ausreichend freie Plätze und man wurde am Tisch bedient. Das waren eigentlich meine wesentlichen Kriterien.

Ich hatte Glück, denn das Café war tatsächlich leer, als ich eintrat. Daher konnte ich mir den besten

Tisch aussuchen, setzte mich an den in der Ecke mit nur einem plüschigen Ohrensessel und wartete auf die Bedienung.

Ich mochte besonders die Atmosphäre, die von der Ausstattung ausging. Der Raum hatte hohe Decken und an der Theke drei helle Marmorsäulen, wovon eine genau in der Mitte der Theke endete. Die Tische waren aus dunklem Teakholz und die tiefen roten und grünen Sessel waren so gemütlich wie sie aussahen. An der Wand gab es auch einige Sofas. Insgesamt war der Charme schon fast etwas zu plüschig.

„Ich bin sofort bei Ihnen", rief eine weibliche Stimme hinten von der Theke her. Ich konnte sie nicht sehen, sie musste genau hinter der mittleren Säule stehen. Aber sie hatte nicht gelogen. Innerhalb von wenigen Sekunden kam sie an meinen Tisch.

„Was kann ich für Sie tun?", fragte sie mit einem einladenden Lächeln. Sie war nicht allzu groß, vielleicht Anfang zwanzig, blond, hatte lustige Augen und große Brüste. Ich würde nicht sagen, dass sie als besonders hübsch auffiel, aber sie hatte eine herzliche Ausstrahlung.

„Wieso ist denn so wenig los bei Ihnen?" fragte ich etwas enttäuscht.

„Wir haben ja gerade erst aufgemacht", antwortete sie freundlich. „Sie sind der erste Gast heute."

Ich schaute auf die Uhr. Es war gerade fünf Minuten nach acht. Gut, das erklärte es.

„Was darf´s denn sein?" fragte sie. Ich entschied mich für einen doppelten Espresso mit einem Glas Leitungswasser dazu.

„Darf´s auch was zu essen sein? Ich kann Ihnen unser Bircher-Müsli empfehlen. Ist selbstgemacht."

Ich bestellte einen Toast mit Honig und ein Bircher-Müsli, was sich tatsächlich als gute Empfehlung herausstellte. Der Kaffee war auch wirklich sehr gut. Ich versuchte, nochmal mit der Bedienung ins Gespräch zu kommen, aber sie war wieder hinter der Säule verschwunden und schien weiter die Auslage einzuräumen. Also nahm ich mein Buch aus der Tasche und las ein wenig. Nach kurzer Zeit kamen weitere Gäste und die Bedienung bekam richtig Beschäftigung.

Ich merkte, dass mein Platz sehr gut gewählt war, denn ich hatte den gesamten Laden perfekt im Blick. Das Café schien ein beliebter Treffpunkt zu sein für Damen, die sich zum Shoppen verabredet hatten, für junge Mütter, die ihre Kleinen an die frische Luft bringen wollten und dann doch mit Gleichgesinnten beim Kaffee gelandet waren. Und dann war da auch noch ein schwules Pärchen drüben am Fenster.

Als mein Kaffee leer war, überlegte ich, ob ich noch einen bestellen sollte, entschied mich jedoch dagegen. Stattdessen legte ich das Geld mit reichlich Trinkgeld auf den Tisch und verließ zufrieden den Laden. Ich beschloss, zukünftig öfters dorthin zu gehen.

Als ich nach Hause kam, traf ich Oma Hirmer im Treppenhaus. Sie stand an ihrer Wohnungstür und diskutierte mit dem Postboten, der langsam und geduldig auf sie einredete. Scheinbar hatte sie einen Brief zurückbekommen, weil er nicht ausreichend frankiert war. Ich verstand das Problem bereits, als ich noch ein halbes Stockwerk unter ihnen war. Als ich dann an ihnen vorbeigehen wollte, sah mich der Postbote ziemlich verzweifelt an. Scheinbar hatte er schon länger auf Oma Hirmer eingeredet, die darauf beharrte, dass der Brief aber richtig frankiert war. Ich griff in meinen Geldbeutel und gab dem Postboten zwei Euro.

„Stimmt so", sagte ich. Er schaute mich irritiert an, aber als er realisierte, dass sein Problem gelöst wäre, wenn er jetzt selbst den Brief ausreichend frankierte, entspannte sich sein Gesichtsausdruck. Er tippte sich an die Mütze und ging ohne ein weiteres Wort die Treppe hinunter. Wahrscheinlich war er einfach froh, das Thema beendet zu haben.

„Hallo, liebe Frau Hirmer", sagte ich. „Lange nicht gesehen. Wie geht es Ihnen denn?"

Erst schien sie unsicher, wie sie auf die Situation mit dem falsch frankierten Brief reagieren sollte, vermied es dann aber doch darauf einzugehen.

„Guten Tag, Herr von Popp. Naja, was soll ich sagen - das Alter halt." In Gedanken war sie jedoch noch immer beim Postboten, denn sie schien seinen Tritten die Treppe hinab zu folgen. Langsam trat sie von der Wohnungstür vor ans Geländer, um sich zu vergewissern, dass der fremde Mann das Haus auch wirklich verlassen und auch ja die Haustür ordentlich hinter sich zugezogen hatte. Sie stellte sich dabei genau neben mich und starrte über den Handlauf das Treppenhaus hinunter.

Für einen kurzen Moment durchzuckte es mich. Ich musste unweigerlich an Vicky denken, an ihre Idee, die alte Frau das Treppenhaus hinunterzustoßen, um dem Wunsch ihres toten Mannes nachzukommen. Es wäre ein Leichtes gewesen…

Ich schämte mich für diesen Gedanken. Und Oma Hirmer schaute mich fragend an, als ich dastand und wohl sichtlich verlegen meine Füße betrachtete.

„Eine nette Hilfe haben sie ja da, das muss ich sagen. Sehr nett", sagte sie und trat zurück an ihre Wohnungstür. „Sie hat es auch nicht leicht gehabt im Leben. Gut, dass Sie ihr die Möglichkeit geben, sich etwas dazu zu verdienen."

Ich hatte ganz vergessen, dass sie ja neulich erst Zola kennen gelernt hatte und dass sie ja jetzt auch Oma Hirmer bei ihren Einkäufen unterstützte. Scheinbar hatte Zola ihr erzählt, warum sie bei mir arbeitet. Und diese Geschichte musste wohl mein Bild bei Oma Hirmer in ein anderes Licht gerückt haben.

„Ja, sie ist eine gute Seele", antwortete ich. „Sie hat mir erzählt, dass sie Ihnen ebenfalls zur Hand geht und bei den Einkäufen hilft?"

„Ja, eine sehr gute Seele", antwortete Oma Hirmer und setzte einen tiefen Seufzer hinterher. „Schade nur, dass ich sie nicht weiter brauchen kann."

Ich schaute sie fragend an, als hätte ich was Wichtiges verpasst.

„Wissen Sie, lieber Herr von Popp, ich werde ja auch nicht jünger. Es fällt mir inzwischen wirklich immer schwerer die Treppen zu laufen. Das kann so nicht weitergehen."

„Aber dabei unterstützt Sie Zola doch jetzt, oder nicht?" antwortete ich. Sie schien mir etwas verwirrt zu sein. Doch sie schüttelte den Kopf, als sei ich auf der falschen Fährte.

„Mein Sohn wohnt doch im Süden und hat dort ein großes Haus. Ich werde demnächst zu ihm ziehen.

Er ist noch auf Dienstreise unterwegs. Aber wenn er zurück ist, dann werde ich umziehen. Es geht nicht mehr. Ich kann die Treppen nicht mehr laufen."

„Ja, das verstehe ich natürlich, Frau Hirmer. Aber schade ist es schon. Ich werde Sie vermissen", sagte ich und schaute sie mit einem Dackelblick an, auf den sie aber nicht hereinfallen wollte. Sie winkte ab und sagte nur nüchtern:

„Noch ist es ja nicht soweit. Ich werde die Wohnung auf jeden Fall noch bis zum Ende des Jahres haben. Mein Sohn sagte, wir machen das nach und nach. Die Wohnung ist ja auch viel zu groß für mich allein. Das ist doch in Ordnung für Sie?" Sie schaute mich prüfend an, ob ich auch verstanden hätte, dass sie dort allein lebte.

„Aber ja, Frau Hirmer, gar kein Problem. Sagen Sie Ihrem Sohn, er solle sich einfach an die Hausverwaltung wenden und es sei mit mir abgesprochen. Machen Sie sich bitte keine Sorgen, überhaupt gar kein Problem." Ich legte meine Hand zur Überzeugung auf ihre Schulter. Sie machte einen Gesichtsausdruck, als hätte sie eine schwere Tat vollbracht, als sei die Katze jetzt aus dem Sack. Ich weiß gar nicht, wie lange sie in dieser Wohnung gewohnt hat. Wahrscheinlich schon immer.

Im Gehen drehte ich mich nochmals zu ihr um: „Haben Sie eigentlich ihren Pauli wiedergesehen? Ich halte weiterhin Augen und Ohren offen." Sie wollte gerade ihre Wohnungstür schließen, hielt aber nochmal inne und sagte mit wehleidigem Blick:

„Mein Pauli. Der Herrgott hab' ihn selig." Dann schloss sie die Tür.   Ich fand den Ausspruch ja etwas zu theatralisch in Bezug auf eine Katze. Aber das hieß dann wohl: nein, sie hatte ihn nicht wiedergesehen.

Am Abend stand ich lange am Fenster, um zu warten, bis Vicky auf unsere Bank kam. Aber sie kam nicht. Als sie gegen elf Uhr immer noch nicht da war, bin ich schlafen gegangen.

Aber sie kam auch am nächsten Tag nicht. Und am Tag danach auch nicht. Als sie am dritten Tag nach Einbruch der Dunkelheit wieder nicht auftauchte, entschied ich mich selbst auf die Bank zu gehen. Es könnte ja sein, dass sie ebenfalls am Fenster stand und darauf wartete, dass ich den ersten Zug machte. Als ich jedoch unten ankam, merkte ich, dass ihr Fenster, das ich von hier aus einsehen konnte, dunkel war. Außerdem lag zwischen Bank und Mülleimer keine einzige gerauchte Zigarette. Sie war also die ganze Zeit noch nicht hier gewesen. Sie war wie verschwunden.

Ich setzte mich auf die Bank und starrte über den dunklen Friedhof. Der Anblick der flackernden Grablichter hatte für mich was Beruhigendes, etwas mittlerweile Vertrautes, fast schon Liebgewonnenes an sich. Ich mochte die Ruhe, aber auch die Präsenz der Vergänglichkeit, die wiederum von dem Gefühl der Ewigkeit, das von den Gräbern ausging, wie betäubt wurde. Der Mond schien schon recht hell. In einigen Tagen musste wieder Vollmond sein.

Irgendwann sah ich links neben mir, vielleicht mit einem Abstand von zehn Metern, eine schwarze Katze sitzen. Sie war fett, nicht ganz so fett wie ich Pauli in Erinnerung hatte, aber ich war mir fast sicher, dass er es war. Der Herrgott musste ihn also nicht selig haben, wie Oma Hirmer gemeint hatte. Er schien ganz lebendig.

Er interessierte sich aber nicht für mich, sondern hatte beide Ohren aufgestellt und blickte an mir vorbei nach rechts hinüber. Dort hinter der zweiten Gräberreihe, einen Gang vor der Friedhofsmauer, saß eine zweite Katze mit weißem Fell. Sie war deutlich schlanker, fast schon mager würde ich sagen und ihr Fell war kurz geschoren. Lediglich ihr Schwanz war buschig. Auch sie hatte ihre Ohren spitz aufgestellt, ihren Blick fixiert und hielt ihrem schwarzen Widersacher stand.

Lange Zeit bewegte sich keine der beiden. Die weiße Katze wedelte leicht mit dem Schwanz, blickte dann über ihre Schulter, als wollte sie sich vergewissern, dass ihr Fell auch ordentlich gekämmt war.

Ich musste daran denken, dass Vicky glaubte, jemand müsse Oma Hirmer zu ihrem verstorbenen Mann bringen. Wie unangenehm war mir die Situation, als Oma Hirmer da so an den Treppenstufen stand. Vickys Idee war einfach wahnwitzig. Gerade jetzt, wo Oma Hirmer wieder etwas positiver auf mich zu sprechen zu sein schien, weil ich Zola unterstützt hatte.

Wie zufällig ging die Weiße dann jedoch langsam auf die schwarze Katze zu, ohne sie dabei direkt anzusehen. Diese machte ebenfalls ein paar Schritte nach vorne, stand jetzt fast genau vor meinen Füßen und machte einen Buckel. Dabei stieß die Schwarze plötzlich einen so lauten, schrillen Ton aus, dass es mir durch Mark und Bein ging. Ich war so erschrocken, weil ich dieses Geräusch von einer Katze nicht erwartet hätte. Es war vielmehr ein Ton, der von einem schreienden Kleinkind kaum zu unterscheiden war. Und das in einer Lautstärke, dass ich dachte, gleich kämen die Nachbarn aus den umliegenden Häusern herbeigelaufen.

Die Weiße ließ sich davon scheinbar nicht beeindrucken, auf jeden Fall nicht abschrecken, denn sie kam weiter, immer wie zufällig ein paar Schritte machend, auf Pauli zu. Als sie etwa drei Meter vor ihm stand, stimmte sie ebenfalls diesen unerträglichen Heulton an. Sie stellte eine Pfote etwas auf, hielt sie lange in der Luft und machte dann einen theatralisch langsamen Schritt auf Pauli zu. Dieser hatte sich in seiner Position eingegraben. Jeden Moment würde es zu einem unausweichlichen Duell der Beiden kommen.

Mit wenigen Schritten standen sich die beiden Katzen schreiend gegenüber, schauten sich jetzt zum ersten Mal direkt an und bäumten sich auf, so dass sich ihre Nasen fast berühren mussten.

In dieser Position verharrten sie wieder ziemlich lange. Beide fauchten ohne Unterbrechung. Pauli schien sich dabei einmal zu verschlucken, holte jedoch tief Luft und heulte weiter. Ich konnte nicht ausmachen, wer von den beiden wohl die Stärkere war oder welche Katze in der besseren Ausgangsposition stand. Beide hätten Galle gespritzt, wenn sie es gekonnt hätten.

Ich entschied mich dann doch dafür, dass Pauli aufgrund seines dichteren Fells, das aufgestellt natürlich viel mehr Volumen erzeugte als bei der weißen Katze, etwas bedrohlicher aussah. Unweigerlich musste ich dabei an Zolas Rasterzöpfe denken. Sie hatten ihr gut gestanden.

Pauli schien sich ebenfalls bedrohlich zu fühlen und wollte sich noch mehr präsentieren, indem er sich ruckartig aufstellte. Doch das war scheinbar der Anlass, auf den die Weiße nur gewartet hatte. Sofort sprang sie auf und versuchte, mit beiden Vorderpfoten Paulis Hals zu fassen.

Was sich mir dann bot, war kaum zu beschreiben. Beide Katzen vereinten sich zu einem schreienden und schlagenden Bündel, das über den Boden rollte und dabei allerhand Fellbüschel verlor. Im Sekundenwechsel war mal Pauli oben und mal die weiße Katze und im nächsten Augenblick standen sie sich auch schon wieder wie festgefroren gegenüber, weiterhin keifend. Pauli schien so etwas wie die Oberhand zu haben, denn er drückte mit seiner Stirn von oben gegen die Stirn der Weißen, die heftigst mit dem Schwanz wedelte. Beide waren ziemlich atemlos. In der Luft um sie herum senkten sich langsam die Fellbüschel wie Federn zu Boden.

Im nächsten Moment fielen wieder beide übereinander her. Der Kampf dauerte nun länger. Sie rollten beinahe gegen die Bank, so dass ich meine Füße hochziehen musste, und im nächsten Moment gegen einen Grabstein. Jede der beiden war mal oben und mal unten. Und wie aus dem Nichts standen sie sich wieder schreiend, die Stirn gegeneinanderhaltend stocksteif buckelnd gegenüber. Beide hechelten heftig nach Luft, aber Pauli schien das schwerer zu fallen. Wahrscheinlich machte ihm sein Gewicht jetzt doch zu schaffen. Immer noch hielten sie die Stirn aneinander. Als wollte keine der Beiden eine falsche Bewegung der Anderen unbestraft lassen. Doch dann stemmte sich die Weiße auf, und Pauli wich rückwärts im neunzig Grad Winkel zurück und verharrte in einer gebückten Haltung. Als die Weiße wieder keifend einen Schritt auf ihn zumachte, machte er einen weiteren Satz und rannte davon. Somit stand der Sieger dann wohl fest.

Die Weiße setzte sich auf den Boden und begann, in aller Ruhe ihr Fell zu putzen. Sie war über und über mit Büscheln aus schwarzen Haaren bedeckt, die sie alle systematisch ableckte. Sie hatte zwar auch an einigen Stellen ihr Fell verloren, denn es flogen auch weiße Büschel durch die Gegend. Nur waren diese nicht zuletzt aufgrund der Länge der Haare deutlich kleiner. An einigen Stellen konnte man jedoch die blasse Haut der Katze hellrosa leuchten sehen. Sie hatte eine große Schramme an der Schulter. Pauli musste sie da heftig erwischt haben. Sie blutete nicht, leckte aber die Stelle wie zur Sterilisierung penibel ab. Die ganze Zeit wedelte sie dabei wie selbstverliebt mit ihrem Schwanz. Erst nach einer langen Zeit stellte sich die Weiße wieder auf alle Pfoten und lief ohne lange zu zögern in die Dunkelheit und dann mit einem Sprung über die Mauer davon.

Ich schaute auf die Uhr und war überrascht, wie spät es bereits war. Vicky würde auch in dieser Nacht nicht auftauchen. Ich betrachtete noch eine Weile die umherfliegenden Büschel aus Katzenhaar. Scheinbar gab es auch bei Katzen sowas wie Revierkämpfe. Pauli hatte sich dem Duell gestellt, auch wenn er am Ende nicht als Sieger vom Platz gegangen war. Oder um es mit Vickys Worten zu sagen: Pauli hatte sich seinem Schicksal gestellt und den Kampf ausgehalten.

Es war kurz vor Mitternacht, als ich wieder in meine Wohnung kam. Das Telefon klingelte in dem Moment, als ich die Tür aufschloss. Ich überprüfte die Nummer, aber sie war wieder unbekannt. Nach dem zehnten Klingeln war es wieder still. Ich machte mir noch einen Kräutertee und ging alsbald ins Bett.

Kapitel 15

Vicky tauchte längere Zeit nicht auf. Ich schaute jeden Abend nach Einbruch der Dunkelheit hinunter zur Bank, doch sie war nicht da. Ein weiteres Mal ging ich am blühenden Fliederbusch vorbei hinunter, um mich zu überzeugen, ob vielleicht doch Zigarettenreste neben der Bank liegen würden. Es hätte ja sein können, dass wir uns verpasst hätten. Aber weder war das der Fall, noch schien an ihrem Fenster das Licht. Ich hatte keine Ahnung, wo sie geblieben war.

Nachdem sie eine ganze Woche nicht aufgetaucht war, hatte ich in der Nacht wieder meinen Traum. Ich hatte am Abend wenig gegessen und hatte vor dem zu Bett gehen noch ganz normal meine Sportübungen gemacht. Ich war also weder extra ermattet noch übersättigt. Ich schlief bei offenem Fenster, weil es die Temperaturen in der Nacht langsam wieder zuließen und ich so auch in der Nacht genügend Sauerstoff bekam.

Es gab also nichts Besonderes, was meinen Traum ausgelöst haben könnte, aber er war wieder da.

Wieder saß ich gefesselt im Keller, nur hatte mein Hinrichtungsstuhl dieses Mal keine Armlehnen. Meine Hände waren an die verbreiterte Sitzfläche gefesselt. Aus der Ecke schritt eine Figur, deren Gesicht ich nicht erkennen konnte, aber sie trug eindeutig hochhackige Stiefel und einen Minirock. Sie hielt jedoch kein Tablett in der Hand, sondern schälte die Banane vor meinen Augen und fing an daran zu lecken. Als sie sie mir dann hinhielt, weigerte ich mich hineinzubeißen. Dann drehte sich die immergleiche Fratze mit dem mir bekannten, sadistischen Lachen um, ein Lachen, das immer mehr zu einem Heulen wurde, ein Heulen wie von einem Säugling. Und dann stand da eine zweite Figur vor mir, eine Figur, die aussah wie Opa Hirmer. Er hielt mir das Tablett mit dem faulen Fleisch darauf direkt unter die Nase und zwang mich es zu essen. Aber er lachte nicht, sondern hauchte mir mit leeren Augen zu: ‚Bring' sie zu mir. Ich bin so allein'. Es fuhr mir durch Mark und Bein.

Als ich erwachte, sprang ich sofort auf und lief ins Bad. Ich dachte, ich müsste mich übergeben, aber nach kurzer Zeit war der Brechreiz wieder verschwunden. Ich stützte mich auf das Waschbecken und ließ den Kopf hängen. Nach einer Weile wusch ich mein Gesicht mit kaltem Wasser und trank zwei Gläser Sprudel. Ich zog mir einen neuen Schlafanzug an, denn der andere war vollkommen nass geschwitzt und trat hinaus auf den Balkon. Es war zwar frisch, aber nicht kalt draußen. Der Himmel war wolkenlos und der Mond war kurz davor zum Vollmond zu werden. Vielleicht noch ein oder zwei Tage. Auf dem Friedhof leuchteten wie gewöhnlich die Grablichter mit ihrem roten Schimmer.

Am nächsten Tag fuhr ich wieder meine Mutter besuchen. Ihr Zustand hatte sich in den letzten Wochen zusehends verschlechtert. Die Pfleger berichteten mir jedes Mal, bevor ich zu ihr ging, was sich in der letzten Woche abgespielt hatte. Die Stimmungswechsel meiner Mutter hatten zugenommen, einmal ist es sogar in ein aggressives Verhalten umgeschlagen, als sie einem der Pfleger eine Teetasse aus der Hand geschlagen hatte. Die Tasse war zwar noch halb voll, aber der Tee war glücklicherweise bereits kalt. Daher war, Gott sei Dank, außer ein paar Scherben nichts weiter passiert. Sie sprach die Pfleger auch nicht mehr mit ihren Namen an, was ich eindeutig darauf zurückführte, dass sie sich die Schmach ersparen wollte, wenn sie die Namen durcheinanderbrachte. Das hielt ich in ihrem Stadium der Krankheit für absolut nachvollziehbar. Was ich aber erschreckend fand, war, dass sie auf der Treppe gestürzt war, und zwar in einem ganz anderen Teil des Hauses. Sie war vermutlich auf der Suche nach ihrem Zimmer gewesen und hatte sich im Haus verlaufen. Irgendwann war sie dann wohl so verzweifelt, dass sie dabei vom Dachgeschoss aus eine Etage weit die Treppe runtergestürzt war. Sie hatte dabei viel Glück und sich lediglich das Fußgelenk angebrochen. Wäre es schlimmer gewesen, hätte die Heimleitung mich sofort informiert. Obwohl mir auch so eine kurze Information lieb gewesen wäre.

Auf jeden Fall saß sie nun im Rollstuhl, aus dem man sie kaum rausheben durfte. Oft saß sie darin bis mitten in die Nacht hinein und starrte aus dem Fenster. Was natürlich dazu führte, dass sie am Morgen kaum aus dem Bett kam. Ihre Mahlzeiten nahm sie deshalb nur noch in ihrem Zimmer ein.

„Hallo Mutter", sagte ich, als ich in ihr Zimmer trat. Es war nach den Gesprächen bei den Pflegern mittlerweile schon kurz vor zehn. Daher vermied ich meinen Hinweis auf die Pünktlichkeit. „Wie geht es Dir heute, Mutter?"

Sie saß in ihrem Rollstuhl am Tisch und es sah aus, als würde sie lesen. Sie schaute zu mir auf und strahlte mich an:

„Mein lieber Wilhelm. Schön, dass du mich mal wieder besuchst. Wie geht es dir denn so?"

Ihre Augen hatten längst nicht mehr den Glanz von früher. Aber die grünen Ringe um ihre Pupillen leuchteten weiter als ihr unverwechselbares Erkennungszeichen. Nur die Ringe unter den Augen waren größer geworden und ihre Haut bekam merklich kaum noch Sonne ab. Sie schien sich zu einer Mischung aus grau und gelb zu verändern.

Wie so oft ergriff ich die Initiative und erzählte ihr von meiner Woche. Meist Belanglosigkeiten über die Universität, meine neuen Bestleistungen beim Training oder neue Gerichte, die ich ausprobiert hatte. Auch wenn sie immer weniger Anteilnahme zeigte, indem sie mal hier oder da ein Nicken oder zustimmendes Murmeln äußerte. Ich glaubte doch, dass es ihr guttat, einfach meine Stimme zu hören. Eine Stimme, die doch eine vertraute Konstante in ihren verbleichenden Erinnerungen war.

Nach dem gemeinsamen Mittagessen auf ihrem Zimmer schien meine Mutter sehr müde zu sein. Sie wollte nach dem Essen keinen Kaffee trinken, sondern lieber etwas fernsehen. Also bestellte ich nur einen Kaffee für mich, stellte ihr den Fernseher an – es lief irgendein Reisemagazin – und las in meinen Büchern.

Gegen drei Uhr überredete ich meine Mutter doch noch, eine kleine Runde durch den Park zu gehen. Ich schob sie den üblichen Weg bis zu unserer Bank, wo wir immer den Ausblick genossen. Diesmal schlief meine Mutter jedoch schnell ein und ich schob sie wieder zurück in ihr Zimmer, damit sie nicht fror. An diesem Abend hatte ich beim Abschied zum ersten Mal den Eindruck, dass sie mich nicht mehr erkannte, zumindest zeitweilig. Der Abschied hatte nicht mehr die mir so vertraute Herzlichkeit, die Wärme an sich. Sie saß in ihrem Rollstuhl am Tisch als ich ging und starrte auf den Fernseher. So teilnahmslos, als wenn einer der Pfleger das Zimmer verließe.

Ich fühlte mich zum ersten Mal sehr einsam. Es war, als wenn meine Mutter bereits ein Stück von mir gegangen wäre. Ich brühte mir einen koffeinfreien Kaffee und trat hinaus auf den Balkon, der vom fast kompletten Vollmond erleuchtet war. Ich hielt den Becher in beiden Händen und blies hinein, um den Kaffee schneller abzukühlen. Dabei fiel mein Blick auf die Bank auf dem Friedhof. Und da saß sie wieder.

Kapitel 16

„Ich habe mir schon fast Sorgen gemacht", begrüßte ich Vicky. Sie saß zum ersten Mal, seit ich sie kannte, nicht auf der Lehne der Bank, sondern wie alle anderen Menschen auch auf der Sitzfläche. Dabei hielt sie eine schwarze Katze auf dem Arm und streichelte sie unter dem Hals. Es war eindeutig Pauli, der ziemlich mitgenommen aussah. Sein Ohr schien halb abgerissen zu sein und sein Auge hatte sich entzündet. Wahrscheinlich war er froh, dass er einfach mal wieder etwas Zuneigung bekam.

Vicky trug einen anderen Rock als sonst, der allerdings auch schwarz und sehr kurz war, dazu High Heels und Netzstrümpfe. Oben trug sie eine schwarze Sommerbluse mit aufwendigen Rüschen an den Armen, Netzhandschuhe und ihr Samthalsband. Das war alles ein Anblick, wie ich es von ihr kannte. Aber neu war ihr Haarschnitt. Sie trug das schwarze Haar offen, mit einem langen Pony und auch langem Haar an der Seite, aber sie hatte sich den Nacken ausrasiert. Der Schnitt stieg von der äußersten Strähne keilförmig nach oben und traf sich auf halber Höhe am Hinterkopf. Und ihr Gesicht war wie immer aufwändig geschminkt, mit weißem Puder grundiert und dann schwarz bemalt. Nur diesmal hat sie unter ihr rechtes Auge einen kleinen Tropfen gemalt. Als sie nicht antwortete, sondern erst noch einmal ausgiebig an ihrer Zigarette zog, sagte ich: „Sehr schick. Deine neue Frisur steht dir wirklich gut." Das schien ihr dann doch zu gefallen. Sie lächelte fast schon verlegen, warf ihre Zigarette weg und während sie sich eine neue ansteckte, antwortete sie:

„Ich hatte Nachtschicht. Musste kurzfristig die Schicht einer Kollegin übernehmen. Echter Scheiß sag' ich dir. Ich weiß schon, warum ich normalerweise nachts nicht arbeite."

Ich wusste nicht, was ich darauf antworten sollte. Vielleicht sollte das eine Entschuldigung sein, ich war mir nicht sicher. Zumindest erklärte das ihre lange Abwesenheit. So setzte ich mich erstmal neben sie auf die Bank. Pauli schien das nicht weiter zu stören, denn er hatte beide Augen geschlossen. Vicky zog tief an ihrer Zigarette und sah mich dann ernsthaft an.

„Ich weiß jetzt, wie wir es machen!" Sie schien zu merken, dass ich keine Ahnung hatte, wovon sie sprach. „Ich weiß jetzt, wie wir die Alte zu ihrem Mann bringen", sagte sie etwas eindringlicher. „Ich habe die letzte Woche lange darüber nachgedacht. Es ist eigentlich ganz einfach."

„Viktoria! Bitte. Lass den Blödsinn jetzt endlich bleiben. Hier wird niemand umgebracht oder sonst etwas. Und Oma Hirmer schon gar nicht. Die ist sowieso nicht mehr lange unter uns."

Sie starrte mich fragend an.

„Ich meine nicht unter uns, sondern bei uns. Entschuldigung", setzte ich nach. „Sie verlässt nämlich das Haus und zieht zu ihrem Sohn. Damit dürfte sich das Thema ‚Stoß die Oma von der Treppe' wohl erledigt haben"

Sie starrte mich weiter an und wusste nicht, was sie sagen sollte. Pauli öffnete kurz die Augen als wolle er sich stumm beschweren, dass Vicky aufgehört hatte ihn zu graulen.

„Aber Wil, es ist doch alles offensichtlich: Der Geist von Helmut Hirmer, ohne Schatten, der sagt ‚Bring' sie zu mir'. Seine Frau, die direkt unter dir wohnt. Dein Traum, der belegt, dass du ein Medium bist…"

„Hör' jetzt bitte auf. Der Traum bedeutet gar nichts", fuhr ich sie vielleicht etwas zu laut an. „Das ist einfach nur ein blöder Traum, der jedes Mal anders verläuft. Was soll das schon bedeuten? Es ist wie bei jedem Traum, in dem man das am Tag Erlebte in der Nacht verarbeitet. Und so ergibt sich eben eine Variation des Bekannten." Sie wurde hellhörig

„Was soll das heißen? Hattest Du einen weiteren Traum?" fasste sie nach.

Ich zögerte kurz, ob ich ihr davon erzählen sollte. Aber dann entschied ich mich dafür, weil ich glaubte, dass die jüngsten Variationen belegten, wie wahllos und unbedeutend die Konstellationen waren. Von Medium keine Spur.

„Ja, genau", antwortete ich. „Und diesmal wieder in einer neuen Variation."

Sie hing mit erwartungsvollem Blick wieder an meinen Lippen.

„Diesmal warst Du es, die mir die Banane reichte. Du hast mir die Banane hingehalten und dann gelacht, als ich sie verweigert habe. Und dann kam Opa Hirmer mit dem verfaulten Fleisch und hat gehaucht ‚Bring' sie zu mir. Ich bin so allein'. Da siehst du, dass man auf diesen Traum nichts geben darf. Ich bin kein Medium und werde auch nie eines sein. Basta!"

Sie starrte mich an. Ich wartete darauf, dass sie endlich verstand, was ich ihr gesagt hatte. Aber sie starrte immer weiter. Als sie offenbar immer noch nicht wusste, was sie sagen sollte, versuchte ich das Thema zu wechseln.

„Ich weiß übrigens, wie Pauli sein halbes Ohr verloren hat."

Sie verstand kein Wort. Ihre Augen starrten mich weiterhin fragend an. Und erst als sie meinem Blick folgte, schien sie zu begreifen.

„Ich war dabei, als Pauli, der Kater von Oma Hirmer, sein Ohr verloren hat."

Es dauerte eine Sekunde bis sie begriff. Im nächsten Moment sprang sie auf und stieß Pauli von sich. Der machte einen Satz und rannte mit einem lauten Schrei davon.

„Das ist die Katze von der Alten?" schrie sie mich entsetzt an. „Wieso sagst du mir das denn nicht? Die Katze von der Alten...", sagte sie zu sich wie zur Bestätigung.

Sie stand vor mir und streckte beide Arme von sich. Angeekelt versuchte sie, Paulis Haare von ihrer Kleidung zu entfernen. Sie schlug sich feste auf die Bluse und den Rock. Sie wurde dabei immer wilder, fasste sich mit beiden Händen in die Haare und schrie wie von

Sinnen. Ich wusste nicht, was ich machen sollte und wie bei einem natürlichen Reflex stand ich auf und wollte sie beschützend in den Arm nehmen. Aber sie stieß mich heftig mit beiden Armen von sich.

„Lass mich! Warum kannst du mich nicht loslassen?" schrie sie wieder, obwohl ich sie gar nicht berührte. Sie kramte wild nach ihren Zigaretten und versuchte sich eine anzustecken. Dabei zitterten ihre Hände so sehr, dass ihr die Zigarette aus der Hand fiel. Genervt schmiss sie auch das Feuerzeug zu Boden und rannte davon. Leider sah ihr Laufen wegen der High Heels sehr mitleidserregend aus. Fast wäre sie umgeknickt und gegen einen Grabstein gestürzt.

Ich hatte sie doch noch gar nicht in den Arm genommen, wie hätte ich sie da loslassen sollen? Warum war sie nur auf einmal so hysterisch? Vielleicht tat ihr der Schichtwechsel nicht gut und sie musste erst mal wieder zu sich finden. In diesem Zustand hatte ich sie auf jeden Fall noch nie erlebt. Ich hob ihre Zigarettenstummel auf, warf sie in den Mülleimer und steckte das Feuerzeug in meine Hosentasche.

Kapitel 17

Am nächsten Morgen regnete es ein wenig, nicht heftig, aber so, dass man lieber im Haus blieb. Zola hatte sich in dieser Woche die Gardinen in der gesamten Wohnung vorgenommen. Sie hängte sie ab, wusch sie nacheinander, stopfte sie in den Trockner und hängte sie dann wieder auf. Gegen elf Uhr ließ der Regen nach und ich entschied mich, auf einen doppelten Espresso ins Café Commercial zu gehen.

Der Laden war etwa halb voll als ich ankam, aber ich hatte Glück und mein Tisch in der Ecke war frei. Die Bedienungen waren heute zu zweit, aber die Blonde war nicht dabei. Ein junger Kerl mit viel Gel in den Haaren und leger umgebundener Schürze, der aussah wie ein italienischer Barista, kam an meinen Tisch.

„Vielleicht ein Cappuccino der Herr?" fragte er durchaus freundlich. Ich nickte ohne zu überlegen und bekam in kurzer Zeit einen Kaffee mit Milch, einen Cappuccino eben. Ich ärgerte mich kurz über mich selbst, konnte mich aber beim besten Willen nicht überwinden ihn zu trinken. So las ich mein Buch, ließ den Cappuccino kalt werden, zahlte und ging.

Ich musste an Vicky denken. Ich wollte ihr zeigen, dass sie sich da in irgendwas verrannt hatte. Mein Traum war nichts, über das ich mir irgendwelche Sorgen machte. Gut, Professor Schwarz glaubte damals, dass dieser Traum in mir etwas verarbeitet. Aber er konnte mir auch nicht genau sagen, was das denn sei.

Als ich zu Hause ankam, war Zola gerade dabei, die Gardinen im Wohnzimmer wieder aufzuhängen. Sie stand auf der Leiter und fluchte, weil das Ende der Gardine beim Aufhängen über den Teppich schliff. Ich ging zu ihr, hielt das Ende der Gardine hoch und bekam dafür von ihr zum Dank ein großartiges und breites Lächeln. Dann bereitete ich etwas zum Essen – es gab Kartoffel-Spinat-Curry mit pikantem Joghurt und Fladenbrot – und Zola aß eine Kleinigkeit mit.

Als sie am späten Nachmittag ging, widmete ich mich meinen Kakteen. Immer wieder musste ich an Vicky denken, wie irritiert sie gewirkt hatte. Als hätte ich ihr irgendetwas angetan. Ich wollte sie auf jeden Fall an diesem Abend wiedertreffen und die Sache noch einmal mit ihr bereden.

Ich wartete bis nach neun Uhr, stand auf dem Balkon und sah, wie die untergehende Sonne langsam vom Mond abgelöst wurde. In dieser Nacht war nicht nur Vollmond, sondern der Mond wirkte auch größer und heller als gewöhnlich. Gegen viertel vor zehn konnte ich Vicky dann erkennen, wie sie ungewohnt zügig in Richtung Bank schritt. Ich war erleichtert, suchte einen leichten Pullover zum Mitnehmen und ging durch den Garten auf den Friedhof. Doch als ich zu unserer Bank kam, war Vicky nicht mehr da. Stattdessen lag dort, wo ich immer saß, ein Brief, ein weißer Brief mit schwarzem Rand. Und darauf stand mein Name. Ich setzte mich, öffnete den Brief und las:

Lieber Wil,

es wirkt auf mich wie eine Fügung des Schicksals, Dich kennengelernt zu haben. Eine zufällige Begegnung zweier Zombies, die auf einem Friedhof abhängen. Aber ich habe erkennen müssen, dass mich etwas zu dir hingezogen hat. Denn Du hast mich gesucht, hast mich gesucht und gefunden. Du bist ein Medium, Wil, daran besteht kein Zweifel mehr. Mein Fehler war es nur zu glauben, dass Du ein Medium für eine andere Person seist. Nein, Wil, Du bist MEIN Medium. Das habe ich jetzt verstanden.
Wenn man das Schicksal nicht ertragen kann, muss man es überwinden. Und ich werde es überwinden.

Lebe wohl!
Deine Viktoria

Ich verstand erst nicht, was das zu bedeuten hatte. Das machte für mich alles gar keinen Sinn. ‚Wenn man das Schicksal nicht ertragen kann, muss man es überwinden‘. Ich las den Brief noch ein zweites und noch ein drittes Mal. ‚Und ich werde es überwinden‘. Es war ein Abschiedsbrief. Vicky hatte mir vor ein paar Minuten hier einen Abschiedsbrief hingelegt. Aber was hatte sie vor?

Ich empfand eine Mischung aus Panik und Schuldgefühl. Wie hatte es nur so weit kommen können? Hatte ich ihre Äußerungen denn dermaßen unterschätzt? Will sie jetzt für Oma Hirmer sterben? Oder war es Pauli, der auf ihrem Schoß saß, der sie veranlasst hat, zu einer solchen Tat zu greifen?

Ich konnte diese Frage nicht beantworten, nicht jetzt. Es war keine Zeit, sondern Eile geboten. Was hatte sie vor? Würde sie sich die Treppe runterstürzen, so wie sie es mit Oma Hirmer vorhatte? Wohl kaum. Oder würde sie sich in die Badewanne setzen und den Fön ins Wasser fallen lassen? Ja, schon eher. Das klang nach ihr.

Ich schaute panisch zu ihrem Fenster, aber da war nichts zu sehen. Auch bei genauerem Hinsehen war nicht auszumachen, ob sie nur die Gardine fest zugezogen hatte, oder ob in ihrer Wohnung tatsächlich kein Licht brannte. Ich musste sie suchen. Ich kannte weder ihren Nachnamen, noch ihre genaue Anschrift. Aber anhand ihres Fensters konnte ich mir das Haus und die Etage ausrechnen.

Ich rannte über den Friedhof in die Richtung, aus der sie gewöhnlich kam, wenn ich bereits auf der Bank auf sie wartete. Ich kannte nur ihren geheimen Weg nicht, den sie benutzen musste, wenn der Haupteingang schon geschlossen hatte. Also lief ich an den Gräbern entlang, über den Hauptgang bis zum eisernen Tor. Es war tatsächlich schon geschlossen. Klar, um diese Zeit.

Was jetzt? Ich suchte die Mauer ab, ob es eine Möglichkeit gäbe, irgendwie hinüber zu steigen. Aber ich fand nichts. Ich entschied mich, nicht noch länger aussichtslos nach einem Loch oder ähnlichem zu suchen, sondern rannte zurück zum Fliederbusch und kletterte in meinen Garten. Es zierte sich nicht, auf einem Friedhof zu rennen, das war mir durchaus klar. Aber das hier war nun mal ein Notfall.

Auf der Straße vor meinem Haus war alles still. Kein Auto fuhr und auch kein Mensch war unterwegs. Ich rannte nach rechts den Bürgersteig entlang, entlang an den geparkten Autos und dann in die Seitenstraße, quasi einmal um den Block, da musste das Haus stehen, in dem Vicky wohnte. Der Vollmond hatte sich verdunkelt, aber die Straßen waren durch die Laternen relativ gut beleuchtet und ich hatte keine Probleme, das richtige Haus zu finden. Es war, wie zu erwarten, ebenfalls ein Mehrparteienhaus, zehn oder zwölf Wohneinheiten waren dort. Das Gebäude war schon etwas älter, ein pragmatischer Bau aus den siebziger Jahren. Und entsprechend spärlich war es auch um die Beschriftung der Klingelschilder bestellt. Ich konnte keine Viktoria darauf erkennen. Es standen eh meist nur die Nachnamen drauf. Ich drückte einfach alle Knöpfe wie wild von oben nach unten und wieder zurück. Im Treppenhaus ging zwar das Licht an, aber das konnte an einem der Knöpfe gelegen haben.

Weil sich nichts tat, lief ich auf die Mitte der Straße und schaute, ob ihre Wohnung vielleicht auch ein Fenster zur Straße hatte. Aber ich konnte nichts erkennen. Es war absolut aussichtslos. Ich beugte mich nach vorne, weil ich glaubte, wieder richtig zu Atem kommen zu müssen. Aber es war nicht die Luft, sondern der immense Adrenalinschub, der meinen Pulsschlag im Kopf zum Pochen brachte. Ich versuchte mich auf meinen Atem zu konzentrieren, indem ich tiefe

Luftzüge nahm. Ich musste mich konzentrieren. Ich musste überlegen, was ich jetzt bloß tun könnte.

Da hörte ich durch die Stille auf einmal einen tiefen, monotonen Ton. Es klang nach einem Motor. Aber auf der Straße war alles ruhig. Der Ton kam aus dem Innenhof des Gebäudes. Ich lief durch die offene Einfahrt des Hauses und fand eine Reihe von Einzelgaragen. Und aus einer der ersten dieser Garagen kam das Motorengeräusch. Ich schlug gegen das Tor und versuche es zu öffnen, aber es war abgesperrt. Ich hämmerte fester dagegen, aber nichts passierte. Dann zerrte ich am Griff des Garagentors. Der ließ sich zwar nicht drehen, aber es schien doch, als sei das Tor nur auf der einen Seite wirklich eingerastet. Die andere Seite ließ sich leicht anheben. Aber mein Ziehen half nichts. Ich rannte zurück zum Hauseingang, wo mir zum Glück ein Mann entgegenkam:

„Was haben Sie hier zu suchen? Haben Sie gerade geklingelt?" rief er ziemlich wütend. „Finden Sie das lustig?"

„Nein!" entgegnete ich. „Ich brauche Ihre Hilfe! Kommen Sie mit, schnell!"

Ich rannte zurück zur Garage. Zögernd und irritiert trabte der Mann hinter mir her.

„Los", schrie ich. „Hierher. Wir müssen das Garagentor öffnen, los, helfen Sie mir."

Ich zog wieder am Tor, um ihm zu zeigen, was zu tun war. Nun schien er die Situation zu erfassen.

„Ok, passen Sie auf", sagte er. „Sie ziehen am Tor und ich versuche dann, über die lose Ecke hier zu kommen."

Mir war nicht ganz genau klar, wie er das meinte, aber es war keine Zeit für weitere Erklärungen. Ich zog wieder wie vorhin am Griff des Tors, so dass die nicht eingerastete Seite wieder etwas hervortrat. Sofort packte der Mann mit beiden Händen in den Spalt und rief:

„OK, zugleich...".

Es gab einen lauten Knall und das Tor sprang auf. Es war nun ziemlich verbogen und ließ sich nicht komplett hochschieben, aber es reichte für mich, um unten hinein zu schlüpfen. Da stand ein uralter, schwarzer Mini mit laufendem Moter in der Garage. Ich dachte noch: ‚wie passend'! Es war ein schwarzer Mini Cabrio, an dessen Auspuffende amateurmäßig mit viel Klebeband ein Schlauch befestigt war, der durch das Seitenfenster in den Innenraum geleitet wurde.

Ich öffnete die Fahrertür und erblickte eine Person mit schwarzer Kapuze, die nur Vicky sein konnte. Sie hatte den Kopf in den Nacken gelegt und war scheinbar bewusstlos. Ich schaltete den Motor aus und versuchte, das Verdeck des Autos zu öffnen. Der Mann von vorhin, der jetzt auch hereingekrochen kam, rief nur, er ginge einen Notarzt rufen. Ich hatte eigentlich erwartet, dass er mir bei Vickys Befreiung geholfen hätte. Aber er war bereits weggerannt.

Als ich mit dem Öffnen des Daches nicht vorankam, erschien es mir sowieso besser, Vicky einfach unter die Arme zu greifen und so mit Gewalt aus der Garage zu ziehen. Sie war zum Glück wirklich nicht schwer. Sie hatte sich lange Kleidung angezogen. Es sah aus, als wenn sie gerade vom Sport käme, denn sie trug eine weite Trainingshose und ein Kapuzenshirt. Es war das erste Mal, dass ich sie so sah. Die Kapuze hatte sie über den Kopf gezogen, die Schnüre festgezurrt und unter ihrem Kinn fest verknotet. Ich zog sie rückwärts unter dem Garagentor durch, schleifte sie bis zur Mitte des Innenhofs und brachte sie in die stabile Seitenlage. Ich setzte mich im Schneidersitz auf den Boden und bettete ihren Kopf in meinem Schoß. Im Versuch sie anzusprechen, schlug ihr leicht auf die Wange, aber sie zeigte keine Reaktion.

Was hatte sie da nur getan? Und warum nur? Das war doch alles der blanke Wahnsinn. Ich spürte wie Wut und Trauer in mir aufstiegen. War ich das schuld? Wieso konnte sie meine Worte, meine belanglosen Äußerungen bloß dermaßen fehlinterpretieren?

Wahrscheinlich wegen dieser Wut der Hilflosigkeit schlug ich ihr immer fester mit der flachen Hand auf die Wange. Und endlich kam ein leichtes Röcheln, dann ein eigenartiges Husten, erst ein leichtes und dann noch eins, etwas heftiger. Ich schlug weiter, so als müsste ich sie damit am Leben halten. Ich rief immer wieder ihren Namen.

So lange konnte sie ja noch nicht im Auto gesessen haben. Keine halbe Stunde. Sie hatte sich das ganze Gesicht voller schwarzer Tränen gemalt und um die Augen breite dunkle Ringe, die ihr das Aussehen einer Toten gaben. Sie atmete jetzt zwar und ich konnte ihren Puls spüren. Aber ihre Augen öffnete sie nicht.

Ich öffnete umständlich die Schnüre ihrer Kapuze, denn die hatte sie wie zur Sicherheit gleich mehrfach verknotet. Und als ich endlich die Kapuze von ihrem Kopf streifte, weil ich mir einbildete, dass sie so vielleicht noch besser Luft bekäme, sah ich, dass sie sich die gesamten Haare abrasiert hatte. Allesamt und sehr sorgfältig. Ihr Anblick, wie sie jetzt so vor mir lag, mit ihren schwarzen Augenringen, mit schwarzen Tränen bemalt und ihrer weißen Glatze ließ mich innerlich erschaudern. Ich streichelte streichelte nun ihre Wangen und massierte ihre Schläfen in der ständigen Hoffnung, ihre grünen Augen wiedersehen zu dürfen.

Das Warten auf den Krankenwagen kam mir wie eine Ewigkeit vor. Die ganze Zeit saß ich still da mit ihrem Kopf auf meinem Schoß. Einige Anwohner aus dem Haus kamen hinzu, aber niemand schien ihren Namen zu kennen. Keiner hatte sich bisher für sie interessiert. Erst jetzt tuschelten sie ausgiebigst über die Situation, über das bizarre Bild, dass wir ihnen boten.

Vicky atmete weiterhin ungleichmäßig. Und sie schien mich auch immer noch nicht wahrzunehmen. Auf jeden Fall machte sie kein Auge auf. Der Mann, der mir beim Aufbrechen des Tores geholfen hatte, brachte eine Decke und legte sie über Vicky. Als endlich der Krankenwagen eintraf, setzte der leichte Regen vom Morgen wieder ein.

Kapitel 18

Die Sanitäter schlossen Vicky erst einmal an ein Sauerstoffgerät an, ließen mich aber nicht im Krankenwagen mitfahren, weil ich kein Angehöriger sei. Sie sagten mir jedoch, in welche Klinik sie Vicky bringen würden. Die lag zwar am anderen Ende der Stadt, aber das sollte kein Problem sein. So ging ich erst einmal nach Hause, schließlich gab es für mich nichts mehr zu tun. Es war auch schon fast Mitternacht.

Als ich am nächsten Morgen dann an der Klinik ankam, in die sie Vicky gebracht hatten, fragte mich die Schwester nach dem Namen der Patientin. Ich kannte Vickys Nachnamen immer noch nicht. Aber das wollte ich der Schwester nun wirklich nicht erklären müssen.

„Ich möchte bitte zu der jungen Dame, die gestern Abend mit einer Kohlenmonoxid-Vergiftung eingeliefert wurde", sagte ich. Die Aussage war präzise genug, dass sie wissen konnte, um wen es sich handelte.

„Ja, lassen Sie mich nachsehen", sagte sie dann auch zu meiner Erleichterung, nachdem sie kurz sinnierend in die Luft gestarrt hatte. Dann widmete sie sich ihrem Computer. Es dauerte erstaunlich lange, ohne dass ich erkennen konnte, ob sie den Computer nicht richtig bedienen konnte, ob es ein technisches Problem gab oder ob gestern Abend vielleicht sogar mehrere Patientinnen mit dieser Diagnose eingeliefert wurden.

„Die Dame liegt noch auf der Intensivstation", antwortete sie dann sehr formell. „Da können Sie leider nicht hin."

Auf mein Nachfragen, wie lange sie denn da noch liegen müsste, konnte sie mir nicht recht Antwort geben. Das hinge halt davon ab, wie sich ihr Zustand entwickelte. Mir blieb nichts anderes übrig, als unverrichteter Dinge wieder nach Hause zu radeln.

Zu Hause kochte ich mir einen Kaffee, setzte mich aufs Sofa und starrte Löcher in die Luft. Immer wieder gingen mir die Zeilen aus Vickys Brief durch den Kopf. ‚Wenn man das Schicksal nicht ertragen kann, muss man es überwinden', hatte sie geschrieben. Klang das nicht viel zu einfach? Einfach davonlaufen, wenn es einmal schwierig wurde? Sie wollte das Leben überwinden, weil sie etwas nicht ertragen konnte. Etwas, das mit mir zu tun hatte, das sie in mir sah oder auf mich projizierte. Ich hatte zu keiner Zeit das Gefühl gehabt, dass sie sich vor mir ängstigen könnte. Ganz im Gegenteil. Eher war sie diejenige, vor der sich die Leute ängstigten. Ich konnte mir sehr leicht vorstellen, dass Menschen irritiert reagierten, wenn sie ihnen in ihrem Grufti-Outfit auf der Straße entgegenkam. Sie war die Coole, die dominant Wirkende, die ständig rauchte und perfekt gestylt war. Ihre Kleidung und ihr Schminkstil waren stets sorgfältig, ziemlich aufwändig und mit Liebe zum Detail gewählt. Ja, sie verbrachte sicherlich täglich viel Zeit mit Schminken vor dem Spiegel. Besonders ihre filigran ausgearbeiteten Ornamente im Gesicht mussten jedes Mal Stunden dauern. Sicher war sie dabei auch lange Zeit allein.

Ob ich der Meinung war, man müsste Dinge ertragen oder überwinden, war eine der ersten Fragen, die sie mir gestellt hatte, als wir uns kennengelernt hatten. Es musste daher wohl ein Thema sein, das sie schon seit Längerem intensiv beschäftigte. Aber ich wusste nicht warum.

Ich fuhr jeden Tag zur Klinik, um zu erfahren, ob es ihr schon besser ginge. Sie lag lange auf der Intensivstation, bis Freitag. Am Freitag ließ mich die Dame am Empfang endlich vor bis zur Oberschwester der Station, auf der Vicky jetzt lag. Aber die Oberschwester sagte mir leider auch nur, dass Vicky bis auf Weiteres keinen Besuch empfangen dürfte. Nur bei Angehörigen könne sie eine Ausnahme machen. Ich hinterließ meine Nummer und sagte, man solle mich bitte verständigen, wenn Besuch zugelassen würde. Es hatte keinen Sinn. Ich musste mich einfach gedulden.

Am Samstagnachmittag gegen kurz nach zwei Uhr kam wie immer Hannes zu seiner üblichen Visite. Nur dieses Mal war er nicht allein, denn er brachte den Neuen mit. Hannes schloss wie immer viel zu spät und ohne anzuklopfen die Wohnungstür auf und stürmte ins Wohnzimmer:

„Hallo Willi, altes Haus. Ich hab' dir heute jemanden mitgebracht. Das ist Christian. Der wird den Job ab heute von mir übernehmen. Klar?"

Christian schien mir etwas unbeholfen und vielleicht auch noch etwas überfordert mit der Situation. Aber er hatte zumindest Manieren, kam auf mich zu und reichte mir die Hand:

„Hallo, Christian. Freut mich", sagte er. Ich stand auf und reichte ihm die Hand.

„Wilhelm von Popp. Freut mich ebenfalls", beantwortete ich seine freundliche Geste, setzte mich wieder hin und las weiter. Christian schaute irritiert zu Hannes, der ihn zu sich winkte.

„Komm, ich zeig dir alles." Er packte die Medikamente aus und kramte nach seinem Notizzettel. „Pass auf!" flüsterte er zu Christian. „Du nimmst dir so einen Zettel. Da steht eigentlich alles drauf. Bei den Irren ist das ganz einfach: Neue Pillen hin, altes Döschen wieder mitnehmen. Dann einmal kurz durch die Wohnung schauen, ob irgendetwas auffällig ist: Klo verkotzt, irgendwelche Blutspuren, vergammelte Essensreste in den Ecken. Sowas halt. Und wenn alles okay ist, dann einfach hier abhaken. Ganz einfach. Alles kapiert?"

Für Christian schien das alles nachvollziehbar und auch konkret formuliert zu sein. Aber mich durchzuckte es unvermeidlich. ‚Bei den Irren' hatte Hannes zu Christian gesagt. Ich wusste ja, dass Hannes als Zivi einige Patienten in der Woche besuchte. Und die meisten waren echte Härtefälle, manche auch recht pflegeintensiv. Dagegen war sein Job bei mir sicherlich ein Kinderspiel. Dass er mich aber als Irren kategorisierte, verschlug mir die Sprache. Was hatte das zu bedeuten? ‚Bei den Irren'? Hielt er mich für nicht klar im Kopf? Für jemanden, der ab und zu mal durchdreht, sich ein Messer greift und Leute absticht oder auf den Balkon steigt und versucht, seine Arme wie Flügel auszubreiten?

Die beiden schienen nicht gemerkt zu haben, dass ich ihre Konversation gehört hatte. Sicherlich glaubten sie, ich sei nicht nur irre, sondern auch noch taub. Ich dachte kurz darüber nach, auf den Balkon zu steigen und wie ein Vogel meine Arme auszubreiten, nur so, um ihren Erwartungen gerecht zu werden. Hätte mich echt interessiert, wie sie darauf reagiert hätten. Ich kochte innerlich vor Wut, wusste aber genau, dass eine solche Aktion genauso wie eine stürmische Entrüstung nur Wasser auf die Mühlen dieser Halbwüchsigen gewesen wäre. Damit hätte Hannes sich dann auch noch bestätigt gefühlt. Und wer weiß: Vielleicht war Christian ja ein ganz anderer Typ als dieser ungehobelte Hannes?

Die beiden liefen noch kurz durch meine Wohnung, als wenn sie hier zu Hause wären, schauten in jedes Zimmer und füllten den Zettel aus. Dann waren sie soweit durch und wollten gehen. Doch statt des üblichen blöden Spruchs zum Abschied wurde Hannes auf einmal sentimental. Er kam auf mich zu und streckte mir die Hand entgegen:

„So, das war's mit uns. Ich wünsch' dir weiterhin alles Gute", sagte er.

Im ersten Moment hatte ich mit einer Falle gerechnet, konnte in seinem Gesicht aber keinerlei Ironie erkennen. Ich zögerte kurz. Doch wenn jemand aufrichtig höflich ist, muss man selbst auch höflich sein. Und selbst, wenn es dieser Hannes war.

„Dir auch. Alles Gute." Ich nahm seine Hand, schüttelte sie kurz und setzte mich wieder.

Hannes stand wie verloren vor mir. Hatte er geglaubt, dass ich ihn jetzt zum Abschied auch noch in den Arm nehme? Er wandte sich zum Gehen um und zwinkerte mir zu.

„Und sei brav zu Christian, Willy!" sagte er dann doch wieder mit einem breiten Grinsen. Da war er wieder ganz der Alte.

Gegen Mitte der darauffolgenden Woche bekam ich einen Anruf aus Vickys Klinik. Als ich mich am Telefon meldete, fragte mich die Oberschwester, der ich meine Telefonnummer hinterlassen hatte:

„Sind Sie Herr Wil?"

Da fiel mir auf, dass ich meinen Namen gar nicht dazugeschrieben hatte. Ich bejahte sofort.

„Sie möchte Sie treffen, sie besteht regelrecht drauf. Sie ist noch sehr schwach, denn sie hatte eine starke Kohlenmonoxid Intoxikation."

Um jetzt nicht unnötig weitere Details zu erfragen, die mir die Schwester am Telefon sowieso nicht hätte erläutern wollen, kam ich zum Punkt.

„Wann soll ich kommen?"

„Freitag ab vierzehn Uhr. Kommen Sie aber bitte zuerst zu mir. Wir besprechen dann alles Nötige."

„Ich bin Freitag um vierzehn Uhr bei Ihnen."

„Sehr gut. Auf Wiederhören." Sie legte auf ohne eine Antwort abzuwarten.

Ich merkte wie eine Last von mir abfiel. Vicky ging es scheinbar besser. Sie war offenbar wieder aufgewacht, wenn sie denn überhaupt je im Koma gelegen hatte. Auf jeden Fall musste sie nicht mehr auf der Intensivstation bleiben, was man schon mal als kleinen Erfolg verbuchen konnte. Aber bis Freitag waren es noch zwei Tage. Zwei Tage, die mir sehr lang vorkamen.

Um Punkt vierzehn Uhr stand ich vor dem Zimmer der Oberschwester und klopfte. Sie war gerade nicht da, also wartete ich geduldig. Ich schaute aus dem Flur in den Innenhof, der sich eigentlich nur durch einen relativ schmucklosen Garten aus Bodendeckern auszeichnete. Nur in der Mitte stand ein Kirschbaum, dessen Früchte jedoch keiner zu ernten schien. Die Äste bogen sich vom reifen Obst weit nach unten, ein ungewöhnlicher Anblick für Ende August. Aber nicht nur das Gewicht der Kirschen war dafür verantwortlich. Auf jedem Ast saßen Vögel, die aussahen, wie kleine, schwarze Raben. Vielleicht war es auch eine besondere Amselart, ich weiß es nicht. Der Baum war über und über voll davon. Es waren bestimmt an die hundert Vögel auf diesem Baum, alle im gleichen Schwarz. Sie flogen von Ast zu Ast auf der Suche nach den besten Kirschen. Wenn einer eine Kirsche im Schnabel hatte, kamen direkt zwei bis drei andere Zwergeraben und versuchten sie ihm zu entreißen, obwohl es genug Kirschen für alle gab. Es war ein großes Geflatter im Baum, alle waren in ständiger Bewegung.

Alle, bis auf zwei. Auf einem Ast ganz nah an dem Fenster, an dem ich stand, saßen zwei rote Vögel, die zwar ihrer Größe und Form nach den Übrigen glichen, die sich aber durch ihre Farbe und Reglosigkeit völlig unterschieden. Sie hatten sich scheinbar ebenfalls in den Innenhof verirrt. Die Kirschen an dem Ast, auf dem sie saßen, interessierten sie jedoch gar nicht. Sie saßen ganz dicht nebeneinander und beobachteten das wilde Treiben um sie herum wie zwei bewegungsunfähige Zombies.

„Sie sind also Herr Popp", sprach mich jemand von hinten an.

„Sehr wohl", antwortete ich aus meiner Versunkenheit gerissen. „Wilhelm von Popp, angenehm."

Vor mir stand die Oberschwester, eine zierliche Frau von vielleicht 50 Jahren, der man die schwere Arbeit gar nicht zugetraut hätte. Aber ihr Blick hatte etwas an sich, das einen nicht daran zweifeln ließ, dass sie hier das Sagen hatte und an ihr deswegen auch kein Weg vorbeiging. Ohne zu antworten deutete sie mir mit einer Kopfbewegung an, mit ins Schwesternzimmer zu gehen.

„Passen Sie auf", fing sie an, ohne dabei viel Zeit zu verlieren. „Frau Palm ist eigentlich noch nicht besuchsfähig." Palm war also Vickys Nachname. „Sie hatte eine mittelschwere Kohlenmonoxidvergiftung und infolge dessen eine retrograde Amnesie."

Sie blickte mich an, als wollte sie sichergehen, dass ich das Gesagte auch verstanden hatte. Ich nickte ihr zustimmend zu und sie fuhr fort.

„Wir müssen derzeit von einem Suizidversuch ausgehen, was zur Folge hat, dass ihr psychisches Verhalten unter besonderer Beobachtung steht." Sie machte eine lange Pause, als müsste sie sich genau überlegen, wie es jetzt weiterginge.

„Frau Palm besteht darauf, Sie zu sehen. Wie gesagt machen wir das normalerweise nicht, wenn es sich nicht um Familienmitglieder handelt. Da es im Falle von Frau Palm jedoch keinen familiären Besuch zu geben scheint, bin ich bereit, eine Ausnahme zu machen."

Wieder machte sie eine rhetorische Pause, als wollte sie sich in ihrer Gutmütigkeit sonnen. Dann holte sie tief Luft und fuhr mit verdunkeltem Blick fort.

„Egal was Sie sagen oder tun: Sie müssen darauf achten, dass Sie Frau Palm nicht in ihrer Rekonvaleszenz behindern. Soll heißen, dass Sie sie nicht aufregen dürfen. Haben Sie das verstanden?" Sie schaute mich wieder ernst an.

Ich bejahte und sie erhob sich so zögerlich als müsste sie nochmals unterstreichen, wie ungewöhnlich dieses Entgegenkommen ihrerseits sei. Aber sie brachte mich zu Vickys Zimmertür, klopfte an und drückte die Klinke.

„Nicht mehr als fünf Minuten", flüsterte sie mir zu als ich eintrat.

Vickys Bett stand an der Tür, das Bett am Fenster war leer. Sie hatte ihren Kopf zur Tür gewandt, so dass ich direkt in ihr Gesicht blicken konnte. Sie schien mich nicht zu erwarten, denn sie hatte die Augen geschlossen. Sofort kamen wieder die Bilder in mir auf, als ich am Boden sitzend ihren Kopf auf meinem Schoß gebettet und ihr das Gesicht gestreichelt hatte. Nur hatte sie diesmal keine Kapuze, sondern eine Mütze auf. Und ihre tiefen Augenringe waren nicht gemalt, sondern echt. So musste wohl ein Krebspatient nach der fünften Chemotherapie aussehen, wenn keine Hoffnung mehr auf Gesundung bestand. Ihre Wangen schienen regelrecht eingefallen und ihr rechter Arm hing an einem Tropf. Sicherlich musste sie künstlich ernährt werden. Ich ging um ihr Bett herum, wo man einen Stuhl für mich aufgestellt hatte.

„Hallo Viktoria", flüsterte ich. „Wie geht es dir?"

Sie drehte mir sofort, aber ganz langsam den Kopf zu und riss die Augen auf. Der Wiedererkennungseffekt dieser Begrüßung hatte funktioniert. Sie starrte mich mit großen Augen an.

„Wil", sagte sie, „schön, dass du hier bist." Das hatte sie noch nie zu mir gesagt. Ihre Mundwinkel verzogen sich zu einem leichten, wenn auch gequälten Lächeln.

„Hast du Schmerzen?" fragte ich sie. Sie schüttelte kaum erkennbar den Kopf.

„Ich werde hier mit gutem Stoff versorgt", antwortete sie kurz darauf und versuchte dabei, mit dem rechten Auge zu zwinkern. Es machte jedoch einen ziemlich gequälten Eindruck. Die coole Vicky war das nicht.

„Wil, ich hatte einen Unfall. Ich wollte, dass du das weißt."

„Was für einen Unfall?" Ich tat möglichst überrascht, um mein Versprechen gegenüber der Oberschwester zu wahren.

„Ich weiß es nicht genau. Ich kann mich nicht erinnern. Die Ärzte sagen, dass ich in Reha muss, vielleicht für eine längere Zeit."

„Verstehe", entgegnete ich. Sie schaute mir tief in die Augen.

„Ich wollte, dass du dir keine Sorgen machst. Denn ich werde nicht sobald zurück auf unsere Bank kommen können."

„Ich verstehe", wiederholte ich nochmal und nickte ihr zu. „Danke, dass du mir Bescheid sagst."

Ich griff nach ihrer Hand, die vor mir am Tropf hing und drückte vorsichtig ihre Finger. Ihre Augen wurden feucht und sie wendete ihren Blick ab.

„Soll ich mich um irgendetwas kümmern solange du nicht da bist?" fragte ich.

Sie drehte den Kopf wieder Richtung Tür und schloss die Augen, sichtlich bemüht, dass ihr keine Träne über die Wange lief. Sie schüttelte leicht den Kopf und schloss die Augen.

Leise öffnete sich die Zimmertür und die Oberschwester signalisierte mir stumm, aber sehr bestimmt, dass es genügte und ich jetzt das Zimmer wieder verlassen sollte. Vicky bekam davon nichts mit.

„Ich muss jetzt wieder los", flüsterte ich ihr zu. „Aber ich lasse dir meine E-Mail-Adresse da. Dann kannst du mir aus der Reha schreiben, wenn dir danach ist. Jederzeit." Ich schrieb die Adresse auf einen Zettel und legte ihn auf ihren Nachttisch.

„Du schaffst das", sagte ich, nahm nochmal ihre Hand und drückte sie zum Abschied. In diesem Moment lief Vicky doch eine Träne über die Wange. Sie starrte in Richtung Tür, vermied es mich anzusehen. Ich wusste, dass sie nicht wollte, dass ich sie so sah, und verließ ohne ihr nochmal ins Gesicht zu sehen das Zimmer.

Kapitel 19

Zu Hause erfasste mich eine große Leere. Wie gerne wäre ich am Abend auf unsere Bank auf dem Friedhof gegangen und hätte mit Vicky geplaudert. Warum fiel mir erst jetzt auf, wie wenig ich eigentlich über sie wusste, obwohl ich doch das Gefühl hatte, sie schon ganz gut zu kennen. Ich wusste nichts über ihre Familie, ich kannte ja bis vor Kurzem noch nicht einmal ihren Nachnamen. Denn ich hatte sie nie danach gefragt.

Sie selbst hatte mir erzählt, welches der Fenster das zu ihrer Wohnung war. Sie selbst hatte es mir dadurch ermöglicht sie zu retten, dass ich überhaupt grob wusste, wohin ich laufen musste. Ich schämte mich sehr dafür, dass sie eigentlich nur das für mich war, was ich gesehen hatte, oder zumindest was ich glaubte in ihr zu sehen. Ich hatte so etwas wie Freundschaft für sie empfunden, sie aber in Wirklichkeit kein bisschen gekannt.

Diese Erkenntnis stieß mich in eine große Verzweiflung. War ich vielleicht wirklich unfähig, ein normales menschliches Sozialverhalten zu leben? Hatte

Professor Schwarz das vielleicht gemeint? Sollte ich mehr über die Menschen wissen, die mich umgaben? Ich war verunsichert. Meine Gedanken wurden durch meine Schuldgefühle verzerrt und es war für mich, als fließe eine zähe Masse durch meinen Kopf. Eine Masse, die keine Struktur zu erkennen gab und alles rücksichtslos mit sich riss wie ein langsamer Lavastrom. Jegliche Erkenntnis wurde dadurch unterdrückt.

Am Samstag pünktlich um vierzehn Uhr läutete es an meiner Tür. Es war Christian, der höflich wartete, bis ich ihn hereinließ. Er hatte rein gar nichts mit diesem Flegel Hannes gemeinsam.

„Guten Tag, Herr von Popp", sagte er.

Er wirkte überaus schüchtern. Vielleicht lag es aber auch einfach an seinem sehr jugendlichen Aussehen, das blasse, fast kindliche Gesicht, das ihn in der Kombination mit den roten Haaren, den Sommersprossen und der sehr blassen Haut eher aussehen ließ wie einen pubertierenden Teenager.

„Guten Tag, Christian", entgegnete ich und bat ihn herein. „Wie geht es Ihnen?"

Besonders konversationsbegabt schien er nicht zu sein, denn er machte den Eindruck, als wenn ihn bereits diese Frage überfordern würde. Ich geleitete ihn ins Wohnzimmer, wo er sich unaufgefordert an den Tisch setzte, so wie Hannes es ihm gezeigt hatte. Er wirkte sehr nervös und angespannt, als hätte er sich bei einer schweren und umfangreichen Aufgabe einer hohen Akribie verschrieben. Er nahm die leere Pillendose, die ich ihm bereits auf den Tisch gelegt hatte und machte sich eine Notiz, dass die Dose leer war. Seine Hand führte den Stift erst mehrmals etwa fünf

Zentimeter über dem Papier in der Luft in kleinen Kreisen, bevor er den Haken in das dafür vorgesehene Kästchen setzte. Dann übersprang er einige Passagen seines Papiers, legte den Stift auf den Tisch und stand auf.

„Ich würde mir gerne kurz die Wohnung ansehen, wenn das für Sie okay ist?"

„Bitte, kein Problem. Schauen Sie ruhig in jeden Raum", motivierte ich ihn.

Er absolvierte eine Visite durch die Wohnung, stets sehr konzentriert und einen Satz vor sich hinmurmelnd, den ich leider nicht verstehen konnte. Sicher war es die Aufgabe, die auf dem Zettel stand: seine Mission. Die Mission, jedes Zimmer der Wohnung auf Auffälligkeiten hin zu überprüfen. Wahrscheinlich, ob die Betten in Ordnung waren, ob kein Müll in der Ecke stand, ob die Toilette gespült worden war und ähnliches. Nachdem er keinerlei Auffälligkeiten finden konnte, kehrte er zurück zum Wohnzimmertisch, kreiste mit dem Stift mehrfach in der Luft und setzte das Häkchen an der dafür vorgesehenen Stelle. Dann sprang er zurück zum mittleren Teil seines Papiers, griff in seine Tasche und füllte meine Pillendose den Wochentagen entsprechend wieder auf. Alle Tage, außer Samstag.

„Darf ich Sie bitten, die heutige Dosis noch einzunehmen?" sagte er zu mir. Er hatte mich auf dem falschen Fuß erwischt. Damit hatte ich nicht gerechnet.

„Sie, äh", stotterte ich, „Sie können die Pille einfach dorthin legen, ich nehme sie dann gleich."

„Das geht leider nicht. Hier steht, dass ich mich davon überzeugen muss, dass Sie die heutige Pille einnehmen."

Er sah mich mit einem pflichtbewussten Ausdruck an. Wenn es dastand, dann musste das so gemacht werden. Widerrede zwecklos.

Ich zögerte kurz, überlegte, ob ich noch schnell eine Ausrede einschieben sollte, vielleicht ein Glas Wasser aus der Küche oder so. Aber sein fester Blick ließ mir keinen Ausweg. Ich nahm die Pille in den Mund und schluckte sie runter. Christian schaute wieder auf sein Blatt, ließ den Stift kreisen und setzte den letzten Haken. Danach wirkte er sichtlich erleichtert. Er sah sich sein Werk noch einmal sorgfältig und auch etwas, wie ich fand, selbstgefällig an, steckte den Zettel in die Tasche und erhob sich vom Tisch.

„Vielen Dank. Das war´s schon wieder für heute", sagte er.

Und es wirkte, als sei das die Floskel, die er für alle seine Patienten bereithielt, wenn er fertig war. So wie die Verkäuferin zu jedem ihr ‚der nächste bitte' oder ‚wer war dann?' benutzte.

„Ich danke", sagte ich, drückte ein falsches Lächeln ins Gesicht, das er nicht durchschaute, sondern im Gehen sogar fröhlich erwiderte.

Ansonsten fand ich zurück zu einem Alltag, zu einem alltäglichen Rhythmus ohne Vicky. Ich trieb weiterhin viel Sport, ernährte mich gesund und besuchte an Sonntagen meine Mutter in ihrer Alterspension. Es gab, wie es zu erwarten war, bei der Verfassung meiner Mutter viele Aufs und Abs, nur dass die Abs immer mehr und größer wurden und die Aufs langsam verschwanden. Einmal kam ich sonntags morgens pünktlich um neun Uhr in der Alterspension an und einer der Pfleger bat mich, meine Mutter an dem

Tag besser nicht zu sehen. Ich verstand nicht, was es denn für einen Grund dafür geben könnte und er gab mir unmissverständlich zu verstehen, dass meine Mutter in der Früh ein Problem mit der Darmkontrolle hatte und niemanden sehen mochte. Ich sagte, ich könne gerne warten und sie dann später besuchen, aber der Pfleger überzeugte mich, dass es das beste sei, sie an diesem Tag nicht einer möglichen Schmach auszusetzen. Dem musste ich leider zustimmen und ich fuhr, wenn auch mit einem sehr unsicheren Gewissen, wieder zurück nach Hause.

Zola erhellte meinen Alltag wie eh und je und gab mir einen gewissen Halt. Die Tage ihres Besuchs, der Montag, Mittwoch und Freitag, wurden immer mehr zu dem Gerüst meiner Woche. Wie das Rückgrat meines Alltags, ohne das alles zusammenzubrechen schien. Und auf Zola war Verlass, denn sie kam immer wieder mit neuer Musik aus ihrer Heimat, die meine Wohnung in einen warmen, afrikanischen Zauber versetzte und Zola darin tanzen und lachen ließ. Es war wundervoll.

Aber was ich vor allen Dingen intensivierte, waren meine Besuche im Café Commercial. Mit der Zeit wurde das Kaffee trinken dort zu einem Ritual, jeden Dienstag und Donnerstag ging ich dorthin. Einmal auch an einem Samstag. Aber das war das einzige Mal, denn samstags schien das Café völlig überlaufen zu sein.

Es war an einem Dienstag, als ich sie das erste Mal sah. Sie hatte gerade neu als Bedienung angefangen und kam an meinen Tisch, mit einem zauberhaften Lächeln.

„Was darf´s denn sein, der Herr?"

Ihre strahlend blonden Haare hatte sie zu einem Zopf zusammengebunden. Sie trug eine modische Hornbrille, ein hellblaues T-Shirt, einen schwarzen Rock und hellblaue Bandage Sandalen. Dazu eine modische Silberkette um den Hals und ein Silberkettchen um das Fußgelenk. Entweder war sie gerade mehrere Wochen im Badeurlaub gewesen, oder sie nutzte einfach jede freie Minute aus, um sich in die Sonne zu legen, denn ihre Haut war unglaublich braun. An ihrem T-Shirt war ein Namensschild angebracht, auf dem ‚Sandy' stand.

„Einen doppelten Espresso und ein Glas Leitungswasser, bitte."

Ihr Strahlen war umwerfend. Ich war froh, dass ich diesen Satz ohne zu stottern rausbekommen hatte.

„Sehr gerne." Sie zwinkerte mir zu – jedenfalls kam es mir so vor – und verschwand wieder hinter der Theke.

Der Laden war nur wenig gefüllt, was aber nach meiner Beobachtung normal war für einen Dienstag. Es dauerte daher auch nicht lange, bis Sandy mit der Bestellung zurück an meinen Tisch kam.

„So, bitte schön, der Herr", sagte sie.

Beim Abstellen der Getränke beugte sie sich nach vorne, so dass ich in ihren Ausschnitt blicken konnte. Ohne sich wieder hochzubeugen schaute sie mich direkt an und merkte wohl sofort, wohin mein Blick gerade gefallen war. Ich wollte die Peinlichkeit überspielen und fragte sie:

„Ist Sandy Ihr richtiger Name?"

„Wieso? Meinen Sie ich hefte mir einen fremden Namen an?" antwortete sie schnippisch.

Mit dieser Reaktion hatte ich nicht gerechnet. Um das Gespräch weiterzuführen und um - anders als bei Vicky – mehr Interesse an meinen Mitmenschen zu zeigen, setzte ich nach: „Und wie lautet Ihr Nachname? Stammt Ihre Familie aus der Gegend?"

Sie schaute mich mit großen Augen fragend an, zögerte, drehte sich dann doch um und tat einfach so, als müsste sie dringend einen anderen Gast bedienen. Ich las etwa eine halbe Stunde in meinem Buch und winkte Sandy dann wegen der Rechnung. Sofort kam ihr Kollege, der eigentlich hinter der Kaffeemaschine arbeitete, zu mir und kassierte.

Als ich am Donnerstag wiederkam, war es etwas voller im Café. Neben Sandy gab es noch eine weitere Bedienung, einen Kellner, der für den Teil des Cafés zuständig war, in dem ich saß. Ich bestellte das gleiche wie immer, trank die Hälfte meines Kaffees solange er noch heiß war und las dann versunken in meinem Buch. Als ich nach langer Zeit den Blick durch den Laden schweifen ließ, hatte dieser sich ziemlich gefüllt. Ich überlegte mir gerade, ob ich mir einen weiteren Kaffee bestellen sollte, da sah ich am anderen Ende des Cafés Zola. Sie saß direkt vor dem Fenster und hatte mich scheinbar nicht gesehen. Sie musste reingekommen sein, während ich gelesen hatte. Sie vergrub sich halb in einem der großen Ohrensessel und ihr gegenüber auf einem Hocker saß eine junge Frau, die etwa in Zolas Alter war. Sie hatte die gleiche tiefbraune, afrikanische Haut, nur war sie etwas größer, deutlich schlanker und hatte krauses Haar, das ihr in alle Richtungen stand. Außerdem trug sie eine schwarze Brille. Sie war auch bunt gekleidet, so wie Zola, aber weniger auffällig. Sie trug keinen Kitenge, sondern Jeans und dazu ein buntes, enganliegendes T-Shirt. Beide tranken einen Milchkaffee im Glas und schienen sich angeregt zu unterhalten.

Zola schien mir aus irgendeinem Grund ziemlich verändert zu sein. Sie zeigte kein einziges Mal ihre Zähne beim Lachen. Ganz im Gegenteil. Sie hatte die Stirn in Falten gelegt und redete auf die andere Frau, die ihre Freundin zu sein schien, unaufhörlich ein. Die hatte den Blick nach unten gerichtet, hielt ihr Glas in beiden Händen und entgegnete nur hin und wieder irgendwas. Leider saßen sie zu weit weg, als dass ich hätte verstehen können, um was es ging. Auch war der Geräuschpegel im Café mittlerweile sehr hoch. Um nicht den Anschein zu erwecken, dass ich sie beobachten würde, las ich weiter in meinem Buch.

Doch mit einem Mal ertönte eine Frauenstimme durch den Raum, so dass alle Anwesenden kurz innehielten, um zu schauen, woher der Krach kam. Es war Zola, die laut schrie und die Arme in die Luft hob. Man konnte nicht verstehen, worum es ging, es war eine Mischung aus Swahili und vereinzelten Worten auf Englisch. Zola stand auf und brüllte weiter auf ihre Freundin ein, ohne sich dabei an den interessierten Blicken der anderen Besucher zu stören. Und die Freundin saß auf ihrem Hocker und schüttelte immer nur den Kopf. Ihre Augen waren nass und die Tränen liefen ihr über die Wangen. In dem Moment, als der Kellner zu meinem Tisch kam um zu fragen, ob ich noch etwas trinken möchte, sprang Zola plötzlich auf und stürmte aus dem Lokal. Zögernd packte die Freundin ebenfalls ihre Tasche und ging ihr langsam hinterher.

Weil ich dem Kellner nicht gleich antwortete, folgte er meinem Blick und rief zu Sandy, dass die beiden gerade die Zeche prellen würden. Ich stand ruhig auf und erklärte dem Kellner, dass er die Unkosten der beiden Damen bitte meiner Rechnung aufschlagen könnte, was er dann auch tat. Ich nahm mein Buch, ging vor zur Theke, wo er mir die neue Rechnung ausstellte, als Zolas Freundin wieder zurückkam und zu Sandy sagte:

„Entschuldigung Sie, ich muss zahlen".

Sandy nickte nur zur Theke, wo ich stand und sagte, dass das bereits erledigt sei. Zolas Freundin starrte mich mit ihren verquollenen Augen kurz an, ich nickte ihr zu, sie nickte irritiert und leicht verstört schauend zurück und verließ das Café wieder. Als ich nach draußen kam, war von den beiden bereits keine Spur mehr.

Ich hatte das sichere Gefühl, genau das Richtige getan zu haben. Ein Hauch von Stolz und wohliger Wärme legte sich auf meine Brust. Ich ging nach Hause, nahm ein Bad, las mein Buch zu Ende und bereitete mir eine aufwendige Mahlzeit, um mich damit selbst zu belohnen. Es gab eine orientalische Bowl aus Orangen-Couscous, Gemüsecurry mit geröstetem Pitabrot, dazu Minz-Joghurt und Gewürz-Cashewkerne.

Kurz bevor ich schlafen gehen wollte, klingelte das Telefon. Ich schaute auf das Display, doch die Nummer war unterdrückt. Wieder dieser anonyme Anrufer. Nach dem dritten Klingeln hob ich ab und brüllte ‚NEIN' in den Hörer. Dann drückte ich mein Ohr fest an die Muschel und lauschte eine Weile. Aber es war weder eine Luftbewegung zu hören, die an den Blasebalg erinnerte, noch lag irgendeine Kälte in dem

Anruf. Es war einfach still und nach ein paar Sekunden kam ein schnelles Tuten, so, wie wenn ein Anschluss besetzt ist. Ich legte den Hörer auf und ging zufrieden zu Bett. Ich wusste nicht warum, aber ich hatte das Gefühl, dieser Sache dadurch ein Ende gesetzt zu haben.

Kapitel 20

Die Semesterferien kamen mir in diesem Jahr so lang vor wie noch nie zuvor. Und ich hatte schon einige erlebt. Der Sommer war heiß und ich hatte mich sehr darauf gefreut, endlich wieder ausgiebige Radtouren zu machen und auch wieder im Wald zu joggen. Aber in diesem Sommer war alles anders. Ich konnte mich nicht motivieren, etwas außerhalb meines gewohnten Rhythmus zu tun.

Auch hatte ich mich in diesem Semester nicht dazu durchringen können, an den Klausuren teilzunehmen. Oder auch nur wenigstens eine der Prüfungen zu absolvieren. Es schien mir einfach zu sinnlos. Zu sehr war ich damit beschäftigt, meine Vorsorge richtig zu betreiben, die Vorsorge, nicht wie meine Mutter an Alzheimer zu erkranken und einen schleichenden Tod zu sterben. Wichtig war, neue Rezepte für eine gesunde Ernährung zu erproben, ausgiebig Sport auf meinem Heimtrainer zu absolvieren, viel zu lesen und an den Tagen, an denen Zola nicht vorbeikam, meinen Kaffee im Café

Commercial einzunehmen, um mein Sozialverhalten langsam zu steigern.

Jeden Tag checkte ich meine E-Mails, aber wie immer erhielt ich nur Werbung oder Spam. In der ersten Woche, in der die Uni wieder begonnen hatte, kam dann doch eine Nachricht von Vicky. Erst hielt ich auch diese Nachricht für Spam, weil der Absender ‚Black Soul' lautete. Aber im Betreff stand ‚Nachricht von Vicky'.

> *„Lieber Wil,*
> *lange nichts gehört. Ich hoffe, es geht dir gut und du hältst uns die Bank warm.*
>
> *Ich werde die nächsten Wochen noch hierbleiben müssen, aber es geht mir wieder besser. Alle sind sehr nett zu mir und helfen mir dabei, dass ich meine Erinnerung wiederfinde. Ich habe deutliche Fortschritte gemacht, sagen die Ärzte, aber es scheint noch ein langer Weg vor mir zu liegen.*
>
> *Mit der Hilfe der Ärzte habe ich einiges über mich herausfinden können. Seit ich denken kann, fühlte ich diese Leere in mir. Ich weiß nicht, wie ich es besser beschreiben soll. Und ich kann es auch immer noch nicht richtig in Worte fassen, aber es wird besser, seit ich mit den Ärzten darüber spreche. Es ist eine Art innere Leere, die ich schon immer in mir herumgetragen habe.*
>
> *Es gab eine Zeit, da war ich auf der Suche nach Liebeskummer, nach einem gebrochenen Herzen. Ich war noch nicht erwachsen, doch ich war bereits innerlich so taub, dass ich mir Liebeskummer wünschte, um wenigstens irgendwas zu fühlen.*
>
> *Dann gab es eine Zeit als Jugendliche, als ich im ständigen Wechsel zwischen Fress-Attacken und*

Übergeben lebte. Dazu kam lange Zeit der exzessive Alkoholkonsum, der mich meine Leere vergessen ließ. Ich habe diese Dinge zwar im Laufe der Zeit gut verarbeiten können, aber die Leere ist geblieben.

Erst jetzt wurde mir klar, woher dieses Gefühl kam. Ich habe gelernt, dass innere Leere durch Selbstentfremdung entsteht, durch den Verlust der Verbindung zum wahren Ich. Als ich das erkannt habe, erschien auf einmal alles ganz logisch. Eine solche Selbstentfremdung kann verschiedene Ursachen haben. Bei mir ist es eine Kombination aus Abspaltung von Wesenszügen und fehlender Spiegelung durch meine Mutter. Ich muss daran arbeiten und ich habe hier gute Hilfe dabei."

Vicky schrieb diese E-Mail an mich wie einen Eintrag in ein Tagebuch. Sie erläuterte mir im Weiteren detailliert, wie ihre Eltern einen Krämerladen hatten, der ihrer Mutter gehörte, wie sie für ihre Eltern ein Unfallkind war und ihr Vater sie und ihre Mutter bald nach ihrer Geburt verlassen hat. Die Mutter hatte wieder geheiratet und eine zweite Tochter bekommen, die sie wie eine Prinzessin behandelte und zu der Vicky keinen Bezug aufbauen konnte. Denn Vicky fühlte sich von ihrer Mutter stets abgelehnt, wie der Bastard der Familie und über ihren leiblichen Vater wurde, wenn überhaupt, nur sehr schlecht geredet. Sie konnte kein gesundes Selbstwertgefühl und keine authentische Identität ausbilden, sondern verdrängte ihren Frust und ihre Wut, nicht geliebt, nicht verstanden und nicht gesehen zu werden. Dadurch verdrängte sie schließlich auch sich selbst und konnte ihr wahres Ich nicht entwickeln. Was blieb war eine große Leere.

Ich las die Nachricht gleich noch einmal, um auch nichts zu überlesen und suchte nach möglichen Botschaften zwischen den Zeilen. Diese Nachricht hatte mir mehr über Vicky erzählt, hatte mehr über sie preisgegeben, als all unsere Gespräche über Monate hinweg auf unserer Bank auf dem Friedhof. Diese Tatsache, die Erkenntnis, Vicky gar nicht richtig gekannt zu haben, traf mich wieder in die gleiche Magengegend wie damals, als ich im Krankenhaus ihren Nachnamen nicht kannte. Ihr Brief endete mit den Worten:

„Danke, dass ich dir das alles schreiben durfte. Ich weiß jetzt, dass es für mich Dinge im Leben gibt, die ich überwinden muss, um mein Leben ertragen zu können. Ich hoffe, Du verstehst das.

Deine Viktoria

PS: Bitte antworte mir nicht. Ich melde mich wieder bei Dir."

Ich verstand es nicht. Aber mir war klar, dass Vicky mehr Probleme hatte, als sie es mir je gezeigt hatte. Und dass ihr ganzes Outfit, ihr Leben als Gothic Girl, nur eine Fassade war. Sie brauchte Zeit und mir blieb keine andere Wahl, als mich darauf einzulassen. Was hätte ich sonst tun sollen?

Ich dachte lange über ihren Satz nach: ‚*Es gibt Dinge, die ich überwinden muss, um mein Leben ertragen zu können*'. Auch wenn ich es so noch nie gesehen hatte, so wurde mir mit der Zeit doch klarer, was sie damit meinte. Sie brauchte Zeit, um herauszufinden, was für ihre gefühlte Leere verantwortlich war und wollte diesen Umstand überwinden. Wie sie das auch immer erreichen wollte. Sicher war sie dabei in psychologischer Behandlung. Anders konnte es kaum sein.

Am nächsten Tag ging ich ins Café Commercial, bestellte wie immer einen doppelten Espresso und ein Glas Leitungswasser und wollte eigentlich etwas lesen. Der Laden war ziemlich leer und der Geräuschpegel hätte mich nicht gehindert. Aber ich konnte es nicht. Ich starrte auf mein Buch, das offen vor mir auf dem Tisch lag und konnte den Sinn der Worte nicht erfassen. Meine Gedanken drehten sich immer wieder um Vickys Worte. Sie wollte etwas überwinden, um das Leben ertragen zu können. Sie würde sicher finden, was sie überwinden musste, und mit der entsprechenden Hilfe der Spezialisten würde ihr das auch ganz sicher gelingen. Daran gab es keinen Zweifel.

Aber was war mit mir? Erging es mir nicht im Grunde ähnlich? Musste ich nicht auch etwas überwinden? Eine Angst vielleicht? Einen Trott, der sicher zu meinem schleichenden Tod führen würde? Aber war das nicht eigentlich genau das, was ich gerade tat? Versuchte ich nicht jeden Tag alles in meiner Macht stehende zu tun, um dem schleichenden Tod zu entkommen? Ich drehte mich gedanklich immer wieder im Kreis und konnte zu keiner Erkenntnis gelangen.

Ich bestellte noch einen Espresso bei meinem Kellner und beobachtete die blonde Sandy, die mir unnahbar geworden war, seit sie mich nicht mehr bediente.

Am darauffolgenden Sonntag saß meine Mutter im Rollstuhl wartend an ihrem Tisch, als ich sie besuchte. Sie hatte wieder einen ihrer besseren Tage. Ich begrüßte sie wie immer, wusste aber schon, dass ich keine Antwort erwarten konnte. Ich setzte mich zu ihr, trank meinen Tee und las ihr etwas vor. Sie schaute dabei wie in Gedanken versunken teilnahmslos aus dem Fenster.

Nach dem Mittagessen machte sie jetzt immer eine kurze Ruhepause, zu der sie vom Pfleger in ihr Bett gelegt wurde. Meistens war es so, dass sie danach das Zimmer nicht mehr verlassen wollte und ich ihr den Fernseher anstellte und ging. Ich konnte nichts weiter für sie tun.

Aber an diesem Tag war sie ungewöhnlich gut gelaunt. Der Pfleger durfte sie nach ihrer Ruhepause wieder zurück in den Rollstuhl setzen und ich schob sie daraufhin unsere liebgewordene Runde durch den Park. Die Sonne stand relativ hoch und ich gab meiner Mutter daher einen Sonnenschirm in die Hand. Auf der Anhöhe hielt ich wie immer an, stellte ihren Rollstuhl neben die Bank und wir genossen wie gewohnt die Aussicht.

Mit ihrem Schirm sah meine Mutter fast aus wie ein kleines, unbekümmertes Mädchen, nur mit dem Gesicht einer alten Frau. Ihre Falten waren deutlich mehr geworden und ihre Augen zeigten längst nicht mehr die mir so vertraute Lebensfreude. Wir saßen bestimmt eine halbe Stunde so nebeneinander, bis ich dachte, ich müsste sie wieder zurückbringen. Ich wandte mich ihr zu, schaute sie an und sagte:

„Komm, wir gehen wieder."

Sie drehte den Kopf zu mir, als wenn sie mich seit langer Zeit endlich mal wiedersehen würde, ein warmes Lächeln zog über ihr Gesicht und sie sagte:

„Mein liebster Gernot. Du bist es wirklich. Wie habe ich dich vermisst."

Ich starrte meine Mutter an, wie man jemanden anstarrt, der einem mitteilen muss, dass man nur noch drei Wochen zu leben hat.

„Wo warst du nur all die Zeit, Gernot. Komm zu mir, es braucht keiner zu erfahren."

Ich fasste nach den Griffen des Rollstuhls und drehte ihn wohl etwas zu fest zur Seite, um meine Mutter wieder zurück zum Haus zu schieben. Dabei fiel ihr der Sonnenschirm aus der Hand und sie juchzte entzückt auf.

„Stürmisch wie eh und je", rief sie.

Ich hob den Schirm wieder auf, drückte ihn ihr in die Hand und sagte:

„Mutter! Hör zu, Mutter. Ich bringe dich jetzt zurück ins Haus. Ich, dein Sohn Wilhelm."

Sie sagte kein Wort und ich war mir nicht sicher, für wen sie mich jetzt hielt. Aber sie ließ sich nichts anmerken. Nichts mehr, das hätte verfänglich werden können.

Am Abend bereitete ich mir ein leichtes Essen und trank einen schwarzen Tee. Dabei fiel es mir ein. Ich wusste jetzt, was ich machen konnte, um meine Gewohnheiten ein kleines Stück weit zu überwinden.

Kapitel 21

Zola kam am Dienstag etwas später, weil sie bereits auf dem Weg zu mir die üblichen Besorgungen machte. Gegen halb zehn öffnete sie die Tür mit einer kleinen Einkaufstasche in der Hand. Sie räumte alle Lebensmittel ein und begann, den Flur zu saugen. Aber an diesem Tag war sie irgendwie verändert.

Normalerweise machte sie direkt nachdem sie ihre Jacke und Schuhe ausgezogen hatte, die Musik an. Aber nicht an diesem Tag. Sie ging ohne Musik wortlos ihrer Arbeit nach, ohne einmal zu tanzen oder auch nur zu lächeln.

Nachdem sie im Flur fertig war und das Wohnzimmer saugen wollte, ging ich zur Musikanlage und legte ihre Lieblings-CD ein und stellte sie auf Zolas übliche Lautstärke. Sie lächelte mich etwas gezwungen an, saugte jedoch weiter. Erst mit der Zeit wurden ihre Bewegungen wieder synchroner zur Musik. Als sie fertig war, glaubte ich sogar, wieder eine leichte Tanzbewegung zu vernehmen. Danach kümmerte sie sich um die Küche. Ich saß im Wohnzimmer und las.

Gegen dreizehn Uhr ging sie dann wieder, ohne dass ich mich getraut hätte, sie um einen Gefallen zu bitten. Der richtige Zeitpunkt hatte sich nicht ergeben.

Ich grübelte den ganzen Mittwoch, wie ich es Zola erklären sollte, wie ich mein Anliegen in Worte fassen könnte. Als sie am Donnerstag kam, zeigte sie wieder ein Lächeln. Ich bat sie, sich neben mich auf das Sofa zu setzen, was sie nach einem leichten Zögern auch tat.

„Zola, ich brauche deine Hilfe. Ich hätte eine Bitte an Dich", fing ich an.

Sie schaute mich mit großen Augen erwartungsvoll an, legte ihren Kopf leicht auf die Seite und hielt die Lippen geschlossen.

„Du weißt doch, dass ich kein Fleisch esse." Sie sagte nichts, sondern hing gespannt an meinen Lippen. „Schon seit Langem esse ich kein Fleisch, weil ich glaube, dass es nicht gesund ist. Aber eigentlich esse ich gerne Fleisch, besonders Fisch. Nur kann ich kein rohes Fleisch zubereiten. Das heißt, ich kann das rohe Fleisch nicht in die Pfanne legen, geschweige denn anfassen."

Sie nickte leicht, als wollte sie mir zu verstehen geben, dass sie sehr wohl verstand, was ich zu ihr sagte. Aber ihre Augen sahen immer noch sehr fragend aus.

„Also, um es kurz zu fassen. Ich wollte Dich fragen, ob du nicht für uns beide ein Abendessen bereiten könntest. Bitte besorge dann einen schönen Fisch für uns. Vielleicht kennst Du ein leckeres Rezept? Ansonsten kann ich uns auch etwas raussuchen." Jetzt schaute ich sie fragend und leicht schüchtern an.

„Du meinst ein Abendessen kochen?" Ich nickte. „Für uns zwei?" Sie zeigte mit den Fingern zwischen uns hin und her.

„Natürlich nur, wenn das für dich okay ist", antwortete ich. „Ich möchte dir bitte keine Unannehmlichkeiten machen."

„Dinner für uns zwei ist okay", sagte sie und lächelte mich an. „Samstagabend?"

Ich überlegte kurz und sagte zu. Samstagabend war in Ordnung.

„Ich besorge alles. Fisch nach Art wie in Uganda." Ihr Lächeln wurde breiter und sie sah wieder glücklich aus, so glücklich wie ich sie kannte.

„Prima", sagte ich. „Und ich kümmere mich um die Vorspeise."

Wir verabredeten uns für achtzehn Uhr und ich wusste, dass sie wie immer pünktlich sein würde.

Und so war es. Samstagabend, Punkt achtzehn Uhr stand Zola wieder in meiner Tür. Sie hatte eine Tüte mit all den Besorgungen dabei und trug ein bezauberndes Kleid, das ihr überaus gut stand und ihre Rundungen perfekt betonte. Ich glaube, ich hatte sie bis dahin noch nie in einem richtigen Kleid gesehen. Sie trug die Einkäufe in die Küche und ich legte im Wohnzimmer ihre Lieblingsmusik auf.

„Nicht in die Küche kommen", sagte sie mit einem erhobenen Zeigefinger und lächelte mich breit an.

„Einverstanden", antwortete ich. „Die Vorspeise ist bereits fertig und steht im Kühlschrank." Ich hatte einen Basilikum-Rucola-Salat mit frischen Erdbeeren vorbereitet und in zwei Portionen kaltgestellt. Sie nickte mir bestätigend zu und schloss die Küchentür.

Ich setzte mich auf das Sofa und ließ die Musik auf mich wirken. Ich tauchte ein in die afrikanischen Klänge, die Kombination aus rhythmischem Trommeln und der mir inzwischen doch wohlig vertraut gewordenen Saiten- und Blasinstrumente. Ich musste zugeben, dass ich zum ersten Mal das Gefühl hatte, nicht nur die Logik der Musik zu verstehen, sondern – wahrscheinlich, weil mir die Stücke mittlerweile so bekannt waren – wirklich in ihren Bann gezogen zu werden. Die gute Laune, die Zola bei dieser Musik immer erfasste und die sie dann auf ihre Umwelt übertrug, hatte nun auch mich in ihren Bann gezogen.

Zola kam nur einmal kurz aus der Küche heraus und verschwand im Bad. Aus der leicht geöffneten Küchentür strömte ein Duft, der mir wahrlich das Wasser im Mund zusammenlaufen ließ. Der Duft passte sich harmonisch an die Musik an und Zola vollendete das Bild zur Perfektion. Als sie zurück aus dem Bad kam, stand ich im Flur und inhalierte den Geruch aus der Küche. Ich fühlte mich ertappt wie ein kleiner Junge, der dabei war, Süßigkeiten aus der Küche zu stehlen. Sie lächelte mich an.

„Warte, ich gebe dir das Besteck", sagte sie, verschwand kurz und reichte mir danach Messer und Gabeln raus.

Ich deckte den Tisch, nahm eine weiße Tischdecke aus dem Wohnzimmerschrank und legte ordentliche Servietten hin. Dazu zwei Wassergläser und als Dekoration eine Kerze in die Mitte. Es dauerte gefühlt eine Ewigkeit, bis Zola die Tür wieder öffnete.

Ich fühlte mich wieder wie ein kleiner Junge an Heiligabend. Außerdem war ich es nicht mehr gewohnt, hungrig zu warten, bis ich etwas zu essen bekam. Normalerweise bereitete ich mir schnell etwas zu, wenn ich hungrig wurde. Aber irgendwie genoss ich es auch.

Ich musste die CD nochmal von vorne starten, bevor Zola endlich zur Vorspeise bereit war. Sie kam aus der Küche, die beiden Salatschüsseln in ihren Händen und ein Lächeln, das etwas aufgeregt wirkte. Als sie die Teller auf den Tisch stellte, fiel ihr etwas ein, das sie vergessen hatte. Sie verschwand nochmal kurz und kam mit einer Flasche Weißwein zurück.

„Passt gut zu Fisch", sagte sie und hielt mir die Flasche hin. Ich war wohl erst etwas verdutzt, denn Alkohol hatte ich eigentlich nicht eingeplant für meinen Versuch, alte Gewohnheiten zu überwinden. Aber sie hielt sie mir so motivierend hin, dass ich es nicht ablehnen wollte. Ich entkorkte die Flasche, nahm zwei der lange nicht mehr benutzten Weißweingläser aus dem Wohnzimmerschrank und schenkte uns etwas Wein ein.

„In Uganda wir schauen uns in die Augen beim Prosten", sagte sie. Also taten wir das auch, setzten uns und aßen den Salat. Wir ließen uns für die Vorspeise viel Zeit und sie erzählte mir von den Gerichten, die ihre Großmutter Naisula immer zubereitet hatte. Es mussten einfachste Umstände gewesen sein, unter denen Zola mit ihrer Großmutter wie Halbnomaden umhergezogen war, um nicht gefunden zu werden. Aber Zola erzählte nichts von der Angst, die sie gehabt haben musste, sondern von der Freude, die sie erlebte. Wie ihre Großmutter als angesehene Frau eine wichtige Rolle im

Clan hatte, wie ihr die Ehre zu Teil wurde den Frauentanz anzuführen und wie sie Zola immer in den Schlaf gesungen hatte. Sie musste trotz aller Umstände doch auch eine schöne Kindheit gehabt haben.

Nach der Vorspeise stand Zola wieder auf und machte tänzelnde Schritte auf dem Weg in die Küche. Sie hatte ihr Glas bereits völlig ausgetrunken und ich schenkte ihr wieder nach. Als ich ein anderes Album von Zolas kleiner CD-Sammlung auflegte, kam sie mit der Hauptspeise wieder rein. Der Talapia sah hervorragend aus und als Beilage gab es undefinierbares, aber sehr lecker aussehendes Gemüse. Wir setzten uns, erhoben unser Glas und mir war, als müsste ich einen Toast aussprechen. Aber mir viel kein passender ein. Also sagte ich einfach:

„Danke für das großartige Essen. Und darauf, dass ich mehr von dir erfahren darf. Auf uns!" Zola strahlte mich mit ihrem herzlichsten Lächeln an, wir tranken und machten uns an den Fisch. Ich hatte schon lange keinen Fisch gegessen und ich muss sagen, der Geschmack war wundervoll. Ich ließ den ersten Bissen lange im Mund, wie ein Gourmet, der einen Jahrhundertwein verkostete. Ich hatte das Gefühl, das Richtige zu tun. Fisch war kein Problem für mich. Es war zugegeben ein kleiner Schritt, aber es sollte ja auch nur ein Anfang sein. Ein Anfang zu einer Reise, Dinge zu überwinden, die ich hinter mir lassen wollte. Vicky hatte Recht. Es gibt Dinge, die man im Leben überwinden musste. Meine Ablehnung von Fisch und die konsequent vegetarische Ernährung war vielleicht doch übertrieben.

Ich bat Zola, mir von ihrem anstehenden Studium zu erzählen. „Deutsch als Fremdsprache und Musik, habe ich Recht?"

Sie schaute mich nachdenklich an, zögerte kurz und sagte dann ganz leise:

„Ja, richtig. Das weißt du noch?"

„Natürlich weiß ich das noch. Wieso sollte ich das vergessen?"

Sie erhob wieder ihr Glas und sprach selbst einen Toast:

„Auf das Studium!"

„Auf das Studium", wiederholte ich, nippte kurz an meinem Glas, schenkte Zola wieder nach und genoss noch einen Happen meines Essens. Es war einfach umwerfend.

Zola fing an, mir von ihren Studienplänen vorzuschwärmen. Sie wollte auf jeden Fall Nachhilfestunden in Deutsch für ihre ausländischen Kommilitonen geben. Ich sagte ihr, das könnte sie sicher machen, denn ihr Deutsch sei mittlerweile wirklich fast fehlerfrei. Und das war nicht gelogen. Sie nahm es auch als großes Kompliment und wurde regelrecht rot. Vielleicht kam das aber auch vom Wein.

Sie malte sich aus, was sie alles arbeiten könnte, wenn sie erst einmal mit dem Studium fertig war. Dabei ging es jedoch in der Hauptsache um Musik. Sie wollte als Botschafterin für afrikanische Musik arbeiten und fragte mich immer wieder, was ich davon halten würde. Ich ermutigte sie, denn ich glaubte, dass sie das mit Sicherheit gut könnte. Sie machte detaillierte Pläne, eine kleine Musikschule zu gründen, wo sie Kurse in afrikanischer Musik geben wollte. Auch dazu sollte ich meine Zustimmung geben. Ich bestätigte ihr, dass das die beste Idee sei, die ich seit Langem gehört hatte und sie bedankte sich mit einem sehr langen Lächeln, bei dem sie mir lange direkt in die Augen schaute.

Mit dem letzten Bissen des Essens schenkte ich Zola auch den letzten Rest aus der Flasche nach, während ich von meinem ersten Glas immer noch nicht einmal die Hälfte getrunken hatte. Sie schien den Alkohol auch nicht wirklich gewohnt zu sein, zumindest nicht in dieser Menge. Aber sie war sehr gut gelaunt und mir gefiel das sehr gut. Ich wischte mir mit der Serviette den Mund ab, während ich immer noch den Nachgeschmack genoss. Zufrieden lehnte ich mich zurück und sagte:

„Das war der beste Fisch, den ich je gegessen habe." Sie liebte Komplimente, das konnte ich jetzt wieder eindeutig erkennen. „Aber verrate mir doch mal die Zutaten. Was war das eigentlich für ein afrikanisches Gemüse?"

Sie lehnte sich ebenfalls zurück, schaute mich an und antwortete:

„Schmeckt gut, stimmt? Das war Matoke, Spezialität in Uganda."

Sie sah mich an, als wenn sie eine Reaktion erwartete. Aber als die nicht zu ihrer Zufriedenheit ausfiel, setzte sie nach.

„Matoke essen wir zu fast allem." Immer noch keine gewünschte Reaktion meinerseits.

„Matoke ist Kochbanane."

Und da war mir klar, warum sie glaubte, eine Spannung aufgebaut zu haben. Ich schaute sie ungläubig an. Meine Mundwinkel fielen in Zeitlupe nach unten. Sie beobachtete mich wie den Zeitraffer eines verfaulenden Pfirsichs. Der Zerfall, bis nur noch der Kern übrig war, der letzte Rest, den die Würmer nicht zerfressen konnten. Ich wusste nicht, ob ich jetzt nicht besser aufspringen sollte, um mich zu übergeben. Aber mir war nicht schlecht. Ich hatte eine Banane gegessen und es war mir nicht schlecht hinterher. Wie oft hatte ich im Traum die Banane verschmäht, nur um dann mit Schlimmem bestraft zu werden. Aber diesmal nicht. Zola hatte mir eine Banane aufgetischt, ohne dass ich es gemerkt hatte. Und sie hat sogar noch geschmeckt.

Nach und nach wurde mir bewusst, welchen Dienst mir Zola da eigentlich erwiesen hatte. Sie hatte mir eine Überwindung ermöglicht, die ich nicht zu träumen gewagt hätte. Ich hatte eine Banane gegessen. Das war für mich wie eine Katharsis, eine Heilung meiner Seele, meiner Psyche. Ich war einen Weg gegangen, von dem ich gar nicht wusste, dass er überhaupt existierte. Es war so wunderbar, dass ich am liebsten vor Glück geweint hätte. Ich glaubte, dass mein Gesicht diese Verwandlung in diesem Moment durchmachte, als Zola mich lange schweigend ansah. Denn sie spiegelte das, was sie in mir sah. Und am Ende strahlte auch sie. Natürlich nur, weil sie sich freute, dass mir ihr Essen geschmeckt hatte. Aber ich stand auf, nahm sie in den Arm und drückte sie ganz fest. Sie lehnte ihren Kopf an meine Schulter und wir wiegten sachte zu den letzten Takten des Schlusstitels ihres Albums. Ich ging zur Musikanlage, um auch diese CD wieder zu starten und Zola ging aus dem Raum. Ich dachte, sie sei ins Bad gegangen, doch dann rief sie in einem Ton, der gehaucht klang, aber doch laut genug, dass ich sie hören konnte:

„Komm zu mir". Die Stimme kam nicht aus der Küche. Ich ging in den Flur, suchte nach einer offenen Tür und sah Licht im Schlafzimmer. Es war schwaches Licht, das von der Nachttischlampe kam. Als ich die Tür öffnete, sah ich, dass das Bett aufgeschlagen war. Zola stand mitten im Raum mit dem Rücken zu mir. Sie hatte ihr Kleid geöffnet und über die Arme gestreift. Ich sah ihren nackten Rücken. Sie sah mich über die Schulter an und hatte ihre Arme über der Brust verschränkt. Doch dann drehte sich ganz langsam zu mir um, ohne mich aus den Augen zu lassen und streckte mir langsam ihre Arme entgegen.

„Komm zu mir", wiederholte sie. Ich sah ihre großen Brüste und war völlig sprachlos. Was war denn jetzt passiert. Wieso tat Zola das? Es war doch gerade alles so entspannt, so harmonisch. Was wollte sie jetzt? Ich wusste nicht, was ich tun sollte, öffnete den Mund. Aber ich sagte nichts, weil ich wusste, dass nur ein Gestotter entstanden wäre.

Zola hielt mir immer noch ihre Hände entgegen und ich wurde rot, weil ich unweigerlich auf ihre Brüste gestarrt hatte. Die Situation war für mich unerträglich. Ich machte einen Schritt auf das Bett zu, richtete die Decke wieder und strich sie ordentlich. Dann wandte ich mich ihr zu, um irgendwas zu sagen, stockte doch, schaute versehentlich nochmal auf ihre Brüste und lief dann zurück ins Wohnzimmer, um mein immer noch halb volles Weinglas zu leeren.

Ich setzte mich wieder an den Tisch und wünschte mir den Moment zurück, bevor Zola das

Zimmer verlassen hatte. Vielleicht konnten wir einfach so tun, als wäre das nicht passiert. Vielleicht hatte sie zu viel Wein getrunken und einfach nur die Fassung verloren.

Dann hörte ich Geräusche im Flur. Zola hatte ihr Kleid wieder hochgezogen, zog jetzt eilig ihre Schuhe an, hielt ihre Jacke in der Hand und lief, ohne ein Wort oder einen Blick in meine Richtung, aus der Wohnung. Ich saß am Tisch und verstand einfach nicht, was da gerade vorgefallen war. Sicher war das alles nur ein blödes Missverständnis. Sicher würde sich das alles klären. Aber im Moment tat es das nicht.

Kapitel 22

In der darauffolgenden Woche kam Zola nicht wieder, weder am Dienstag, noch am Donnerstag. Dafür gingen aber in dieser Woche die Semesterferien zu Ende und ich fuhr am Donnerstag zur Universität, um mir den neuen Vorlesungsplan anzusehen. Leider waren die Gebäude vor den Hörsälen von den ganzen Erstsemestern dermaßen überfüllt, dass ich bald in die Bibliothek flüchtete. Ich wollte mir ein Buch über Uganda besorgen, um mehr über Zolas Herkunft und die Geschichte ihres Volkes zu erfahren. Ich fand es sehr interessant, wie Zola von den Baganda Queens erzählt hat und ich wollte wissen, was der traditionelle Hintergrund dieses Gesangs und Tanzes war.

Als ich mit dem Buch zum Schalter kam, sah ich die jüngere der beiden Angestellten wieder, wie sie gerade mehrere Bücher mit ihrem Computer scannte. Sie hatte ihr blondes Haar wieder zu einem Pferdeschwanz zusammengebunden und trug eine enge Jeans und ein Spaghetti-Shirt, dass ihre Figur sehr betonte. Ich kam die Treppe hinunter und merkte dann, dass ich der Nächste in der Reihe gewesen wäre. Sofort drehte ich mich um, tat so, als hätte ich etwas im Obergeschoss vergessen, legte dort das Buch in meiner Hand auf das erstbeste Regal und ging ohne Buch wieder hinunter und an der Ausgabe vorbei. Als ich fast an der Tür war, drehte ich mich noch einmal wie zufällig um und sah, wie die hübsche Blonde bereits den nächsten Studenten bediente, den sie mit einem aufreizenden Lächeln begrüßte.

Zu Hause legte ich mich auf das Sofa. Mir war nicht nach Sport zu Mute, ein Gefühl, dass ich schon lange nicht mehr hatte. Ich überlegte, was ich stattdessen tun könnte und entschied mich, endlich den Hinterreifen meines Fahrrads zu reparieren. Ich bin nicht besonders gut in solchen Dingen, aber an diesem Tag wollte ich es schaffen. Ich hatte es satt, jedes Mal den Reifen aufpumpen zu müssen, wenn ich mit dem Rad irgendwohin fahren wollte. Ich montierte das Hinterrad meines Fahrrads ab, entfernte den Mantel und den Schlauch von der Felge und ging damit zum Fahrradhandel. Es war eigentlich ganz einfach, wenn man sich der Sache erst einmal annahm. Innerhalb von einer Stunde hatte ich den neuen Schlauch und den neuen Mantel aufgezogen, das Hinterrad wieder montiert, die Kette wieder aufgezogen und den Reifen aufgepumpt. Es war ein großartiges Gefühl, ein Gefühl etwas gemacht zu haben, was einem das Leben in Zukunft leichter machte.

Immer noch in diesem Gefühl schwelgend bereitete ich mir am Abend ein Essen. Es gab Rote Beete-Gnocchi mit Petersiliensoße und karamellisierten

Walnüssen. Ich überlegte kurz, ob ich mir vielleicht ein Glas Wein genehmigen sollte, ließ es dann aber doch.

Gegen neun Uhr klingelte das Telefon. Ich stand gerade an der Spüle und machte den Abwasch. Ich hätte es schaffen können, mir die Hände abzutrocknen, zum Telefon zu sprinten und mich noch rechtzeitig zu melden. Aber diese Gewissheit hatte ich erst, als das Läuten nach dem zwölften Mal verstummte. Ich beendete den Abwasch und sah nach, ob mein Telefon die Nummer des Anrufers anzeigte. Es handelte sich um eine mir unbekannte Handynummer.

Als ich den Hörer wieder aufgelegt hatte, klingelte es erneut. Es war der gleiche Anrufer.

„Wilhelm von Popp", meldete ich mich. Am anderen Ende war erst nichts zu hören, dann ein Schniefen, dann meldete sich eine Frauenstimme.

„Herr Wilhelm? Hier Malaika." Ich erkannte ihre Stimme sofort.

„Kennen Sie noch? Ich bin Mitbewohnerin von Zola." Ich erinnerte mich sofort an ihren Anruf von damals, als Zola krank war und deswegen nicht kommen konnte. Nur dass dieses Mal wesentlich mehr Traurigkeit in Malaikas Stimme lag.

„Ja, hallo Frau Malaika. Schön Sie zu hören. Wie geht es Ihnen?" Sie antwortete erst nicht und es klang, als hätte sie den Hörer weggelegt, um sich die Nase zu putzen.

„Entschuldigung. Ich bin wieder dran. Herr Wilhelm, etwas Schlimmes ist passiert. Etwas ganz Schlimmes ist…" Sie brach in Tränen aus. Ich wollte sie gerne beruhigen, hätte sie in den Arm genommen, wenn sie vor mir gestanden hätte, so wie damals im Café. Aber ich wusste nicht, was ich sagen sollte. Ich wartete, bis sie sich wieder gefangen hatte.

„Zola tot, Herr Wilhelm. Hören Sie? Zola tot." Wieder brach sie in Tränen aus und konnte nicht weitersprechen. Ich stand im Flur, hielt das Telefon in der Hand und konnte das gerade Gesagte gedanklich nicht erfassen. ‚Zola tot'! Aber wie war das möglich? Das musste ein Missverständnis sein, irgendein Verständigungsproblem oder so.

„Malaika? Hören Sie mich?" rief ich in den Hörer. Aber es kam keine Antwort. Sie hatte den Hörer scheinbar weggelegt. „Hallo! Hallo, Frau Malaika." Ich hörte Geräusche, die klangen, als würde sie ihr Handy über den Tisch schieben. Es dauerte eine Weile, bis sie sich wieder meldete.

„Sie noch dran?" meldete sie sich zurück.

„Ja, Malaika", antwortete ich schnell. „Ich bin hier. Wie ist das möglich?"

„Möglich?" fragte sie. „Ja, möglich. Zola tot", wiederholte sie.

„Was genau ist denn passiert? Hören Sie mich?" Aber ich bekam wieder keine Antwort. „Hallo Malaika" versuchte ich es noch einmal. „Können wir uns irgendwo treffen? Ich möchte gerne wissen, was passiert ist." Es war weiterhin still am anderen Ende. „Frau Malaika? Können wir uns treffen?"

„Treffen", sagte sie. „Ja, okay." Wieder ließ sie eine Pause, in der sie scheinbar überlegte. „Nicht heute. Morgen treffen. Okay?"

„Okay", antwortete ich. „Dann treffen wir uns morgen früh um zehn Uhr im Café Commercial. Ist das okay?"

„Okay", antwortete sie nur. „Morgen." Dann legte sie auf.

Ich stand weiterhin im Flur und hielt den Hörer am Ohr. Als nach einer Weile das Tuten des Besetztzeichens ertönte, legte ich den Hörer auf.

Meine Gedanken flossen wie Kaugummi. ‚Zola tot'. Wie war das möglich? War ihre Angst all die Jahre doch nicht unbegründet und sie wurde von den Gegnern ihres Vaters, ihres ganzen Clans wirklich bis hierher gejagt und ermordet? Oder hatte sie einen Unfall? War sie vielleicht am Samstagabend noch durch die Stadt gelaufen und angefahren worden? Das würde auch erklären, warum sie die ganze Woche nicht zu mir kam. Aber wenn das der Fall gewesen wäre, dann wäre sie ja nicht jetzt gestorben? Hätte Malaika schon länger von Zolas Tod gewusst, dann wäre sie doch sicherlich deutlich gefasster gewesen. Also hatte sie es auch gerade erst erfahren? Oder lag sie seit Längerem im Krankenhaus, vielleicht im Koma, und ist nicht wieder aufgewacht? Ich konnte keine plausible Erklärung finden. Keine machte einen Sinn, aber irgendwie war theoretisch auch alles möglich.

Ich schaute auf die Uhr. Es war noch nicht mal halb zehn. Ich konnte nicht schlafen gehen, meine Gedanken waren viel zu sehr durcheinander. Deswegen beschloss ich, seit langer Zeit mal wieder auf die Bank auf dem Friedhof zu gehen.

Alles wirkte sehr vertraut, als ich durch den Flieder stieg, dessen Blüten bereits verblüht waren. Ich freute mich über das Flackern der roten Lichter und die Stille der Gräber. Ich befreite die Bank von den ersten Blättern und setzte mich auf meinen Platz. Die Sonne war gerade erst untergegangen. Das Fenster von Vickys Zimmer war, wie zu erwarten, ebenfalls völlig unverändert. Niemand hatte es geöffnet, gekippt oder den Vorhang aufgezogen. Ich wusste nicht, wer das auch hätte machen sollen. Ich atmete mit geschlossenen Augen mehrmals tief ein und aus und merkte, wie ich langsam zu Ruhe kam.

Mit der Zeit wurde es immer dunkler und die roten Grablichter tauchten die Atmosphäre in den mir so vertrauten Farbton. Ich starrte in die Nacht und sah auf einmal nicht weit vor mir eine schwarze Katze sitzen. Kein Zweifel, es war Pauli. Er hatte mich wohl schon eine Zeitlang beobachtet und als er merkte, dass ich ihn auch gesehen hatte, stand er auf und kam langsam auf mich zu. Er war längst nicht mehr so fett, wie ich ihn in Erinnerung hatte. Sein Ohr war zwar immer noch vernarbt, aber doch ganz gut verheilt. Sein Fell zeigte keinerlei Blessuren.

Er setzte sich etwa zwei Meter vor mir auf den Weg und putzte sich. Sicher wollte er sehen, ob er mir trauen konnte. Als ich mich überhaupt nicht bewegte, kam er nach einer Weile auf mich zu, streifte zweimal um meine Beine und sprang mit einem Satz neben mich auf die Bank. Er setzte sich nicht, sondern miaute zweimal, was ich als Aufforderung verstand, meine Arme vom Schoß zu nehmen. Sofort kletterte er auf mich, drückte seine Beine durch, zog mit seinen Krallen mehrfach vorsichtig an meiner Hose. Dann drehte er sich langsam aber ausgiebig im Kreis, bis er endlich die für ihn perfekte Position fand, um sich niederzulegen. Er rollte sich zusammen und schloss sofort die Augen, als wenn er nur darauf gewartet hätte, endlich ein gemütliches Plätzchen zum Schlafen zu finden.

Seine gleichmäßigen Atemzüge bereiteten mir eine Ruhe, die mir half, nicht an Zola zu denken. Ich wollte nicht an sie denken, weil ich wusste, dass es sonst eine schwierige Nacht werden würde für mich. Ich dachte an Vicky, wie sie mit Pauli auf ihrem Schoß hier auf der Bank gesessen hatte. Ich genoss das Gefühl, ihm einen guten Schlafplatz zu geben und wagte es nicht, mich zu bewegen. Außer, dass er ab und zu mit seinem gesunden Ohr zuckte, verhielt er sich auch ganz still. Er vertraute mir, dass ich ihn nicht beim Schlafen stören, dass ich nicht einfach aufspringen und ihn runterwerfen würde. Er vertraute mir, dass er bei mir sicher war. Und das war für mich ein sehr schönes Gefühl.

Erst nach einer langen Zeit, es muss fast Mitternacht gewesen sein, stellte Pauli seine Ohren auf, öffnete langsam ein Auge und erhob dann ruckartig den Kopf. Er schien in der Dunkelheit zwischen den Gräbern irgendetwas zu fixieren. Als ich schon dachte, er würde sich sicher gleich wieder hinlegen, sprang er in einem Satz von meinem Schoß hinunter auf den Boden vor mir und marschierte langsam den Weg entlang. Nach einer Weile blieb er stehen, setzte sich kurz, um sich zu putzen und verschwand dann ganz in der Dunkelheit. Ich ging daraufhin nach Hause und sofort ins Bett.

Am nächsten Morgen stand ich bereits um sieben Uhr auf, machte schwerfällig eine halbe Stunde Sport auf meinem Trimmrad, duschte und bereitete mir in der Küche ein Müsli. Dabei kam mir die Idee, dass ich Pauli doch in den Garten eine Schale mit Milch stellen könnte. Ich ging also zum Fliederbusch und stellte vor der Mauer eine große Schale auf, die ich bis zum Rand mit Milch füllte. Mal sehen, ob ich dadurch Pauli wieder an sein altes zu Hause heranführen konnte.

Gegen kurz nach neun war ich bereits mit all meinen morgendlichen Verpflichtungen und Vorbereitungen fertig und ging zum Café Commercial. Natürlich war ich viel zu früh für meine Verabredung mit Malaika, aber das war okay. Lieber war ich viel zu früh, als dass ich zu spät zu einem Treffen gekommen wäre. Ich setzte mich an meinen Tisch, bestellte das Gleiche wie immer und wollte in meinem Buch lesen.

Doch dann kamen wieder diese Gedanken, die ich die letzte Nacht so erfolgreich unterdrückt hatte. ‚Zola tot' hatte Malaika gesagt. ‚Zola tot'. War es möglich, dass Malaika sich getäuscht hatte? Ihr Deutsch war bei Weitem nicht so gut wie das von Zola, und vielleicht hatte sie dadurch etwas falsch verstanden. Nur wie konnte man ‚tot' falsch verstehen?

Ich schaute alle fünf Minuten auf die Uhr, aber selbst als es zehn Uhr wurde, war von Malaika noch keine Spur. War ihr am Ende vielleicht auch etwas zugestoßen? Hatte Zolas Mörder jetzt auch Malaika auf dem Gewissen? Stand er vielleicht bereits zu dem Zeitpunkt hinter ihr, als sie mit mir telefoniert hatte, so dass er sie dann von hinten kaltblütig ermordet hatte?

Als Malaika um halb elf immer noch nicht da war, bestellte ich noch einen Espresso, obwohl ich eigentlich lieber gegangen wäre, um sie von zu Hause aus anzurufen.

Aber dann kam sie doch. Sie trug ein langes, dunkelblaues Kleid, dazu Flip-Flops und eine schwarze Sonnenbrille mit riesigen Gläsern. Zola war auch nicht klein, aber Malaika war ziemlich groß und sehr schlank. Ihre krausen Haare, die weit in alle Richtungen standen, waren sowas wie ihr Erkennungszeichen. Ein echter Afrolook eben. Ihre Erscheinung hatte insgesamt etwas Erotisches, auch wenn sie sicher nicht mein Typ war. Sie hätte ein Model für irgendeine noble Modemarke sein können.

Sie durchsuchte mit ihren Blicken kurz das Lokal nach mir, konnte mich aber nicht finden. Als sie jedoch im Gegenzug fast alle Blicke auf sich gezogen hatte, besonders die der männlichen Gäste, stand ich auf und hob einen Arm. Sie nickte mir zu und kam zielstrebig an meinen Tisch.

„Sie sind Herr Wilhelm?" fragte sie mich.

„Ja, Wilhelm von Popp. Nennen Sie mich gerne Wilhelm. Freut mich Sie kennenzulernen." Ich hielt ihr die Hand entgegen, die sie kurz berührte. Von einem Händedruck konnte nicht die Rede sein. Sie schaute sich hektisch um und setzte sich dann auf den zweiten Stuhl an meinem Tisch.

„Danke, dass sie kommen konnten", sagte ich. Sie legte ihr Handy auf den Tisch, um es im nächsten Moment wieder in beide Hände zu nehmen. Sie sagte nichts, sah mich eine Zeit lang durchdringend an und schien dann lange nach den richtigen Worten zu suchen.

„Geht es Ihnen heute besser?" fragte ich sie. Sie antwortete nicht, biss sich auf die Lippen und zögerte weiterhin. Dann sagte sie zaghaft:

„Ich habe angerufen, weil Sie sich um Zola gekümmert. Sie immer gerne bei ihnen gearbeitet. Sie guter Mensch."

Ich war mir nicht sicher, ob sie mit *Sie* Zola oder mich meinte. Malaika hob den Kopf, um mich anzusehen, aber ich konnte ihre Augen durch die Sonnenbrille nicht erkennen. Ich nickte nur wie zur Bestärkung, dass ich sie weiterreden ließe. Sie machte eine lange Pause, in der der Kellner an unseren Tisch kam und sie bestellte, ohne lange zu überlegen, eine Cola. Im nächsten Moment klingelte Ihr Handy, aber sie drückte den Anrufer weg. Sie legte das Telefon auf den Tisch und blickte auf ihre Hände, während sie sich wieder auf die Lippen biss.

„Können Sie mir sagen, wie es passiert ist?" flüsterte ich.

Sie nickte mehrmals, als wollte sie sagen, dass sie genau daran die ganze Zeit formulierte.

„Tablets", sagte sie dann leise.

„Tabletten?" fragte ich erstaunt. „Sie meinen sie hat sich umgebracht? Mit Tabletten?" Diese Möglichkeit war mir gar nicht in den Sinn gekommen. Warum sollte sich Zola, ein Mensch, der vor Lebenslust und Energie nur so sprühte, sich selbst umbringen. Ich war fassungslos.

„Aber warum?"

Malaika zuckte leicht mit den Schultern, als hätte sie nicht die geringste Vorstellung und fing wieder an zu weinen. Die Tränen kullerten unter ihrer Brille hervor und liefen über ihre Wangen. Sie suchte nach einem Taschentuch und ich reichte ihr ein frisches Papiertaschentuch, das ich in der Hosentasche hatte. Es dauerte lange, bis sie weiterreden konnte. Ich bekam langsam eine bildhafte Vorstellung, wie sie das gestrige Telefonat mit mir geführt hatte. Sie hielt sich die Hände vor die Augen, atmete tief durch und setzte sich dann wieder aufrecht hin.

„Zola", fing sie an und machte wieder eine lange Pause. Sie holte tief Luft und sagte: „Zola nicht zurück nach Uganda."

Wieder brach sie in Tränen aus. Es dauerte eine Ewigkeit, bis ich endlich verstand, was sie mir sagen wollte. Zola und Malaika hatten vor ein paar Wochen beide gleichzeitig eine Ablehnung auf ihren Antrag einer Aufenthaltsgenehmigung bekommen. Das bedeutete für die beiden, dass sie innerhalb von dreißig Tagen das Land verlassen mussten. Wenn sie nicht freiwillig gingen, dann würde die Ausländerbehörde sie zwangsausweisen. So stand es wohl in dem Schreiben. Aber Zola wollte und konnte nicht zurück nach Uganda. Sie wäre dort nicht sicher gewesen. Uganda galt zwar mittlerweile durchaus als sicheres Land, soweit man das von hier aus beurteilen konnte. Aber das galt nicht für Zola. Ihre Eltern wurden einst kaltblütig ermordet und sie hatte wahrscheinlich nur überlebt, weil ihre Großmutter Naisula sie daraufhin ihr Leben lang bei den Massai versteckt hatte. Zola hatte nichts und niemanden mehr in Uganda, keine Familie, der sie vertrauen konnte oder wo sie hätte wohnen können. Hätte sie zurück nach Uganda gehen und wie damals mit ihrer Großmutter alleine als Halbnomadin durchs Land ziehen sollen? Konnte das das Ziel sein für eine junge, moderne Frau? Dafür war Zola zu intelligent, hatte bereits zu viel gesehen und wusste, was sie alles schaffen konnte. Sie hatte einen Traum, sie hat ihn mir ja erzählt. Ihr Leben war die Musik. Sie wollte Botschafterin für afrikanische Musik werden, sie hätte

Botschafterin für ganz Afrika werden können. Sie hätte alle Menschen mit ihrer Begeisterung, ihrem Lachen und ihrer Lebensfreude mitgerissen. Und jetzt war sie tot.

Malaika hatte Zola vor zwei Tagen tot im Bett liegend gefunden. Auf ihrem Nachttisch stand eine kleine Schale mit Pillen, lauter rote und weiße Pillen, leere Packungen eines Schmerzmittels und ein halbvolles Glas. Sie musste eine Handvoll Pillen geschluckt und das Ganze mit Wasser runtergespült haben. Malaika hatte die Polizei gerufen, aber die meinten nur: ‚Kein schöner Tod, aber sicher hatte sie keine Schmerzen'. Wie pietätslos.

Zola hatte einen Zettel hinterlassen, nicht wirklich ein Abschiedsbrief. Nur ein Zettel, auf dem sie Malaika darum bat, mit dem Geld, das sie gespart hatte, ihren Köper verbrennen zu lassen und ihre Asche in einer Urne zu vergraben. Sie solle sich ansonsten von Zolas Habseligkeiten nehmen, was sie gebrauchen könne und den Rest wegwerfen. Mir fiel ein, dass ich auch noch ein paar von Zolas CDs in meiner Wohnung hatte. Malaika überlegte kurz und sagte, ich könnte sie gerne behalten, wenn ich wollte.

Nachdem Malaika mir das alles erzählt hatte, machte sie einen tiefen Seufzer, als hätte sie eine wichtige Tat hinter sich gebracht. Wahrscheinlich war es auch so, sie hatte es sich von der Seele geredet, hatte mit jemanden über Zola reden können, der sie ebenfalls gut kannte. Sie setzte sich auf, als wollte sie gehen und schaute sich nach dem Kellner um. Aber ich stellte ihr noch wie beiläufig eine Frage.

„Als sie vor ein paar Wochen mit Zola hier im Café waren, da hatten Sie beide eine lautstarke Diskussion. Wissen Sie noch, worum es dabei ging?" Ich zeigte auf den Tisch am Fenster, an dem sie gesessen hatte. Sie sah mich überrascht und mit offenem Mund an. Sie musste etwas überlegen, um sich die Situation wieder ins Gedächtnis zu rufen und nickte dann.

„Ja, wir hatten Streit", sagte sie zögerlich. Sie senkte ihren Kopf, als wenn ihr das alles heute leidtat.

„Wir nie streiten. Nur an diesem Tag wir hatten Streit."

Im nächsten Moment bereute ich, dass ich diese Frage gestellt hatte, denn Malaika schossen wieder die Tränen in die Augen, so dass sie am Ende doch wieder ihre Brille abnehmen musste, um ihr Gesicht zu trocknen.

Nach und nach erzählte sie mir, dass sie an genau dem Tag hier im Café waren, als sie am Morgen die Ablehnung der Ausländerbehörde bekommen hatten. Sie waren beide sehr verzweifelt wie man sich leicht denken konnte. Zola musste ohne Unterlass gesagt haben, dass sie nie und niemals nach Uganda zurückkehren würde. Malaika hatte versucht, sie doch davon zu überzeugen. Aber es war vergeblich. Zola hatte viel zu viel Angst.

Malaika hatte zwar auch eine Ablehnung ihres Aufenthaltsantrags bekommen, aber sie hatte ihre Freundin an dem Tag ins Café einladen wollen, um ihr zu offenbaren, dass sie von ihrem deutschen Freund schwanger war und er sie heiraten wollte. Das gab ihr dann wohl die Möglichkeit, erst einmal hier in Deutschland bleiben zu können. Zola war zwar im ersten Moment sehr froh für ihre Freundin und hatte sich für die gefreut, aber dennoch war das Gespräch im weiteren Verlauf dann ungewollt eskaliert, weil Zola ihrer Freundin vorwarf, dass sie das mit der Rückkehr nach Uganda ja jetzt leicht sagen konnte, weil das für sie ja alles dann nicht mehr galt. Aber sie könnte nicht zurück und sie ginge auch nicht zurück. Das hatte sie also alles damals gebrüllt, als sie alle Aufmerksamkeit im Café auf sich zog und rausgerannt war.

„Sie waren das", sagte Malaika dann. „Ich sie da schon mal gesehen."

Sie sagte, sie hätte schon die ganze Zeit überlegt, wo sie mich schon mal gesehen hätte, woher sie mich kannte. Ich bestätigte, dass ich es war, der damals ihre Rechnung übernommen hatte. Dann schien für sie alles gesagt, was gesagt werden musste. Sie stand auf, hielt mir zum Abschied nochmal die Hand hin und ging. Und ich übernahm wieder einmal die Rechnung.

Kapitel 23

Als ich nach Hause kam, ergriff mich eine große Leere. Die Wärme, die meine Wohnung jedes Mal erfüllt hatte, als Zola hier gesungen, getanzt und gelacht hatte, würde nie wiederkommen. Zola war von mir gegangen, und mit ihr all die lebensbejahende Freude und der optimistische Blick auf die Dinge. Es wurde stiller in meinem Leben. Zola – die Stille. Jetzt passte der Name ironischerweise doch zu ihr.

Am Abend ging ich in den Garten zum Fliederbusch um nachzusehen, ob die Schale mit der Milch geleert war. Und das war sie. Ich füllte sie wieder auf und stellte sie diesmal nahe an die Kellertreppe, die zur Hintertür führte, wo es auch eine Katzenklappe gab. Ich ging zurück in meine Wohnung und fand zu meiner Überraschung eine weitere E-Mail von Black Soul.

„Lieber Wil,
es ist an der Zeit, dass ich Dir wieder schreibe. Ich wollte Dir berichten, dass es mir jeden Tag ein wenig besser geht. Ich erkenne den Fortschritt jeden Morgen, wenn ich in

den Spiegel sehe und meine Haare wieder etwas länger geworden sind.

Ich arbeite mit sehr guter Unterstützung daran, meine Selbstentfremdung loszuwerden und mir mein wahres Ich wieder zurückzuholen. Ich habe noch nie so tief in meine eigene Psyche schauen können, mich noch nie so intensiv mit mir allein beschäftigen können. Es ist sehr spannend und erlösend, wenn man die Ursachen für die eigenen Gewohnheiten und Marotten erkennt. Und das Gute daran ist, dass die Lösung einem auf einmal ins Gesicht springt."

Die Nachricht war ziemlich lang, denn Vicky beschrieb ihren gesamten Tagesablauf in der Klinik, wieder so, als müsste sie das alles in einem Tagebuch festhalten. Sie berichtete von dem Zimmer, in dem sie lag, von der anderen Frau, mit der sie sich dieses Zimmer teilte, vom Gebäude, in dem sie wohnte, vom Ablauf der Mahlzeiten und so weiter. Außerdem berichtete sie über ihre Sessions, wie sie es nannte. Sie nahm an verschiedenen Therapiesitzungen teil, mal allein und mal in der Gruppe, bei denen sie ihr wahres Ich zu finden versuchte. Sie nannte es die Integration der abgespaltenen Wesenszüge und Erneuerung des eigenen Selbstbildes. Dabei war es stets das Ziel, dass sie ihre eigenen Bedürfnisse erforschte. Daran wollte sie sich künftig orientieren und nicht an den Erwartungen anderer. Dann schrieb sie noch einiges, dass sie künftig ihrer inneren Stimme und ihrer Intuition folgen wollte und gerade lernte, ihre Gefühle zu erkennen, anzunehmen und auszudrücken. Aber mit keinem Wort erwähnte sie ihren Selbstmordversuch. Sie wusste es also immer noch nicht. Am Ende ihrer Nachricht stand dann:

„Nochmal danke dafür, dass ich Dir das alles schreiben darf. Ich bin sehr froh, dass du für mich da bist und mir zuhörst. Das ist mir sehr wichtig.

Deine Vicky

PS: Du kannst mir jetzt ruhig antworten ;-)"

Ich las die ganze E-Mail nochmal von vorne, um eventuell zwischen den Zeilen doch einen Hinweis darauf zu bekommen, dass sie von ihrem versuchten Suizid wusste, fand aber nichts. Wie sollte ich ihr antworten, ohne dieses Thema ständig vor Augen zu haben? Ihr Selbstmordversuch war so etwas wie der rosa Elefant mitten im Raum, den niemand ansprach. Ich beschloss, ihr erst einmal nicht zu antworten. Ich wäre mir zu heuchlerisch dabei vorgekommen, als hätte ich sie belügen müssen.

Am nächsten Morgen war Pauli wieder da. Ich hatte gerade mein Fitness-Pensum mit einer halben Stunde Trimmrad fahren absolviert und mir einen Kaffee zubereitet, als mir einfiel, dass ich dringend nach der Milchschale im Garten schauen musste. Also bin ich gleich nach dem Frühstück runtergelaufen, um die Schale wieder aufzufüllen.

Und dann saß er da vor der leeren Schale. Bei Licht war er doch nicht so abgemagert, wie er mir in der Nacht vorgekommen war. Er musste also scheinbar doch irgendwo eine Ersatzfamilie gefunden haben. Aus irgendeinem Grund jedoch kam er wieder zurück. Und sicher war das nicht nur meine Milch. Ich füllte seine Schale wieder auf und schaute zu, wie er sie noch ein weiteres Mal komplett leerte, dann aber schnurrend um meine Beine lief, was wohl so viel heißen sollte wie ‚danke schön'. Ich ging in die Hocke, um ihn zu streicheln, aber er sprang gleich auf meinen Schoß. Also nahm ich ihn auf den Arm, kraulte ihn noch etwas hinter seinem gesunden Ohr und ging langsam in Richtung der Kellertür. Pauli schien das ganz recht zu sein, denn er machte nicht die geringsten Anstalten, mir wieder vom Arm zu springen. Scheinbar war seine Vagabundenzeit vorbei und er wollte wieder zurück nach Hause, wo er sich auskannte und wo sein Frauchen ihn regelmäßig und im Überfluss fütterte. Ich trug ihn die Treppe hinauf bis zu Oma Hirmers Wohnungstür. Ich klingelte und klopfte mehrmals, doch niemand öffnete die Tür und mir fiel ein, dass Oma Hirmer ja wegziehen wollte. Aber war sie denn schon umgezogen? Ich hatte gar nichts bemerkt. Ich klingelte noch ein letztes Mal, doch es blieb mir nichts anderes übrig, als Pauli erst einmal mit zu mir zu nehmen.

Sobald ich meine Wohnungstür geöffnet hatte, sprang er mir vom Arm und begann, alle Zimmer zu inspizieren. Er entschied sich dann für das Schlafzimmer, sprang auf mein Bett, rollte sich langsam zusammen, indem er wie damals auf der Parkbank zuvor mehrmals im Kreis trippelte und schlief schließlich ein. Ich läutete an dem Tag noch zweimal an Oma Hirmers Wohnungstür, aber stets erfolglos. Von meinem Einkauf für mein Abendessen brachte ich für Pauli eine Dose Katzenfutter mit, das er zusammen mit einer Schale Wasser ohne Unterbrechung wegfraß. Dann saß er solange im Flur vor meiner Wohnungstür, bis ich sie ihm öffnete und er mit großen Sprüngen die Treppe runterlaufen konnte. Als ich am nächsten Morgen zur Universität fahren wollte, da saß er wieder vor meiner Tür, als wäre es das Normalste von der Welt. Ich ließ ihn in meine Wohnung und er lief ohne langes Zögern in mein Schlafzimmer und rollte sich wieder auf meinem Bett ein, als wenn er nie etwas anderes gewollt hätte. Ich ging zur Universität mit einem etwas unbekannten Gefühl, das mir sagte, dass Pauli sich bei mir scheinbar wohl fühlte. Nur wieso merkte ich, dass Pauli sich bei mir wohlfühlte, wo ich das bei Zola nie so wahrgenommen hatte? Obwohl es doch wohl offensichtlich so gewesen sein musste. Malaika hatte das doch auch bestätigt. Ich verdrängte den Gedanken und vertiefte mich in irgendein Buch zum Thema Angstüberwindung.

Etwa eine Woche später wurde ich in aller Frühe von lauten Geräuschen im Haus geweckt. Ich schaute aus dem Fenster zur Straße, wo Männer gerade einige Dinge in einen Kleintransporter luden, die sie vorher durch unser Treppenhaus getragen hatten. Es waren die Möbel von Oma Hirmer, wahrscheinlich stand ihr finaler Umzug an. Ich beeilte mich mit meiner Morgentoilette und ging noch vor dem Frühstück einen Stock tiefer, um zu sehen, ob Oma Hirmer auch anwesend war. Die Wohnungstür stand offen und der Türrahmen war mit Papier abgeklebt. Sicher, um die Tür beim Auszug nicht noch zu verkratzen. Ich blieb vor der Wohnung stehen und klopfte.

„Hallo? Guten Morgen?" rief ich in die bereits fast leere Wohnung, denn der Widerhall war ungewöhnlich laut.

„Ja?" antwortete eine Stimme von weit hinten. Ich hörte Schritte und sah einen mir bekannten Mann auf mich zukommen.

„Guten Morgen, lieber Herr Hirmer. Wie geht es Ihnen und Ihrer lieben Frau Mutter?" fragte ich höflich. Oma Hirmers Sohn war in dieser Wohnung aufgewachsen. Aber seit er vor mehr als 20 Jahren weggezogen war, hatte ich ihn nur noch selten gesehen. Er war einer der Männer, die ihrer Mutter wie aus dem Gesicht geschnitten waren. Seine Pausbacken und seine stark untersetzte Figur waren Zeugen der besonderen Einzelkinderziehung auf Basis von Extraschokolade und Zusatzeis.

„Herr von Popp, danke der Nachfrage. Es geht ihr gut. Den Umständen entsprechend eben, nicht wahr?" Er schaute mich mit ernstem Gesicht an. „Wir sind nur hier, um die letzten Dinge aus der Wohnung zu räumen. Zwischen den Tagen mache ich dann die Übergabe mit ihrem Hausverwalter. Es scheint keine Probleme zu geben, nicht wahr?"

„Da habe ich gar keine Bedenken, Herr Hirmer. Nicht die geringsten. Es freut mich, wenn es Ihnen und Ihrer Mutter soweit gut geht. Grüßen Sie sie doch bitte ganz herzlich von mir."

„Das mache ich", antwortete er. „Warten Sie mal...." Er kramte in seiner Hosentasche nach irgendwas, konnte aber nichts finden. Dann schlug er sich auf die beiden Beintaschen an seiner Hose und an sein Hinterteil, hielt kurz inne, als ob er seine Gedanken rekapitulieren müsse. „Ich weiß, ich habe ihn irgendwo hingelegt."

Ich lächelte ihn fragend und interessiert an. Er tippte sich schnell mit dem Finger an die Stirn, um mir ein Zeichen zu geben, dass ihm jetzt wieder einfiel, wo er was auch immer hingelegt hätte. Er verschwand im hinteren Zimmer und kam kurz darauf mit einem Schlüssel in der Hand zurück.

„Ihr Wohnungsschlüssel. Den hat die Afrikanerin vor einigen Tagen bei meiner Mutter abgegeben, als sie sich von ihr verabschiedet hat. Bitte schön."

Ich sah ihn verwundert an und nahm den Schlüssel entgegen. „Zola?" fragte ich zögernd.

„Ja, das kann sein. Eine Afrikanerin, nicht wahr?" Ich nickte zustimmend. Ich nahm den Schlüssel in die eine Hand und legte stumm die andere darauf, als müsste ich den Schlüssel beschützen. Ich blickte auf meine Hände und machte einige langsame Atemzüge.

„Ja, kann ich sonst noch irgendwas für Sie tun?" fragte Herr Hirmer, auf den ich sicher einen sehr sonderbaren Eindruck gemacht haben musste. „Wir müssen nämlich sehen, dass wir hier fertig werden, denn wir müssen den Transporter zurückgeben, nicht wahr?" Er wippte ungeduldig auf der Stelle und schaute mich mit großen Augen an.

„Nein, danke schön", antwortete ich. „Das heißt... Einen Moment bitte." Ich ließ ihn genauso fragend an der Tür stehen wie er mich zuvor und rannte in meine Wohnung. Pauli lag auf meinem Bett und schlief. Er wehrte sich nicht, als ich ihn unsanft auf den Arm nahm und mit ihm die Treppe runter lief, wo Oma

Hirmers Sohn immer noch ungeduldig wippend in der Tür stand. Aber er wusste sofort, was los war.

„Ist das Mutters Katze?" fragte er, machte einen Schritt nach hinten und streckte mir abwehrend beide Handflächen entgegen. „Denken Sie bloß nicht, dass ich die mitnehme. Mutter wohnt jetzt bei mir und eine Katze kommt mir nicht ins Haus. Ich war nicht traurig, als sie weg war, nicht wahr?"

„Lieber Herr Hirmer", antwortete ich langsam aber entschieden. Er zog den Kopf nach hinten und formte ein Doppelkinn. Ich holte tief Luft: „Ihre liebe Frau Mutter hatte mich seinerzeit gebeten, Augen und Ohren nach ihrem geliebten Pauli offen zu halten. Er war damals ein großer Verlust für sie und sie hat sicher bereits geglaubt, dass sie ihn nie wieder lebendig sehen würde." Er schien wenig überzeugt, denn er verschränkte die Arme.

„Sie können Ihre liebe Frau Mutter sehr glücklich machen, wenn Sie ihr ihren geliebten Pauli wiederbringen. Ich verstehe Ihre Vorbehalte, aber vielleicht ist es einfach einmal an der Zeit, dass Sie ihre selbstlimitierenden Denkmuster überwinden." Ich warf ihm Pauli quasi in die Arme. Hätte er Pauli nicht gefangen, wäre er sicher auf dem Boden gelandet.

„Mit den besten Grüßen an die Frau Mutter", sagte ich in sein verblüfftes Gesicht. Oma Hirmers Sohn stellte sich zwar völlig unbeholfen an, aber Pauli blieb auf seinem Arm sitzen. Er hatte meiner Überzeugungskraft nichts mehr entgegenzusetzen. Ich streichelte noch einmal den Kopf des Katers, dessen Augen mich ansahen, als wollte er sich bei mir für alles bedanken. Vielleicht war es aber auch einfach nur ein Ausdruck der Teilnahmslosigkeit. Ich wusste es nicht.

Oma Hirmers Sohn trat mit der Katze auf dem Arm einen Schritt zurück und schaute abwechselnd zu mir und zu Pauli.

„Ja dann", sagte er, als er erkannte, dass es für ihn keinen anderen Weg gab. „Ja dann, frohe Weihnachten, nicht wahr?"

„Ihnen auch frohe Weihnachten", entgegnete ich und ging wieder die Treppe hinauf zu meiner Wohnung.

Eine lange Mission war beendet. Ich war mir ziemlich sicher, dass Oma Hirmer sich sehr freuen und ihren Pauli wahrscheinlich vor lauter Glück mästen würde, bis er eines Tages an Herzversagen das Zeitliche segnete. Aber ich hatte Oma Hirmer glücklich gemacht. Und Pauli wahrscheinlich auch.

Oben angekommen probierte ich den Schlüssel aus, den Oma Hirmers Sohn mir gegeben hatte. Er passte. Also hatte Zola ihn bei Oma Hirmer abgegeben? Vor einigen Tagen? Also sicher nur kurz vor ihrem Selbstmord. Sie wollte sich von Oma Hirmer verabschieden, aber nicht von mir. Wie war das möglich? Nur wegen des einen unrühmlichen Abends? Und es war nicht mal der ganze Abend. Es war doch nur das Ende des Abends. Alles war doch nur ein Missverständnis gewesen. Wir hätten nie wieder darüber reden müssen. Aber sie hätte sich doch unter irgendeinem Vorwand - Umzug, Reise, was auch immer - von mir ebenfalls verabschieden können. Aber sie tat es nicht. Stattdessen schluckte sie zu viele Tabletten und legte sich ein letztes Mal ins Bett.

In dem Moment kam mir ein schrecklicher Verdacht. Ich rannte zu meiner Kommode im Wohnzimmer und öffnete die unterste Schublade. Alle meine roten Pillen, die ich bis zur Übergabe von Hannes auf Christian dort gebunkert hatte, waren weg. Restlos alle! Die Schublade war vollkommen leer.

Kapitel 24

Zola war also wohl noch in meiner Wohnung gewesen. Sie war ein letztes Mal in meiner Wohnung und hatte alle meine Pillen mitgenommen. Wieso hatte sie das getan? Sie musste den Moment genau abgepasst haben, den Zeitpunkt, an dem ich nicht zu Hause war. Ich hörte immer wieder Malaikas Worte ‚*auf ihrem Nachttisch stand eine kleine Schale mit weißen und roten Pillen*'. Zola hatte sich mit einer Überdosis meiner Pillen, mit den Pillen, die ich nicht einnehmen wollte, selbst das Leben genommen.

Ich ließ die leere Schublade meiner Kommode offenstehen und sank auf die Knie. Zola hat sich das Leben genommen, mit meinen Pillen. Ich merkte plötzlich, wie ich am ganzen Körper zitterte. Diese Gewissheit, die Erkenntnis dieser unumgehbaren Tatsache lastete mit einem Mal so heftig auf mir, als wenn mir jemand einen Amboss auf die Brust genäht hätte. Ich war mitverantwortlich für Zolas Tod, daran ließ sich nicht rütteln.

Mein Kopf wurde schwer, meine Kieferknochen fielen nach unten und es erfasste mich eine große Angst. Ich stützte meinen Kopf auf beide Arme, um im nächsten Moment meine Hände vor die Augen zu halten. Etwas stieg in mir auf, ein Schmerz, der befreit werden musste. Ich konnte es nicht aufhalten. Tränen stiegen in meine Augen und ich heulte, wie ich es als Erwachsener noch nie getan hatte. Ich ließ mich auf die Seite fallen und heulte, als würde sich ein lange verkalktes Ventil langsam öffnen. Erst strömte die Luft nur schwer hindurch, da der Kalk von all den Jahren noch ziemlich dick und fest saß. Aber die Luft hat eine solche Kraft, dass der Kalk langsam abblättert, so dass die Öffnung immer größer wird, bis sich ganze Brocken lösen und mit einem Mal die Luft mit ihrer ganzen Kraft durchströmen kann. Als ich mich nach einer Weile wieder etwas gefasst hatte, legte ich mich auf den Rücken und starrte lange Zeit an die Decke. Mein Kopf tat mir weh und meine Augen fühlten sich aufgequollen an.

An Heiligabend kam wieder eine Nachricht von Vicky, die lediglich Weihnachtsgrüße enthielt. Sicher hätte ich darauf antworten sollen. Aber zum einen saß der Schock meiner Mitverantwortung für Zolas Tod noch zu tief, und zum anderen hatte ich immer noch das Gefühl, nicht ehrlich zu Vicky zu sein, wenn ich ihr nur alibimäßig antwortete. Ich fuhr am Nachmittag zu meiner Mutter in die Alterspension, wo ein Pfarrer die Christmette hielt. Aber meine Mutter wollte das Bett nicht verlassen. Weihnachten war ihr bereits kein Begriff mehr. Statt zur Mette zu gehen, blieben wir also in ihrem Zimmer. Ich setzte mich an ihr Bett und hielt ihre Hand, während sie schlief. Sie fühlte sich fast leblos an. Ich hatte das Gefühl, als stünden ihre Knochen an den Fingergelenken unnatürlich heraus. Ich streichelte über ihre Hand und glaubte, ihr trotz ihrer Krankheit ganz nah zu sein. Sie hatte die Augen geschlossen und den Kopf zur anderen Seite gedreht, trug die Haare zumeist offen, damit der Zopf oder mögliche Spangen ihr keine Druckstellen bereiteten. Außerdem war sie ungeschminkt, was ihre Augenringe noch mehr zum Vorschein brachte. Wie wenn sie mir sagen wollte, dass sie sich freute, dass ich hier war, drehte sie dann den Kopf nach einer Weile zu mir. Jedoch ohne die Augen zu öffnen. Ihr Atem ging ganz ruhig und gleichmäßig und an ihren Schläfen glaubte ich ihren Pulsschlag lesen zu können.

Ich hatte das starke Bedürfnis, mit ihr zu reden, ihr etwas zu erzählen und sie lachen und singen zu hören. Ich wollte ihre schöne Stimme hören. Dabei musste ich unweigerlich an Zola denken und ich fing an, meiner Mutter von Zola zu erzählen. Ich berichtete davon, wie ich sie kennen gelernt hatte, wie ich ihr einen Job angeboten hatte, damit sie sich in der Zeit, in der sie auf ihre Aufenthaltsgenehmigung wartete und noch nicht studieren konnte, was dazuverdienen konnte. Ich erzählte von ihrer Lebensfreude, von ihren Plänen, von ihrer Musik und wie sie meine Wohnung und mein Leben mit Sonnenschein erfüllt hatte. Ich erzählte meiner Mutter auch, wie Zolas Kindheit war und warum sie nicht wieder nach Uganda zurückkehren konnte. Und schließlich erzählte ich von Zolas Tod, ein Tod, für den ich am Ende mitverantwortlich war. An dieser Stelle liefen mir die Tränen über das Gesicht. Ich wiederholte meine Mitverantwortung an Zolas Tod noch einmal wie zu einer Beichte, legte meine Stirn auf die Hand meiner Mutter und heulte wie ein kleines Kind.

Was dann geschah, werde ich in meinem Leben nie vergessen. Meine Mutter legte mir ihre andere Hand auf den Kopf und streichelte mich zur Beruhigung, so wie damals, als ich ein kleiner Junge war und mir ein Knie aufgeschlagen hatte. Als wollte sie mir sagen ‚*Mach dir keine Sorgen, alles ist gut, mein Sohn'*. Ich lag eine lange Zeit so mit meiner Stirn auf ihrer Hand und genoss das Gefühl ihrer anderen Hand an meinem Hinterkopf. Irgendwann hatte ich mich beruhigt und erhob mich. Dabei schaute ich meiner Mutter direkt in die Augen. Sie lag einfach da, hatte den Kopf kaum bewegt, aber sah mich mit einer Warmherzigkeit an, wie ich sie schon lange nicht mehr gefühlt hatte. Und ich spürte, wie sehr ich den grünen Ring um ihre Pupillen liebte.

Zu Silvester kam auch wieder eine E-Mail von Vicky, diesmal mit dem Wunsch, gut ins neue Jahr zu rutschen. Sonst nichts. Aber statt ihr zu antworten, las ich nochmal in ihrer langen Nachricht vom letzten Mal, die sie mir unten angehängt hatte. Ich scrollte vorbei an ihrer Beschreibung des Alltags, ihren Therapiesitzungen bis zu dem Punkt, wo sie ihre guten Vorsätze erwähnte.

„Ich arbeite daran, meine Gefühle zu erkennen und sie auch zuzulassen. Und ich meine damit alle Gefühle. Gefühle zuzulassen bedeutet, lebendiger zu werden, eine tiefe Freude zu erleben und Blockaden zu überwinden, indem man sich von selbstlimitierenden Glaubenssätzen verabschiedet."

Auf einmal ergaben Vickys Worte für mich einen Sinn und ich konnte verstehen, was Vicky mir damit sagen wollte. Diese Erkenntnis gab mir die Zuversicht, wieder etwas mehr über den Menschen Viktoria gelernt zu haben, was weit über das hinausging, wie sie sich mir auf unserer Bank auf dem Friedhof gezeigt hatte. Ich ging mit dem wohligen Gefühl ins Bett, dass dieses Jahr wie ein Kapitel in meinem Leben zu Ende ging, heute Nacht. Und morgen würde alles anders sein, ein neuer Wilhelm, ein neues Leben.

Am nächsten Morgen schlief ich etwas länger, weil ich durch das Silvesterfeuerwerk um Mitternacht nicht hatte einschlafen können. Ich trank meinen Kaffee und aß einen großen Teller Müsli. Ich war voller Tatendrang und als mein Blick wieder einmal auf die Lücke an der Wand in meinem Kakteenfeld fiel, entschied ich mich kurzerhand, mit meinem Rad in den Botanischen Garten zu fahren, wo ich jetzt schon länger nicht mehr gewesen war. Die Luft unterwegs war kalt und es lag noch reichlich Feuerwerksqualm darin. Ich fuhr so schnell, dass ich meinen Sport auf dem Trimmrad für diesen Tag als erledigt betrachten konnte. Ich war zwar nicht besonders früh dort, aber ich war trotzdem der einzige Besucher zu der Zeit. Warme schwüle Luft schwoll mir entgegen, als ich hinter der Kasse die große Glastür öffnete. Doch so wie ich diese Luft früher liebte, weil es sich für mich wie ein Besuch in einem tropischen Urlaubsparadies anfühlte, so sehr hasste ich sie an diesem Tag. Ich hatte das Gefühl, dass mir die Schwüle die Bronchien verkleben würde. Mein Kopf war feuerrot, sicher noch von der Fahrt. Aber eine Abkühlung war nicht in Sicht. Der Anblick der weiten

Kakteenfelder mit all ihren seltenen und überdimensionierten Arten erweckte in mir nicht mehr den Reiz des Besonderen, des Speziellen. Das Interesse an all den Kakteen war nicht mein Interesse. Ich hatte sogar das Gefühl, aufgrund der Schwüle und besonderen Gerüche dort regelrecht erbrechen zu müssen. Ich ging wieder an der Kasse vorbei, wo mich die Kassiererin als ihren einzigen Gast mürrisch musterte. Ich stürmte hinaus ins Freie, um die frische kühle Morgenluft in meine Lungen zu atmen. Das war es, was ich wollte: Frische, Unverbrauchtheit, Veränderung.

Nachdem ich wieder zu Hause angekommen war, öffnete ich als erstes meine Balkontür und entsorgte alle meine Kakteen im hohen Bogen und guter Treffsicherheit auf dem Komposthaufen im Garten.

Drei Tage später kam wieder eine Nachricht von Vicky, die mir gar nicht gefiel. Neben den üblichen Erzählungen über ihren Alltag, dessen Regelmäßigkeit und Struktur sie zu genießen schien, erzählte sie mir wie nebenbei von einer neuen Bekanntschaft.

„Ich wollte Dir von einem Mann erzählen, der meine Verwandlung begleitet. Nicht so sehr, wie ich es gerne möchte, aber er ist doch ständig präsent. Er sorgt sich um mich, vielleicht sogar mehr, als es meine Mutter je getan hat. Ich fühle mich sehr zu ihm hingezogen, weil ich merke, dass er mir guttut. Sehr gut sogar."

Dann erzählte sie mir noch von ihrer Neujahrsfeier und fragte mich, ob ich mir denn gute

Vorsätze für das neue Jahr vorgenommen hätte. Ja, dachte ich, das ist wohl so.

Vickys E-Mail hatte mich diesmal ergriffen, und ich wusste nicht warum. So las ich immer wieder die Stelle, wo sie mir von diesem Mann erzählte. Wer mag das wohl sein? Ein Arzt? Ein Pfleger? Ein anderer Patient? Wie dem auch sei: Ich wollte Vicky heute antworten, ganz egal, ob sie ihr gesamtes Bewusstsein wiedererlangt hatte oder nicht.

„Liebe Vicky,
es freut mich sehr, dass es Dir mittlerweile wieder besser geht. Vor allen Dingen freut es mich aber auch für Dich, dass Du scheinbar einem ganz anderen Rätsel Deines Ichs auf die Schliche gekommen bist und die Leere, von der Du mir erzählt hast, wieder mit Leben füllen kannst. Ich finde dies eine sehr schöne Vorstellung und ich würde Dich gerne dabei unterstützen, so gut ich es eben kann.

Du hast mich nach meinen guten Vorsätzen für das neue Jahr gefragt. Ja, da gibt es welche, denn auch ich möchte einiges in meinem Leben ändern. Auch ich arbeite gerade daran, alte Mauern einzureißen und neue Welten zu erkunden. Aber um dabei erst einmal kleine Schritte zu machen, habe ich mir vorgenommen, ab sofort mein Studium zum Abschluss zu bringen. Mir fehlen zwar noch einige Scheine im Hauptstudium und ich weiß auch nicht, ob andere nicht vielleicht schon verjährt sind. Aber ich habe mir dieses Ziel gesetzt und arbeite ab sofort darauf zu. Es ist ein schönes Gefühl im Leben einen Sinn zu sehen. Dafür hast Du mir die Augen geöffnet. Ich danke Dir dafür.

Dein Wil"

Ich war voller Verwunderung, welch ein Eigenleben das Schreiben dieser E-Mail entwickelt hatte. Ich las die Nachricht noch einmal. Doch es fühlte sich richtig an. Ich wollte das Studium durchziehen und ich wollte Vicky wiedersehen. Aber das Letztere traute ich mich nicht zu schreiben. Ohne weiter lange zu überlegen und dann die E-Mail am Ende doch womöglich wieder zu ändern, drückte ich auf Senden.

Um mein Vorhaben gleich in die Tat umzusetzen, radelte ich an die Universität, wo zwar noch wegen der Weihnachtsferien vorlesungsfreie Zeit war. Aber ich stellte mir anhand der dortigen Aushänge meinen Vorlesungsplan neu zusammen. Ich brauchte noch einige Scheine, bevor ich mich zur Abschlussprüfung anmelden konnte. Aber ich konnte das sicher in zwei Jahren schaffen. Vielleicht auch schneller.

Getragen von dieser Welle der Euphorie beschloss ich, heute in der Mensa zu essen. Es war nur eine Essenstheke geöffnet, aber es gab ein Fischgericht: Gebratener Kabeljau mit Pilzkruste auf Tomaten-Risotto mit Petersilien-Mandel-Pesto. Ich setzte mich allein an einen Vierertisch, was aber aufgrund des geringen Andrangs kein Problem war, und aß erstmals seit ich Student war in der Mensa. Und es hat zugegebenermaßen ganz gut geschmeckt. Beschwingt und voller Selbstbewusstsein radelte ich nach Hause, um gleich zu schauen, ob eine Antwort von Vicky da war. Noch bevor ich meine Emails überprüfen konnte, läutete jedoch das Telefon. Es war die Alterspension mit einer sehr schlechten Nachricht. Meine Mutter war an diesem Tag gestorben.

Kapitel 25

Meine Mutter starb drei Wochen vor ihrem siebzigsten Geburtstag. Ein Pfleger war am Morgen bei ihr gewesen, um sie zu wecken und zu füttern. Sie wurde nicht wach, atmete aber angeblich ganz normal. Man hat sie schlafen lassen und dann jede Stunde einmal nach ihr geschaut, konnte aber nichts Auffälliges feststellen. Erst als der gleiche Pfleger meiner Mutter gegen dreizehn Uhr etwas zu Mittag bringen wollte, weil sie ja bis dahin weder etwas gegessen noch etwas getrunken hatte, fand er sie leblos im Bett. Sie war scheinbar ohne Schmerzen einfach eingeschlafen.

Als ich eintraf, war der Pfarrer bereits wieder gegangen und sogar der Sarg stand bereits im Raum. Meine Mutter musste den Ablauf für ihren Todestag schon vor langer Zeit akribisch festgelegt haben, denn der Pfleger hielt einen Zettel in der Hand und las immer wieder davon vor. Man hatte auf mich gewartet, weil ich meine Mutter noch einmal in ihrem Bett sehen sollte, bevor sie in den Sarg gelegt wurde.

Sie lag dort in ihrem Bett genauso wie an Heiligabend. Und wie an Heiligabend stellte ich einen Stuhl an ihr Bett und streichelte ihre Hand, die sich diesmal jedoch bereits kalt anfühlte. Der Pfleger stand die ganze Zeit neben mir, um zu sehen, wann er den nächsten Punkt auf seiner Liste abhaken konnte. Alles war durchgetaktet. Ich hätte gerne noch einmal den grünen Ring in ihren Augen gesehen, aber dafür war es leider schon zu spät. Ich hatte das Gefühl, mir trotzdem die Zeit nehmen zu müssen. Vielleicht hätte ich das Vater-Unser beten sollen oder etwas in der Art. Aber ich war auf diese Situation nicht halb so gut vorbreitet wie meine Mutter. Da es für mich beim besten Willen nichts mehr zu tun gab, nickte ich nach einer kurzen Weile dem Pfleger still zu und er rief jemanden herbei. Gemeinsam legten sie meine Mutter in den Sarg, ließen jedoch den Deckel geöffnet, auf dem eine Rose zu sehen war. Ich fand, die passte sehr gut zu ihr.

Meine Mutter hatte sogar die Beerdigung schon organisiert, ich brauchte mich um nichts zu kümmern. Sie wurde an einem Samstag beigesetzt. Es musste wahrlich schwierig gewesen sein, zu dieser Jahreszeit das Grab auszuheben, denn es war an jenem Tag eisig kalt und der Boden war tiefgefroren. Wir standen an der Familiengruft und der Pfarrer hielt eine überschwängliche Rede, obwohl er meine Mutter ja kaum gekannt hatte. Meine Mutter war nie sehr religiös gewesen. Aber selbst da war zu vermuten, dass der Pfarrer einen Sprechzettel erhalten hatte, den meine Mutter noch zu ihren Lebzeiten erstellt hatte.

Es war verwunderlich, wie viele Menschen auf ihre Beerdigung gekommen waren. Scheinbar war der

Name von Popp immer noch etwas Herrschaftliches in dieser Stadt. Aber ich muss sagen, dass ich nur die Wenigsten kannte.

Ich stand ganz vorne am Grab, neben mir Professor Schwarz, den ich schon seit einiger Zeit nicht mehr gesehen hatte. Und als dann der Sarg ins Grab herabgelassen wurde, schossen mir auf einmal schlagartig die Tränen in die Augen und der Professor nahm mich in den Arm. Ich heulte, nicht laut, aber doch heftig. Nachdem ich als erster Blumen und eine Schaufel voll Erde ins Grab geworfen hatte und mich danach umdrehte, sah ich dem Professor direkt ins Gesicht und erkannte, dass auch ihm Tränen über die Wange liefen. Ich ging an ihm vorbei und machte mich - ohne mich noch einmal umzudrehen - auf den Weg nach Hause.

Nach etwa zwei Stunden klingelte dann das Telefon. Es war der Professor.

„Hallo Wilhelm", sagte er. „Ich wollte hören, wie es Dir geht, da du dich vorhin so schnell verabschiedet hattest." Ich hatte mich eigentlich gar nicht verabschiedet, aber ich hatte keine Lust auf Spitzfindigkeiten.

„Hallo Herr Professor", antwortete ich. „Mir geht es wieder gut. Danke der Nachfrage." Darauf sagte er nichts, aber ich hatte das Gefühl, ihn mit seinem bestimmten Blick am Telefon sitzen zu sehen. Vielleicht mit überschlagenen Beinen und seinem Tablet-Computer auf dem Schoß. „Den Umständen entsprechend, würde ich sagen", schob ich hinterher, um die Pause zu überspielen. Als wollte er seine Worte gegeneinander abwägen, fuhr er nach einer kurzen Pause seufzend fort.

„Ja, das kann ich sehr gut verstehen, das musst du mir glauben. Deine Mutter ist ein schmerzlicher Verlust, ohne Zweifel. Sie war eine so lebensbejahende Frau. Immer fröhlich, bis zuletzt."

Ich hätte den Professor gerne gefragt, woher er sich bei ‚bis zuletzt' so sicher sein konnte. Ob er meine Mutter in ihrer Alterspension denn jemals besucht hatte. Aber ich ließ es dann doch. Allerdings wusste ich auch nicht, was ich stattdessen hätte entgegnen sollen. Und wieder entstand eine lange Pause. Ich konnte den Atem des Professors hören, er nahm lange und tiefe Züge. Dann putzte er sich die Nase, wobei ich nicht wusste, ob er den Hörer weggelegt oder nur die Muschel zugehalten hatte.

„Herr Professor?" Ich wollte ihn fragen, warum er mich eigentlich angerufen hatte. Aber gleichzeitig wollte ich das Gespräch nicht unnötig verlängern.

„Mein lieber Wilhelm", entgegnete er. Er holte tief Luft und sagte dann mit seiner sanftmütigen Stimme: „Bitte nenne mich doch Gernot." Ich wusste nicht, weshalb ich das hätte tun sollen. Sicher kannte ich den Vornamen des Professors. Aber für mich war er schon immer Professor Schwarz, der Professor. Und daran wollte ich auch nichts ändern. Als hätte er geahnt, dass ich gerade protestieren wollte, wechselte er das Thema.

„Wir haben uns schon lange nicht mehr gesehen. Wann ist denn dein nächster Termin, Wilhelm?"

„Ich weiß es nicht", entgegnete ich spontan mit einem Unterton, der bedeuten sollte, dass ich im Moment andere Sorgen hatte. Er erwiderte nur ein kurzes „ja", als wenn er Verständnis ausdrücken wollte. Ich war wirklich schon lange nicht mehr beim Professor gewesen und hatte auch keinen neuen Termin, aber das wollte ich jetzt wirklich nicht auch noch thematisieren. Ich wusste, dass ich meine Gründe hatte und fühlte, dass es mir gut dabei ging. Was würde es bringen, jetzt mit dem Professor in eine Diskussion zu treten, bei der er meine Entscheidung kritisch hinterfragen würde, ob das auch wirklich mein Wunsch war? Ja, es war mein Wunsch. Ich hatte kein Bedürfnis mehr, mit dem Professor über die immer selben Dinge zu reden. Ich hatte vielmehr das Bedürfnis zu schreien. Schließlich hatten mich diese Gespräche, diese immer selben Sitzungen kein Stück verändert. Es war verwunderlich, dass mir das bis dato gar nicht aufgefallen war. Ich war stets davon ausgegangen, dass der Professor mir helfen könnte. Ich dachte stets, er würde mich kennen und verstehen. Aber dem war offensichtlich nicht so. Er hatte mich nicht verstanden. Es war alles ganz anders gelaufen als gedacht, anders als normal.

Da kam mir ein wichtiger Gedanke. Ich atmete kurz durch, um meine Stimme ruhig klingen zu lassen und sagte: „Herr Professor! Die Pillen, die sie mir wöchentlich zukommen lassen. Kann man daran, … wie soll ich sagen…, kann eine Überdosis tödlich sein?" fragte ich ihn kurzentschlossen.

„Du meinst die Zuckerpillen? Nein, auf keinen Fall" entgegnete er hörbar überrumpelt. „Keine Angst, Wilhelm."

„Oh, ich habe keine Angst mehr", entgegnete ich.

Wieder entstand eine längere Pause. Der Professor räusperte sich und sagte: „Gut, dann sehen wir uns beim Notar?"

„Ja, beim Notar dann", antwortete ich, denn eine Woche später sollte die Eröffnung des Testaments meiner Mutter sein. Und bevor er auflegen konnte, sagte ich noch schnell: „Und bitte richten Sie doch Christian aus, dass er nicht mehr zu kommen braucht. Ich komme soweit ganz gut zurecht."

Wieder schien der Professor überrumpelt zu sein, entgegnete dann jedoch: „Gut. Ist gut. Das mache ich. Mach's gut, Wilhelm. Wir sehen uns beim Notar."

„Ja, auf Wiederhören." Ich legte auf.

Ich fühlte mich einerseits sehr erleichtert, dass ich Christians Besuche hiermit nun offiziell beendet hatte. Das war der Schlussstrich. Andererseits irritierte mich jedoch das Verhalten des Professors. Warum hatte er auf dem Friedhof geweint? Und warum war er jetzt so schnell nachgiebig? Diese Gedanken ließen mich anfangs nicht los, aber ich merkte schnell, dass ich auch an dieser Stelle nicht weiterkam und versuchte, weiteren Grübeln zu verdrängen.

Stattdessen lief ich zum Bahnhofskiosk und kaufte mir eine Schachtel Gauloises Blondes. Auf dem Weg zum Friedhof fing es langsam an zu schneien. Als ich an unserer Bank kam, war die Sitzfläche schon ziemlich vom Schnee bedeckt. Daher setzte ich mich oben auf die Lehne, so wie Vicky es immer getan hatte. Die Sonne war noch nicht untergegangen und es waren noch einige Besucher anwesend, die mich aber nicht weiter beachteten.

Der Schnee hatte den Friedhof mit einer weißen Schicht überdeckt. Die meisten Lichter der Gräber waren erloschen. Nur zwei Reihen vor mir, wo eben noch ein Besucher am Grab war, kämpfte sich eine Flamme wacker durch den Schnee, nur um dann einige Minuten später doch zu erlischen. Als das Haupttor geschlossen wurde und ich ganz allein war, spürte ich eine wohlige Ruhe, die mich erfüllte. Ich konnte nicht genau sagen, warum, denn meine Gedanken ließen sich nicht ordnen. Aber mein Herz sagte mir, dass ich einen langen Weg gegangen war. Ich hatte Erkenntnis erlangt über das, was mich bisher am Leben gehindert hatte. Ich hatte nichts mehr zu ertragen, sondern hatte alles Unerträgliche überwunden. Ich blickte über die schneebedeckten Gräber. In diesem Moment wurde der rote Schein der Grablichter überblendet, überblendet vom Licht des Vollmondes, der plötzlich durch die Wolken schien, so als wollte er mich erhellen.

Ich dachte an meine Mutter, die ihre Krankheit ertragen und jetzt auch überwunden hatte. Sie hatte frühe Gewissheit, wusste was auf sie zukam. Und deshalb hatte sie alles akribisch geplant, bis hin zu ihrer Grabrede. Sie hatte sich dem gestellt, was für sie unausweichlich war, mit Würde und Anstand, bis in den Tod. Und zum ersten Mal ergriff mich so etwas wie Stolz für das, was meine Mutter getan hatte. Ihr Lachen und ihre Musik fehlten mir schon lange, aber jetzt war es endgültig. Ich würde den grünen Ring in ihren Augen nie wiedersehen.

Genauso wenig wie Zolas Lachen und Lebensfreude. Nur hatte sie es nicht ertragen können, zurück nach Uganda gehen zu müssen, weil sie dort in

Gefahr war. Ihre Angst war zu groß, um diesen Schritt zu gehen. Und ihre Verzweiflung war scheinbar ebenfalls zu groß, um nach alternativen Wegen zu suchen. Vielleicht fühlte sie sich bestärkt, weil sie mit Malaika eine Mitstreiterin hatte. Eine Freundin, der es genauso erging wie ihr. Eine Freundin, die jedoch ohne Absicht oder Vorsatz zu einem wichtigen Zeitpunkt einen anderen Weg eingeschlagen hatte und Zola mit ihrer Angst allein gelassen hatte. Hätte sie sich mir nur anvertraut. Ein Wort hätte gereicht und ich hätte ihr geholfen. Ich weiß nicht wie, aber wir hätten sicher einen Weg gefunden. Wie gern hätte ich sie an der Universität gesehen, hätte gesehen, wie sie ihre Musikschule gründet und wie sie die Menschen um sie herum mit Leben und Wärme erfüllt.

Vor langer Zeit hatte ich meinen Vater verloren, und das hatte mich seither ziemlich aus der Bahn geworfen. Das hatte mein Leben mit Angst erfüllt. Wegen seines Autounfalls hatte ich nie den Führerschein gemacht und vermied bis heute wann immer möglich selbst Busse und Taxen. Der Professor war damals für mich da. Er hörte mir zu, wenn ich ihm von meinen Problemen erzählte. Aber hatte er mir geholfen? Hatte er mir wirklich dabei geholfen, meine Probleme zu überwinden? War es nicht erst die Erkenntnis, die ich dadurch gewann, dass ich Vicky getroffen hatte? War sie es nicht, die mir mit ihrem Lösungsweg für ihre Probleme ein Stück weit den Spiegel vorgehalten hatte?

Es überkam mich ein Gefühl der Selbstsicherheit, ein Gefühl, dass ich wieder Herr der Lage sein könnte. Ich brauchte mich nicht um die Angst zu kümmern, dass ich irgendwann an Alzheimer dahinsiechen würde. Wenn es so kam, dann war es eben unausweichlich und ich wollte mein Schicksal dann genauso stolz annehmen, wie es meine Mutter getan hatte. Aber bis dahin, wenn es denn so kommen sollte, blieb mir noch viel Zeit.

Ich kramte in meiner Jackentasche nach dem Päckchen Gauloises Blondes und las beim Öffnen die Aufschrift „Smoking Kills". Ja, wenn es so war, dann war es eben so. In der Innentasche meiner Jacke trug ich immer noch Vickys Feuerzeug. Ich hatte bis dato noch nie geraucht. Aber heute sollte es das erste Mal sein. Ich steckte die Zigarette in den Mund und versuchte die Flamme des Feuerzeugs zu entzünden. Nach dem dritten Versuch gelang es mir und ich zog kräftig die Luft ein, was mir sofort einen mittelschweren Hustenreiz bescherte. Als ich mich wieder gefasst hatte, zog ich noch einmal an der Zigarette, aber diesmal nicht mehr auf Lunge. Es schmeckte nicht besonders, aber es gab mir das Gefühl, etwas Eigenverantwortliches zu tun. Ich paffte die Zigarette zu Ende, obwohl mir bereits ziemlich kalt geworden war und wusste auf einmal ganz klar, was ich vom Leben wollte.

Ich warf den Rest der Zigarette in den Mülleimer neben der Bank, ging in meine Wohnung und schrieb noch am selben Abend eine E-Mail an Vicky. Ich wollte sie gerne so schnell wie möglich wiedersehen.

Kapitel 26

Am nächsten Morgen überprüfte ich nach dem Aufstehen als erstes, ob ich eine Antwort von Vicky erhalten hatte. Aber dem war nicht so. Vielleicht hatte sie meine Nachricht noch nicht bekommen. Aber vielleicht wollte sie mich ja auch nicht sehen, wollte nicht, dass ich sie besuchte und in ihre neue heile Welt eindrang. Ein Gefühl der Panik überkam mich. Wer war dieser Mann, der ihre Verwandlung dort begleitete, wie sie es ausgedrückt hatte? Ich las wieder in ihrer letzten Nachricht: *„Ich fühle mich sehr zu ihm hingezogen"* stand da. Vielleicht war es für mich schon zu spät. Irgendjemand anderes hatte vor mir erkannt, was Vicky für ein besonderer Mensch war. Ich war einfach zu blind gewesen. Ich hatte sie fast das ganze letzte Jahr regelmäßig getroffen und sie war mir sehr vertraut geworden. Durch ihre Nachrichten, in denen sie mir ihre Veränderung beschrieb, hatte sie sich mir nicht nur offenbart, wie sie wirklich war, sondern sie hatte mich auch verändert. Mehr, als es der Professor je vermocht hatte.

Gegen Mittag wusste ich nicht mehr, was ich noch tun könnte. Ich hatte mir überlegt, ob ich vielleicht einfach in Vickys Klinik anrufen und sie ans Telefon kommen lassen sollte. Oder ob ich vielleicht einfach mal auf gut Glück hätte hinfahren sollen. Vielleicht hätte ich sie ja dann auch gleich mit diesem Typen erwischt, Hand in Hand im Park sitzend. Die Gefühle gingen mit mir durch. Ich merkte, dass ich mich beruhigen musste und einfach nur warten konnte, bis sie sich wieder bei mir meldete. Und außerdem hatte ich langsam Hunger, weil ich noch kein Frühstück gehabt hatte. Ich ging ins Café Commercial und setzte mich an meinen Stammplatz. Der Kellner brachte mir unaufgefordert einen doppelten Espresso und ein Glas Wasser. Aber ich bestellte die Speisekarte. Er schaute mich überrascht an, brachte sie mir dann jedoch.

„Auf der Tageskarte hätten wir heute außerdem marinierte Hühnchenbrust mit Reis", empfahl er. Ohne wirklich auf das zu achten, was er sagte, nickte ich einfach nur. Kurze Zeit später kam meine Bestellung. Ich aß, ohne groß zu überlegen, zahlte und ging zurück nach Hause. Und da war sie, Vickys Antwort:

„Lieber Wil,
selbstverständlich würde es mich sehr freuen, wenn Du mich besuchen kämst. Wie wäre es morgen gegen neunzehn Uhr hier in der Lobby der Klinik?

Deine Vicky

PS: Ich brauche dringend eine Bürste. Kannst Du mir bitte eine mitbringen?"

Das war die kürzeste Nachricht, die ich je von Vicky erhalten hatte, aber auch die schönste. Morgen bedeutete Sonntag, das wäre überhaupt kein Problem. Ich antwortete, dass ich sie sehr gerne besuchen käme und mich sehr freute, sie endlich wiederzusehen.

Am nächsten Morgen schlief ich bis nach acht Uhr. Ich hatte gleich beim Aufwachen die Gewissheit, dass sich heute etwas im meinem Leben ändern würde. Aber ich war mir nicht sicher, ob es sich für mich zum Guten oder zum Schlechten wenden würde. Vielleicht würde sich Vicky heute bei mir bedanken, dass ich ihr immer so gut zugehört hatte und vielleicht auch so etwas wie ein Familienersatz war. Zumindest war ich ja der Einzige, der sie in der Klinik besuchen durfte. Doch dann würde sie mir ihren neuen Freund vorstellen, mit dem sie sicher viel gemeinsam hätte. Der vielleicht auch der Grufti-Szene entsprungen war und der auch gerade einen Selbstmordversuch hinter sich hatte. Oder vielleicht sogar schon den zweiten oder dritten. Wer weiß?

Was immer heute auch passieren würde, es war mir nicht egal. Vicky war mir nicht egal, und das war ein mir bis dato völlig unbekanntes Gefühl. Ein schönes Gefühl, weil ich wusste, was ich wollte. Aber leider auch eins, das scheinbar nur gepaart mit Verlustangst existierte. Vielleicht könnte ich Vicky aber doch als Freund behalten, mich wie früher ab und zu mit ihr treffen und mich mit ihr über das Leben austauschen.

Ja, sie war etwas verrückt auf ihre Art, vielleicht auch deutlich mehr als die meisten Menschen. Aber genau das machte sie für mich aus. Sie ging ihren Weg, für Außenstehende scheinbar selbstbewusst und unbeirrt. Für jemanden, der sie kannte, aber doch einsam und verletzlich wie ein zartes Pflänzchen im Wind. Ich würde sie besuchen, und wenn es nur war um sicherzugehen, dass jemand anderes auf sie aufpasste. Wenn ich es schon nicht sein konnte. Das war ich ihr schuldig. Schließlich war sie es auch, die mich dazu gebracht hat, meine Zwänge abzulegen, mein Schneckenhaus zu verlassen und wieder zu leben. Mein Dank dafür war das Mindeste, das ich ihr zollen musste.

Ich beschloss, die Sonne an diesem kalten Wintertag zu nutzen und durch die Stadt zu laufen. Einfach einmal mitten in die Fußgängerzone, wo ich schon lange nicht mehr war, sodass ich anfangs sogar leichte Mühe hatte, sie überhaupt zu finden. Es war nicht allzu voll an jenem Tag, denn die Geschäfte hatten ja geschlossen. Aber es gab einige Touristen und ein paar Spaziergänger, die das schöne Wetter nutzten. Viele Lokale hatten geöffnet und einige hatten Tische und Stühle rausgestellt. Und da, wo die Sonne hinkam, waren diese auch gut besucht. Ich verspürte keinen Hunger, nur die Lust, durch die Stadt zu laufen und das Leben in mich aufzusaugen. Jemand, den ich nicht kannte, grüßte mich im Vorbeigehen und ich grüßte freundlich zurück. Vielleicht hatte er mich auch gar nicht gekannt, sondern nur gegrüßt, weil ich so gelächelt habe. Es ging mir gut.

Auf dem Heimweg ging ich am Bahnhof vorbei, kaufte im dort gelegenen Supermarkt die Haarbürste, die mir die Verkäuferin als sehr geeignet empfahl, und ging dann noch in den Blumenladen. Es sollten rote Rosen sein, zwölf an der Zahl, eine für jeden Monat, den ich Vicky kannte. Ich wusste nicht, ob das vielleicht zu gewagt war, aber es war mir egal. Ich hatte das Bedürfnis ein Zeichen zu setzen.

Ich ging nach Hause, aß eine Kleinigkeit, nahm eine heiße Dusche und entschied mich mehrfach hin und her, ob ich die Rosen nicht doch weglassen sollte. Um achtzehnuhrdreißig bestellte ich mir ein Taxi und entschied mich letztmalig dafür, die Rosen mitzunehmen. Die Taxifahrerin strahlte mich an, als sie den Strauß in meiner Hand sah. Da wusste ich, dass ich das Richtige tat. Mir gefiel diese Rolle.

Punkt neunzehn Uhr erreichte ich die Reha-Klinik. Ich trat langsam in die Lobby, aber von Vicky war keine Spur. Die Lobby war nicht groß, aber sehr gemütlich. Es standen ein paar Tische und Sofas in einer Ecke, was dem Raum mehr den Charme einer Lounge gab. Vielleicht lag es am gedämpften Licht, vielleicht war es aber auch die Klaviermusik, die von der Empore zu kommen schien. Ich entschied mich zu warten, setzte mich auf eines der Sofas in der Ecke und lauschte der Musik. Klaviermusik in der Lobby einer Reha-Klinik, das war ungewöhnlich. Es war definitiv die Musik eines echten Klaviers, live gespielt, denn der Pianist wiederholte die eine oder andere Passage. Ich kannte das Stück: *„River flows in you".* Meine Mutter hatte es auch manchmal gespielt. Hätte ich gerne Zigarren geraucht oder Whiskey getrunken, das wären jetzt der richtige Zeitpunkt und die richtige Atmosphäre gewesen.

Nach etwa fünf Minuten endete das Klavierspiel und man konnte deutlich hören, wie der Deckel über den Tasten zugeklappt wurde. Kurz darauf vernahm ich schräg über mir Schritte im Staccato, wie sie nur von Stöckelschuhen stammen konnten. Sie gingen in Richtung der Treppe, der ich gegenübersaß. Und dann sah ich sie. Vicky stand oben an der Treppe, mit hochhackigen Schuhen – nicht so hoch wie früher, aber doch auffallend hoch – und einem langen Abendkleid. Sie trug eine schwarze Mütze auf dem Kopf und eine Winterjacke auf dem Arm, als sie die Treppe herunterkam, auf halber Strecke stehenblieb, um mich anzusehen und dann langsam zu mir zu kommen. Es war ein Auftritt, der ihrer würdig war. Wieder einmal hatte sie mich überrascht. Ich stand auf, als sie auf mich zukam und wusste im Moment gar nicht, wie ich sie begrüßen sollte. Sie übernahm das einfach:

„Hallo Wil, schön dich zu sehen." Sie strahlte mich an, so dass ich richtig nervös wurde.

„Hallo Viktoria. Wie geht es dir?" antwortete ich. Ich griff zu den Rosen, die ich neben mich auf das Sofa gelegt hatte, entfernte ungeschickt das Papier und reichte sie ihr.

„Für mich?" fragte sie. Erst dachte ich, dass sie versuchte, eine deutlich übertriebene Überraschung zu spielen. Aber dann merkte ich schnell, dass sie das ehrlich meinte. Sie freute sich wirklich, schaute auf die Rosen und strahlte dann mich an, dass mir das Herz aufging.

„Danke", sagte sie sichtlich gerührt, wobei mir ein riesiger Stein vom Herz fiel. Sie hatte sich verändert, aber irgendwie auch nicht. Ich glaube es waren ihre

Augen, die mehr leuchteten als je zuvor. Aber auch ihre Gesichtsfarbe sah gesünder aus und sie wirkte bei Weitem nicht mehr so krankhaft dünn. Aber eigentlich war es ihre Ausstrahlung, die mich einschüchterte wie einen kleinen Jungen, der zum ersten Mal mit einem Mädchen spricht. Vielleicht merkte sie das, denn sie entschied, wie es weiterging.

„Die offizielle Besuchszeit ist jetzt schon zu Ende. Aber ich dachte, für unser Wiedersehen wäre es doch vielleicht eh viel besser, wenn wir uns draußen eine einsame Bank suchen. Was meinst du?" Sie hatte den Kopf leicht gesenkt, um mich verlegen von unten herauf anzusehen.

„Das klingt großartig. Kennst du eine gute Stelle?" Sie lächelte mich an, was so viel zu bedeuten hatte, wie *natürlich, was denkst du denn?* und deutete mit dem Kopf Richtung Ausgang. Wir liefen über die Straße einen kleinen Hügel hinauf zu einer Bank, die unter wenigen Bäumen stand, von wo man eine gute Aussicht über das Tal hatte. Wir setzten uns nebeneinander, auch Vicky nahm tatsächlich die Sitzfläche. Sie hielt die Rosen weiter mit beiden Händen zwischen ihren Beinen fest.

„Du traust dich vielleicht was", sagte sie dann. „Einem Mädchen einfach so rote Rosen zu schenken. Du machst mich ja ganz verlegen." Ich wusste, dass sie mit mir spielte, konnte aber trotzdem keine passende Antwort finden. Als sie die Blumen neben sich legte, um die Beine verschränken zu können, flüsterte ich:

„Ich hatte gehofft sie gefallen dir." Aber das Thema war erschöpft. Das wäre jetzt eigentlich der Moment gewesen, wo sich Vicky eine Zigarette angesteckt hätte.

„Du rauchst gar nicht?" fragte ich sie.

„Nein, habe ich aufgegeben."

„Einfach so?"

„Ja, ich habe vieles einfach aufgegeben, was mir nicht gutgetan hat. Dass Rauchen nicht gesund ist, war mir sowieso klar. Aber ich konnte es einfach nicht lassen." Sie machte eine kurze Pause. „Es war mir sogar egal, wenn es mich umgebracht hätte. Aber das Kapitel liegt hinter mir." Sie atmete tief ein, als müsse sie das gerade Gesagte ein Stück weit verdauen.

„Ich hatte ein Medium, einen Schutzengel, der mich zurück ins Leben geführt hat, der mir gezeigt hat, wie schön das Leben sein kann." Sie wandte mir ihren Kopf zu und wartete, bis auch ich sie ansah. „Dafür, dass du mir das Leben gerettet hast, werde ich dir auf ewig dankbar sein." Sie nahm meine Hand und sagte: „Danke, Wilhelm."

Mir lief ein Schauer über den Rücken. Sie wusste also doch wieder alles. Sie wusste, was in der Nacht ihres Suizidversuchs passiert war und welche Rolle ich dabei gespielt hatte. Vielleicht hatte sie es auch die ganze Zeit gewusst und wollte mich deshalb damals in der Klinik als einzigen sehen. Aber was mir auch den Schauer über den Rücken schickte war, dass sie mich zum ersten Mal Wilhelm nannte. Und mir dabei so ehrlich und tief in die Augen schaute, dass ich mich ihr so sehr verbunden fühlte, wie ich mich noch nie in meinem Leben mit einem Menschen verbunden gefühlt hatte. Sie hatte Recht: Wir saßen nur hier, weil ich sie gerettet hatte. Vielleicht traf mich eine Schuld bei Zolas Tod, aber Vicky hatte ich definitiv gerettet. Ich war ihr persönlicher Held. Und ich war sehr stolz darauf. Sie hielt weiter meine Hand.

„Ich habe auch dir sehr viel zu verdanken. Aber das ist eine sehr lange Geschichte", flüsterte ich mit belegter Stimme.

„Das macht ja nichts. Wir haben ja jetzt ein ganzes Leben lang Zeit vor uns", strahlte sie mich an. „Die Ärzte haben gesagt, dass ich bald entlassen werden kann, wenn ich weiter so gute Fortschritte mache. Schon vor vier Wochen habe ich die Medikamente abgesetzt und bin jetzt wieder völlig clean."

„Du hast also auch Zuckerpillen nehmen müssen?" fragte ich.

„Zuckerpillen? Du meinst Placebos?" entgegnete sie. „Nein. Du vergisst, dass ich Krankenschwester bin. Ich lass mir doch keine Zuckerpillen unterjubeln."

Ich konnte das Gesagte im ersten Moment nicht verarbeiten, sondern lächelte nur. Placebos? Hatte sie gerade die Zuckerpillen Placebos genannt? Ich musste nachdenken. Aber dafür musste ich erst einmal Zeit gewinnen.

„Und wie sieht dein Tag so aus? Erzähl doch mal", bat ich sie und sie sprudelte drauf los, genauso wie sie es in den Nachrichten an mich immer getan hatte. Angefangen vom Frühstück, ihr Zimmer, das langweilige Fernsehprogramm und so weiter. Ich nickte immer nur, denn ich hing gedanklich an den Zuckerpillen. Hatte Hannes deswegen immer von den roten Smarties gesprochen? Wenn die Medikamente, die der Professor mir immer verschrieben hatte, nur Placebos gewesen waren, dann konnte sich doch Zola damit auch nicht umgebracht haben. Dann machte es auch Sinn, dass Zola an einer Überdosis Medikamente, bestehend aus roten *und weißen* Pillen gestorben war. Es waren also nicht meine roten Pillen, die sie umgebracht hatten. Sondern sie ist an der Überdosis der anderen Tabletten, der weißen Pillen gestorben. Was auch immer das für Pillen waren und wo sie sie auch immer herhatte.

„Entschuldige, wenn ich dich da kurz unterbreche," sagte ich. „Aber bist du sicher, dass mit Zuckerpillen Placebos gemeint sind?"

Sie schaute mich etwas irritiert an, weil ich damit offenbarte, ihren Ausführungen schon länger nicht gefolgt zu sein.

„Es tut mir leid, aber das ist gerade sehr wichtig für mich." Sie sah mir in die Augen und erkannte, dass ich sie nicht aufziehen oder ablenken wollte, sondern dass es mir ernst damit war.

„Also pass auf", begann sie. „Du weißt doch, dass ich als Krankenschwester arbeite. Mein Job ist es unter anderem darauf zu achten, dass die Patienten alle und vor allen Dingen auch die richtigen Medikamente nehmen. Einige von ihnen bekommen nun mal Placebos, das ist völlig normal und die positive Wirkung ist auch meist sehr verblüffend. Aber natürlich können wir die Placebos nicht als solche bezeichnen und sprechen daher mit dem Arzt und unter uns Schwestern immer über Zuckerpillen. Das ist sowas wie ein Fachjargon, wenn du so willst. Hilft dir das?" Sie sah mich mit aufgerissenen Augen an.

„Jaja, danke", stotterte ich. „Das hilft mir. Entschuldige. Wo bist du stehen geblieben?"

„Ich hatte gerade von meiner Selbsthilfegruppe hier erzählt", sagte sie. „Wir treffen uns jeden Montag und Donnerstag und offenbaren unser Innerstes der Gruppe. Das ist ganz schön gruselig, muss ich dir sagen. Aber es ist mir eigentlich leichter gefallen, als ich gedacht habe. Da sitzen vielleicht Typen rum. Mann oh Mann. Dagegen bin ich der reinste Langweiler." Sie zwinkerte mir zu.

„Alles bist du, aber kein Langweiler", entgegnete ich. Sie drehte mir den Kopf wieder zu und blickte mich ernst an. Wir schauten uns in die Augen und erst dachte ich, dass wir vielleicht bald loslachen würden, so wie damals auf unserer Bank auf dem Friedhof. Aber sie drückte meine Hand nur noch fester. Wieder spürte ich diese Wärme in mir aufsteigen. Vielleicht hätte ich sie in diesem Moment küssen sollen, aber ich musste noch eine Sache klären.

„Was hast du vor, wenn du hier rauskommst?" fragte ich. Sie musste sich kurz auf meine Frage besinnen, bevor sie antworten konnte.

„Das wird ziemlich bald sein", sagte sie leise. „Ich will endlich Medizin studieren. Ich weiß noch nicht, wie, aber ich bekomme das Geld sicher irgendwie zusammen. Ich möchte meinen Traum leben. Ohne Kompromisse." Dabei klang sie sehr selbstbewusst. Sie hatte sich das genau überlegt und wusste jetzt, was sie vom Leben wollte.

„Und…", fing ich an und räusperte mich übertrieben: „Und wird dieser Mann, der deine Verwandlung hier begleitet hat, ich meine…" Ich stockte, holte nochmal tief Luft und merkte, dass ich es jetzt einfach frei raus ansprechen musste: „Wird dieser Mann dich auch in Zukunft weiterhin begleiten?"

Vicky drehte sich mir zu, sah mich an und merkte, wie rot ich im Gesicht wurde. Ich hatte das Gefühl, dass mein Gesicht kochte und meine Halsschlagader vor Scham und Peinlichkeit kurz vorm Bersten stand. Sie schaute mir wieder tief in die Augen, ohne ein Wort zu sagen. Meine Hände wurden feucht und ich hielt den Atem an. Ihre Augen formten sich zu einem Lächeln, was mich nur noch mehr verunsicherte.

„Du meinst den Mann, von dem ich dir geschrieben habe?" fragte sie. Ich nickte nur stumm. Daraufhin wurde aus ihrem Lächeln auf einmal erst ein Kichern und dann plötzlich ein Lachen. Sie lachte laut los, jetzt wirklich wie damals, als wir auf dem Friedhof saßen und die Situationskomik uns fast zum Platzen gebracht hatte. Sie beugte sich vor lauter Lachen nach vorne, ein schönes Lachen, ein echtes Lachen. Aber ich konnte nicht mitlachen, weil ich am liebsten im Boden versunken wäre. Dann sah sie mich wieder an und merkte, dass ich ihre Komik nicht teilte. Sie nahm wieder meine Hand und sah mich an.

„Wil", flüsterte sie mir zu. „Du bist ja richtig eifersüchtig." Ich schämte mich zu Tode und blickte auf den Boden. „Das brauchst du nicht, Wil", fuhr sie fort. Sie machte eine Pause, aber sah mich weiterhin mit festem Blick an.

„Wil?" sagte sie. Ich drehte ihr mein Gesicht zu und sah ihr direkt in die Augen. „Du bist dieser Mann, Wil", flüsterte sie. „Als ich sagte, dass du mich hier nicht so sehr begleitest, wie ich es gerne möchte, aber dass ich mich sehr zu dir hingezogen fühle, weil du mir sehr gut tust..." Sie machte eine kurze Pause. „Da war das eine Liebeserklärung, Wil. Eine ernst gemeinte Liebeserklärung."

Sie lachte nicht mehr. Sie schaute mir immer noch in die Augen und ich sah den grünen Ring um ihre Pupillen. Sie hielt immer noch meine linke Hand. Mein Atem zitterte. Sie machte einen unglaublichen Wimpernaufschlag, als unsere Köpfe sich näherkamen. Ich streichelte mit der anderen Hand ihre Wange und sie schloss die Augen. Und dann küsste ich sie. Ich küsste sie und sprang zur gleichen Zeit zehn Meter in die Luft. Ich küsste Vicky und flog mit ihr davon in die Nacht. Es war der schönste Moment, den wir bis dato hatten. Und er sollte nie aufhören.

Als unsere Lippen sich wieder langsam trennten, lief Vicky eine Träne über die Wange und ich wischte sie sachte weg.

„Alles klar bei Dir?" fragte ich sie. Sie seufzte und nickte kaum merklich.

„Ja", hauchte sie. „Alles klar. Jetzt ist alles klar." Sie legte ihren Kopf an meine Schulter und begann zu weinen. Ganz leise, aber sie weinte. Ich legte meinen Arm um sie und als wenn sie meine Gedanken lesen könnte, sagte sie:

„Kein Angst. Ich weine vor Erleichterung. Ich hatte Schiss, einfach Schiss." Ich streichelte ihren Kopf, bis sie sich irgendwann beruhigte. Als ihr Schluchzen verstummte, war ich der glücklichste Mann auf dieser Welt. Ich blickte über die Wiese vor uns und konnte erkennen, dass wir sicher bald wieder Vollmond haben mussten. Vielleicht in ein oder zwei Tagen war es soweit. Ich dachte an mein Leben ohne Zola, ohne meine

Mutter, aber auch ohne den Professor, ohne Christian, aber vor allen Dingen ohne Ängste. Ich wollte endlich nach vorne schauen, mit Vicky gemeinsam nach vorne schauen und ein gemeinsames Leben leben.

„Was hältst du davon, wenn du, wenn du hier rauskommst, einfach bei mir einziehst?" fragte ich sie ganz unvermittelt. Sie richtete sich auf und sah mich mit großen Augen an.

„Meinst du das im Ernst?"

„Klar. Das wäre doch perfekt."

„Weißt du überhaupt, was du dir da antust?"

„Wir tun uns beiden was an, wenn überhaupt. Du wirst endlich dein Medizinstudium beginnen und ich werde endlich mein Psychologiestudium durchziehen." Sie lächelte mich verlegen an.

„Das klingt zu schön, um wahr zu sein", sagte sie.

„Eine Art Lebensgemeinschaft: Ich kann mich um dich kümmern und du kannst dich um mich kümmern", sagte ich. „Apropos", fiel mir da ein. Ich griff in die Innentasche meiner Jacke und hielt ihr die Bürste hin.

„Wie ist die?"

Sie lächelte mich an, nahm die Bürste in die eine Hand und zog sich mit der anderen Hand die Mütze vom Kopf. Und zum Vorschein kamen kurze, dichte, blonde Haare. Sie waren so blond, dass sie im Mondlicht glänzten. Sie fuhr sich mit der Bürste mehrfach durch das Haar, aber schien noch nicht ganz zufrieden.

„Es dauert noch eine Weile, bis ich wieder eine ordentliche Frisur habe", sagte sie. „Ich hoffe, das ist okay für dich?" zwinkerte sie mir zu.

„Du hast blondes Haar", sagte ich immer noch verblüfft.

„Ja, immer schon gehabt. Nur hatte ich es immer schwarz gefärbt, weil ich das schöner fand."

„Bitte lass es so. Ich liebe es", sagte ich. Sie schaute mich an und wir küssten uns wieder. Nach einer Weile nahm ich ihre Hand und wir gingen zurück in die Klinik. Es war doch noch etwas kalt am Abend um diese Jahreszeit.